夢回楓葉國（繁體字版）

Love in Canada (A novel in traditional Chinese characters)

B杜

British Library Cataloguing-in-Publication Data. A CIP catalogue record for this book is available from the British Library.

ISBN 978-1-913080-41-9 (ebook)
ISBN 978-1-913080-40-2 (print)

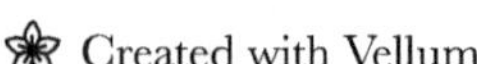

For my Family

第一章/冰上精靈

我和教練坐在看台上，眼睛直盯著大屏幕，通常表演完畢後，3～5分鐘會出結果。

這是我第五次參加成年組的國際花樣滑冰比賽，前四次不是在國外，就是在他省，這次正好在自家門口——溫哥華，所以總決賽時不僅父母來了，七大爺、八大媽也來了。

"冰冰呀！妳使勁滑，別怕，魏叔叔昨晚幫妳禱告了。"

說話的是老爸的客戶，篤信基督教，年輕時曾做過碼頭的搬運工，長期彎腰背重物的結果，晚年落下腰肌勞損的病根，現在一週得讓父親推拿一次。

沒錯，我的父親是按摩師，這是加拿大人的說法，但他本人不認同，按照他的邏輯，他是有按摩師執照的正規中醫師。

"妳爸可是中國國醫大師唯一承認的嫡傳弟子，可惜這幫老外不識貨，國內的證書成了張破紙頭。妳說近四十歲的人再拿起洋課本讀醫學本科多不容易，只好退而求其次，學個相關又好就業的培訓課程。"母親解釋。

我四歲時，全家從中國大陸移民至加拿大，由於盤纏不夠，先是與另兩個家庭合租了一個三居室，每天都像在作戰，廚房要搶，使用衛浴更要搶，加上女人間的閒言碎語，很快便水火不容。

從合租房搬出來後，情況並沒有好轉，反而更糟，只能住進地下室，不管白天或黑夜，只要不開燈，伸手絕對不見五指。

我大概是全幼兒園少數期待上學的小朋友之一，因爲在那裏至少還看得見陽光，也有玩具玩，不像我那三十平米不到，既陰暗又潮濕的"家"，除了必要的衣物及鍋碗瓢盆外，就只有從中國帶來的一套樂高及姥爺、姥姥送的小熊布偶，再無長物。

一天的揭幕往往從簡易早餐開始，吃完後，父親去上按摩培訓課，母親把我送入附近的幼兒園，再徒步到超市當收銀員。

由於有幼兒津貼，我上的是全托（上午八點半到下午六點）。母親上完班會順便採買超市裏的打折品，然後拎著大包小包來接我。

這樣緊張、拮据的生活步調，直到父親拿到註册按摩師執照且在正骨醫院謀得一職後才大大改善。如果不是後來我一頭栽進花樣滑冰的學習當中，花錢如流水，我們葛家現在大概也擁有一棟花園洋房，而非租房一族。

回到比賽現場，當大屏幕顯示技術分**60.58**，內容分**69.17**，扣分項兩分，總分**127.75**時，我的心跌落至谷底。

雖然昨天的短節目我發揮得不錯，得到**80.08**分，排列第三，但今天的自由滑沒得到幸運女神的眷顧，不僅連續出現幾個錯誤，連最有把握的聯合旋轉在換足時竟一腳踩空，雖然我快速爬起，但大勢已去。

自由滑的失常表現，無疑讓我的最後排名慘不忍睹。我的教練匆匆給我一個擁抱，安慰的成份居多，歡喜的成份全無。

我沒等到最後閉幕便拉著父母回家，不僅因爲實力沒如常發揮，心情鬱悶，還因摘下女單桂冠的是我的死對頭—**Alice Yan**，我不願看她在頒獎台上意氣風發的樣子。

我和**Alice**一直有瑜亮情節，從少年組、青年組，一直競爭到成年組。過去通常是我技高一籌，不僅囊括各大比賽的金、銀、銅牌，還是第一個獲得興民銀行贊助的**18**歲以下滑冰選手（有了這筆可觀的贊助費，母親終於可以辭掉超市收銀員的工作，專心做我的私人廚師、司機兼對外發言人），Alice只能追著我跑，然後望背興嘆。

可惜跨入成年組後，我開高走低，前四次的比賽都未入三甲，這一次更是大跌眼鏡，直接掉到十名外。反觀Alice, 18歲以後彷彿吃了菠菜的大力水手，一路高歌猛進，不僅超越素有"冰上精靈"的我，還大幅拉開彼此的距離，這次甚至狠甩我十條街。

我是怎麼了？"先天"不如人，難道後天也比不上？

當我們葛家好不容易在工廠林立的東溫哥華租下一棟百年的木造老屋時，他們嚴家已經在富裕的溫哥華西區住上被大樹環繞的豪華別墅；當我們葛家好不容易買下九0年出廠的二手福特汽車，從此成爲有車一族後，他們嚴家已經開上賓士最新款A-Class；更不用說我一路讀的是免費的公立學校，還因座落在窮學區，學校外牆已經破爛不堪，連PU跑道都坑坑巴巴，而她……小學讀的是赫赫有名的Crofton House，中學讀的是土豪標配的St. Michael's University School，還有還有，她父親是加拿大西部最大礦業公司的CEO，最近還拿下加納及馬里的金礦勘探權，母親也不簡單，是兒童醫院的主治醫生。

如果Alice是含著金湯匙出生的天之驕女，我便是從"貧民窟"走出來的鏗鏘玫瑰，偏偏用盡氣力生存的玫瑰還是早謝了，連僅有的一丁點兒傲氣也蕩然無存，叫人情何以堪？

我們默默回家，草草吃過晚飯後，父母留下來看電視，我藉口網絡大學要交報告，早早回到房間。

因爲一心一意投入花樣滑冰，我的文化課早趕不上同齡人，加上無法正常上下學，和父母商量過後，我報了網絡大學課程（可在任意時段上網學習，只需在規定時間內交報告即可），希冀通過自學的方式得到文憑。

"網絡大學要交報告"一事不假，但打開網頁，我卻一個字也讀不進去。

運動員有巔峰狀態及低谷期，我早知道，只是没料到低谷期來得那麼快，我甚至還未拿到參加冬奧會的資格就嘩啦啦地跌入谷底（雖然那是三年後的事，但從目前的勢頭來看，我想得到入場券的機會微乎其微）。

就這麼東想西想，一封郵件忽然來到，我隨手點開，是我的中學好友梅莉，她問我比賽結果如何？我回覆一張哭臉，再無其他。

說起梅莉，她和我的緣份不淺，第一次上免費的戶外滑冰場，我們就來個對衝，雙雙跌個四腳朝天，後來又就讀同一所小學及中學，連啓蒙的滑冰教練也是同一位，只是上了高中以後，她便不再參加比賽及晉級考試，提早"退休"，現在輾轉多倫多的各大滑冰場當教練。由於過往的簡歷不出色，梅莉只能教教初入門的小朋友，混口飯吃。

" 扣、扣、"

" **What**？"

母親隔著門要我早點兒上床，明天還得早起到俱樂部報到。

" 知道了。"我喊。

" 冰冰～"

" 什麼？"

" **You did your best. We're proud of you.**"

母親不說還好，一說我淚流滿面，這樣的成績哪能讓父母驕傲？我反倒有投河自盡的衝動。

面對我的沈默，母親在房外待了一會兒後，走了。

失敗是個苦果，再怎麼著也得打落牙齒和血吞，沒料到連爲我捨棄太多東西的父母也被迫一道兒承受，真不公平！

我還在死胡同裏自怨自艾，此時一通電話打來，是他。

" 明天天氣不錯，我帶妳去採藍莓。"

加拿大是世界第二大藍莓生產國，僅次於美國。

" 不行，明天還得練習。"我答。

" 我收到最新情報，明天下午總教練及**Alice**會召開記者會，我們偷溜出去不會有人發現。"

慫恿我開溜的是"師兄"歐陽睿，比我早一年進俱樂部。與我的

"早慧"不同，他屬於"大器晚成"型，直到25歲才漸露頭角，但也只是在男單五名左右徘徊，離真正的鋒芒畢露還有一段距離，而25歲對花樣滑冰選手而言已經是日薄西山了。

" 還是不要，我的比賽成績越來越差，再不加緊練習，我怕我的贊助商會喊停。"

" 正好相反，欲速則不達，人不是機器，偶爾放鬆一下是必須的，妳若有顧忌，歡迎葛媽媽一同前往。"

開什麼玩笑？我怎麼可能讓母親同行？自己又不是未斷奶的娃兒。

" 讓我問問，如果我媽同意我去，我沒意見。"我答。

第二章/失寵

隔天，母親準時在早上六點前送我到俱樂部，與往常不同，她看起來心事重重的樣子。

"歐陽睿說下午帶我去採藍莓，因爲總教練不在。"母親一停妥車，我馬上說。

"去吧！晚飯前回來。"

我以爲我聽錯了，又強調一次是歐-陽-睿。

"我知道是歐陽睿，妳不是剛比賽完？輕鬆一下也好。"

直到福特車的車屁股消失在路的盡頭，我還渾渾噩噩，母親一向不喜歡歐陽睿，這是怎麼回事？

別誤會，歐陽師兄沒做什麼出格的事，只不過他是單親家庭出身，母親做的又是民間小額貸款的工作（說白了就是放高利貸），來往的人比較複雜。

"**So what?** 又不是他的錯。"聽完母親的分析，我站在正義這一邊。

"妳傻呀！單親家庭的婆婆多半不好侍候，加上放高利貸也不是光彩的事，我怕妳受苦，所以得將源頭扼死在搖籃裏。"

婆婆？

面對母親的奇思異想，我笑得好大聲。師兄比我大六歲，當他背起書包上學時，我才剛出生，"老少配"根本是不可能的事。

母親嗤之以鼻，說她吃過的鹽比我走的路還多，那孩子看我的眼神就不對，肯定有事，否則也不會對她鞍前馬後。

歐陽睿是不是"有事"，我不清楚，但他的確對母親畢恭畢敬的，有一次還送母親一盒護膚保養品，說是商場在打折，他買了兩盒，一盒送給他媽，另一盒則送給我媽。

"免了，無恭不受祿，你還是另外找人吧！我家冰冰不適合你。"

沒想到母親不僅當場回絕，還說了讓人下不了台的話。爲了氣母親，我把那盒"被退貨"的保養品佔爲己有，說自己正缺護膚品，謝了！

"這是上了年紀的人用的，不適合妳。這樣吧！我把這盒退回去換成少女用的。"那個老實人竟然又把禮盒收回去。

現在換我尷尬了，本來就是爲了緩和場面被迫收下的，結果又被收走。母親也不悅，因爲被歸爲老年人，枉費她每天強迫自己喝下兩公升的白開水及做睡前瑜伽。

然而正是這位口口聲聲說要將源頭扼死在搖籃裏的人，今天竟然允許我和"源頭"翹課採藍莓去，怎麼都說不通。

我想起母親的愁容，難道是家裏出了什麼事讓她百爪撓心，以致顧不上我？

雖然忐忑不安，我依然把上午的暖身運動及基本功都仔細練過，還找編舞教練討論半年後在華盛頓州舉行的國際比賽（我的想法是把《莫扎特A大調第五號協奏曲第一樂章》以及聖桑的大提琴獨奏曲《天鵝》加以混合做成背景音樂，有了音樂才好編舞）。

" **You don't need to hurry. We can talk about it next week.**"編舞教練答。

這太奇怪了，她一向是急驚風，總催促我趕緊選好音樂，讓她有充份的時間設計內容，今天是怎麼了？

編舞教練的"拖"讓我想起體能教練，他應該在暖身運動前出現，可是直到我暖身完畢，還不見人影。

此時歐陽睿向我走來，直接問我準備好了嗎？準備好就走。

"你倒很篤定我媽會同意。"我說。

"我當然篤定，葛媽媽該煩惱的事太多，顧不上妳。"

我問他什麼意思？他笑笑沒回答，轉身先行一步。

＊＊＊

藍莓果園在肯特維爾，說遠不遠，驅車一個小時就能到，當看到成片的綠色灌木叢時，我終於展笑顏。

"加拿大的藍莓又大又甜，裏面是深紫色的果漿，"歐陽睿摘下一顆藍果子，攤在手心上，"瞧！果皮表面還帶著白色糖霜，咬開後果汁瞬間在嘴裏爆漿，口感超棒。"

他隨後把果子塞進我嘴裏，果然如同他所說，滋味美妙透了，可是……這樣"偷吃"不犯法嗎？

"始作俑者"答在加拿大採摘水果有個不成文的規定，吃多少無所謂，但帶走得付費。

"待會兒我們可以採一些回去給妳父母，我買單。"他補上一句。

歐陽師兄沒提他母親，讓我感覺佔了他便宜，遂劃清界限，表明AA。

"妳是我見過最小肚雞腸的人，也罷，回去後我收妳汽油錢及勞務費。"

"真的？"我一臉緊張。

他哈哈大笑，讓我摸不著頭腦。

＊＊＊

雖然只是外出幾個小時，興許是芬多精起了作用，讓我全身上下充滿正能量，原本鬱悶的心情也跟著舒暢起來。

「答應我，不論發生什麼，妳的嘴角永遠都是上揚的，像現在一樣。」歐陽睿放我下車後，搖下車窗對我說。

「當然。」說完，我對他擺擺手。

進了家門，客廳裏只見父親。

「媽呢？」我問。

「睡了。」

母親通常十點上床，現在才八點，怎麼這麼早就睡？

我接著問父親吃不吃藍莓？今天我和師兄採了兩紙盒的藍莓，一磅2加元，算一算比超市的便宜。

「我不吃，妳吃。對了，鍋裏有紅燒肉，下個麵會吧？我也睏了，晚安！」

這就更奇怪了，父親有夜晚寫作的習慣，雖然尚是個沒沒無聞的業餘作家，但筆耕不輟，鮮有偷懶的時候。

我將雞蛋麵條下鍋，再拿紅燒肉當澆頭，做了一碗香噴噴的紅燒肉麵當晚餐。

＊　＊　＊

大概是下麵時鹽放多了，半夜口渴得要命，只好起床找水喝，這才發現主臥室的燈亮著。

「我一聽說今天下午的記者會興民銀行也會參加，心就涼了一大截，沒想到實際情況比想像還糟糕。你說怎麼辦？沒有贊助費，我們根本付不起俱樂部的年費以及編舞、體能、技術教練的學費。冰刀每三個月要換新，服裝還得做，大大小小比賽的參賽費加起來也不少，我們……我們已經捉襟見肘了。」

「沒事，船到橋頭自然直，再不行，銀行裏還有五萬元存款。」

「不可以，那是應急用的。再說，即使通通取出來，也只夠支撐半年，半年後怎麼辦？」

"能撐多久算多久，冰冰的夢想很重要，做父母的，砸鍋賣鐵也得支持。"

"哎！說來說去還是興民銀行太狠心，它可以贊助新出爐的冠軍，但好歹也給我們一個緩衝的時間，這樣當著全國人民的面宣佈**Alice Yan**是新的贊助對象，而且是唯一的一個，讓冰冰的面子往哪裏擱？"

……

至此，我總算搞清楚來龍去脈，原來這一天有那麼多事情發生，唯獨身為當事人的我被蒙在鼓裏。

"哈！原來錢這麼好使，想砸誰就砸誰，失寵不過是一句話而已。"我忍不住自嘲。

第三章/飛來橫禍

母親喚我起床，其實我一夜無眠，但仍假裝熟睡。

" 趕緊的，來不及晨練了。"她過來拉我被子。

" 不，"我將被子搶回，" 睏死了，讓我多睡會兒。"

" 冰冰，妳是不是皮癢了？教練不罵死妳才怪！"

我很想答教練現在連罵我的動力都沒有，少了贊助費，他們也害怕我付不起一小時高達兩百加元的學費。

" 我的冰刀鈍了，鞋子腳踝的部份也軟了，哪天我們上體育用品店買新鞋吧！"我試探性地問。

" 買鞋？我看……我看鞋還行，要不……將就點兒用？"

看母親一副爲難的樣子，我感到辛酸。的確，一雙專業滑冰鞋起碼要2000加元，而父親的月工資到手不過4000，扣掉房租及其他生活開支，這個月就別想存錢了。

" 哈！我開玩笑的，鞋子好得很。"

母親睨了我一眼，說我欠揍，老尋她開心。

" 妳說得對，我是欠揍，再不起來練功，教練要打我五十大板囉！"說完，我一骨碌爬起。

＊＊＊

教練沒打我五十大板，實際上，在得知失去贊助費（同時我又沒主動提自費學習）的情況下，他們仁很無情地放我自生自滅。

我一個人把所有的動作都做了，一遍又一遍，彷彿和誰鬥氣，直到停下來喝口水，歐陽睿才覷了個空滑到我身邊。

"妳的教練今天放大假。"他說。

"可不是，我把他們全炒了。"

"厲害！"他伸出大姆指，"妳做了我一直想做卻不敢做的事。"

歐陽睿雖然處於巔峰狀態，但也不是在金字塔最頂端，所以截至目前爲止，還未得到任何贊助。

"回答我，你如何負擔高昂的學費？"我問。

"這簡單，只要擁有一位任勞任怨且肯爲你全心全意付出的母親即可。"

在他的描述下，一個在底層放高利貸的瘦小女人成了不朽的傳奇。

我說我的母親也同樣偉大，如果不是爲了給我更好的未來，她和父親大可待在中國過歲月靜好的小日子，何苦來到半個親戚也無的楓葉國當二等公民？

"這麼看來，我們兩家也算門當戶對，要不……"

"你的教練來了。"我說。

他的教練其實沒來，只是我不想再談下去。

"加油！"他拍拍我的肩膀，很識趣地離開。

＊＊＊

母親來接我，在車上，她問我需不需要買新的滑冰鞋？

"不用，我的鞋很好。"我答。

母親看了我兩眼，很不確定的樣子。

"是真的，沒問題。"

沈默了一會兒後，母親強打精神說："**Guess what?** 今天我回到超市，發現他們又招人了，也難怪，薪水低，沒人想做。老板問我回不回去？如果回，按老員工的工資給。我想了想，還是回去做，辭職後很無聊，買超市的東西也不能按員工價，太吃虧了！"

記得剛辭職那會兒，母親不知有多高興，她和老板不合，總抱怨經常被苛扣工資，這時又把壓榨員工的吸血鬼形容成助人為樂的聖母，她心中的委屈可想而知。

"別回去，我知道市中心有很多服裝店及體育用品店在招人，再不濟，**Walmart** 超市也缺人，犯不著一直待在小超市裏受氣。"

母親說我不懂，她已經五十好幾，英語一般般，法語基本不會，還長著一副亞洲人的臉孔，那些時尚的店要的是年輕人，最好英法語都會，白人優先。在這個前提下，她的選擇少之又少，既然前僱主不排斥，她樂得回歸……

"妳想怎麼著就怎麼著。"我將頭轉向車窗外，心裏很悲傷。

已是秋天，楓葉大道上的楓葉開始由黃轉紅，估計再過一陣子就會火紅一片，不知那時我家的經濟情況會不會好轉？我翹首以待。

* * *

興民銀行五天後寄來掛號信，信就擱在玄關處。

"冰冰呀！媽的視力不好，妳看看是誰的來信。"我們一進屋，母親說。

我三兩下將信拆封，又花了不到半分鐘把信讀完。

"是興民銀行寄來的，它謝謝我成為它們的贊助對象。"

"還有呢？"母親問。

"贊助費在九月二十一號停，造成的不便，敬請諒解。"

"怎麼說的像是停水斷電似的？"

"誰說不是？"

一個本該是晴天霹靂的壞消息，就在我和母親的一問一答中灰飛煙滅。原來噩耗也不是那麼難以接受，時間可以撫平一切傷痛。

"放心，一切都會好的。"母親遞給我一碗綠豆薏仁湯，"我又回到超市工作，妳爸現在也不寫作了，當起電競館的夜間管理員，錢雖不多，省著點花還是夠付妳的學費。"

這也是我深感愧疚的地方，我已經18歲，本該自立，以前有贊助費，勉強算得上自給自足，現在沒了，我成了名副其實的啃老一族。

"電競館是年輕孩子去的地方，爸不會喜歡，我看……還是由我補上。"

母親要我省省吧！滑冰很耗體力，晚上我還得上網絡大學，哪有時間？再說了，父親很高興能和年輕人在一起，畢竟聽聽他們的想法有助寫作。

"哎！爸還是想成爲作家。"我感嘆。

"寫作的人多了去，成名者幾何？都是一些無病呻吟的人在做夢，我反倒希望妳爸做點兒實際的，能賺錢最好。"

我記得父親曾提起過母親當年也是文藝女青年一枚，會寫詩，也擅長作畫，但打從有記憶以來，我就不曾看過她文藝的樣子。唯一的一次是農曆新年來到，家裏卻無米可炊，她不得不抛頭露臉在唐人街寫大字。來買春聯的人不少，都誇她的字寫得好，她卻引以爲恥，年節過後有很長一段時間不去唐人街，怕觸景傷情。

"爸的年紀大了，想做夢就隨他去吧！"我說。

"現實是我們葛家入不敷出，不開源節流不行。"

談到錢，我趕緊給情報："歐陽睿說唐人街有個裁縫師傅手藝不錯，比我們常去做表演服的那一家便宜，還有，我可以和他一起合買冰刀，買來的冰刀，他負責幫我安裝，這又可以省下一筆錢。"

“ 他倒是告訴妳不少事，”母親沈下臉來，“ 還是那句話，離他遠點兒。”

我正想抗議，一通電話打來，刺耳的鈴聲像鑽石劃過玻璃。

“ Yes. ……Oh my God. I'm coming.”母親掛上電話，臉上血色全無。

“ 怎麼了？”我問。

“ 妳爸被幾個年輕人給揍了，現在躺在醫院裏。”她答。

第四章/覆水難收

電競館是滿足重度電子競技愛好者的地方，比網咖的功能更全，除了上網及餐飲外，還包括線上遊戲、桌遊、台球、麻將、桌上足球等，而且定期舉辦活動，有美女主播現身及承辦賽事，吸引眾多玩家，尤其年輕人。

父親屬於老一輩，跟不上日新月異的科技，也許老闆看中的正是這一點（不會在上班時間偷偷打遊戲），所以僱用他當夜間管理員，我想不通一向安分守己的他為什麼會惹禍上身？

我和母親馬不停蹄地趕往列治文醫院，那裏離父親上班的電競館最近。

"這是怎麼回事？"母親一見面就問。

父親的額頭裂了個口子，縫了七針，頭上纏著紗布，猛一看，像極了阿拉伯男人戴的白色頭巾。

"兩個年輕人為了一個女孩爭風吃醋，我去勸架反被揍，額頭撞到桌角。"父親答，我這才注意到他的門牙掉了一顆。

"爸，你的牙……"

"噢！還少了一顆牙。"

母親說這哪成？少的可是門牙，多難看！不行，得讓肇事者賠償。

"警察來之前早跑了，都是一些不學好的。"

"那……怎麼辦？我們沒買私人醫療保險。"

加拿大的免費醫療範圍並不包括牙科，這意味著父親植牙需自費。

"沒事，我不是電影明星，少顆牙不礙事。"父親說得雲淡風輕，我卻有隱隱的不安。

" **Excuse me. You got to go. There are many patients waiting for treatments.**"我們還沒談夠，護士就來趕人。

我正想爭論，父親說還是走吧！這裏人來人往，吵死了不說，效率還特低，喊個人，像活在孤島上，半天無人理睬，還是回家去。

上車前，母親指使我到藥房買醫生開的消炎藥，誰能想到小小兩盒竟然要價過百，簡直搶錢！

眾所周知，加拿大是高福利國家，"全民免費醫療"最讓人津津樂道，但那只是表面現象，本著"包醫不包藥"、"救死不扶傷"的原則，在這裏看病雖然免費，但藥很貴（比美國、歐洲貴上30%），而且如果非緊急狀況，排隊動刀可以等到花兒都謝了。許多人等不及便上私立醫院，快是快，但除非買了私人醫療保險，否則就坐等天價賬單砸來。

＊＊＊

歐陽睿滑到我身邊，把音樂卡帶交給我。我問多少錢？他答不收錢，請他吃頓飯抵消掉。

花樣滑冰比賽的背景音樂通常為古典音樂或影視原聲，再經過專業團隊進行混編，當然是收費的，而且不低。就因歐陽睿說他的背景音樂向來自己搞定（因為有錄音軟件），於是我把曲目報給他，由他幫我製作。

"行，不過只能請吃午餐。"我答。

「那當然，午餐便宜些。」

「不是這樣的啦！」我紅了臉。

其實午餐也有昂貴的，之所以說請吃午餐是因為母親向來反對我和他走得近，如果請吃晚餐就紙包不住火了，因為傍晚過後我很少出門，如果遲歸，母親鐵定會過問。

「那麼待會兒見了。」說完，他轉身滑走。

＊　＊　＊

煤氣鎮是溫哥華最古老的街區，它有一座用蒸汽作動力的蒸汽鐘，每隔15分鐘會驚天動地嘶吼一番，同時噴射出蒸汽來，蔚為奇觀。也難怪，隨著電氣化時代的到來，世界各地的蒸汽鐘紛紛謝幕，唯獨這一座碩果僅存，當然特別，吸引全球的遊客前來打卡也就不足為奇。

歐陽睿帶我去的餐廳就在蒸汽鐘附近，不到一分鐘的步行距離。

「這家賣的是創意菜，量多味美，是很多加拿大人出外用餐的首選。」他介紹。

首先映入眼簾的是佈滿磚牆及蠟燭的輕工業設計，頭頂還有暖暖的煤氣燈。桌子是長條桌，椅子也是木頭做的，牆上還嵌著一個裝飾用的小型壁爐，營造出簡約、舒適的氣息。

再看菜單，選擇性不少，歐陽睿要了凱撒沙拉、豬肉三明治、芝士肉醬薯條及蘇打水。我看了又看，選了蜜瓜火腿和蔬菜湯。

「看來我點多了。」他說。

「滑冰運動員得控制體重，你又不是不知道。」

雖然每天的運動量很大，但我還是得時刻留意卡路里的攝取，因為肥胖除了不美觀外，也不利跳躍。

「今天心情好，所以開戒了。」他樂呵呵地解釋。

相較於歐陽睿的喜笑顏，我的心像壓著一塊大石頭。家裏目前的經濟情況緊張，逼得父親受傷後依舊照常上下班，一天也不肯落下；母親也是，又回老東家忍氣吞聲。兩老胼手胝足，讓我頗為內疚，如果不是因為經濟拮据，他們何苦像個陀螺一樣，每天轉個不停？

歐陽睿沒注意到我的心情起伏，把戀態教練數落一遍後，罕見地提到他母親，順便帶上我父親。

"前兩天我母親落枕了，頸背部感到明顯酸痛，經人介紹到正骨醫院做按摩理筋治療。那位師傅的手法很地道，就是缺了個門牙，講話漏風，把'自己'說成'知己'，'休息'說成'稍息'，聽得我母親一頭霧水，哈哈！聽說妳父親也在正骨醫院上班，同事中有沒有這號寶貝？"

也許歐陽睿覺得自己講了個笑話，在我聽來卻一點兒也不好笑，錐心之痛也不過爾爾。

"那個寶貝正是家父，為了給我籌學費，他到電競館打夜工，結果被兩個血氣方剛的年輕人給揍了。"我冷冷地答。

"對……對不起，我不知道，冰冰……"

我當然知道"不知者無罪"，但最近不順心的事接二連三發生，心裏很鬱悶，正愁沒有發洩口，剛好拿他開刀。

"你和別人一樣，都等著看我笑話。回去轉告你母親，那個講話露風的正是家父，不，向全世界廣播吧！我葛冰冰有個缺門牙的父親，好笑吧？哈哈！太好笑了……"

歐陽睿的好心情被我破壞殆盡，他再次向我道歉，但我完全不接受，而且發洩完畢後，很沒風度地揚長而去，如果不是服務員攔下他（要他付費），他應該能追上我。

"冰冰，他不是故意的。"

"我當然知道他不是故意的，但能怎麼辦？覆水難收。"

……

我自問自答，心情壞到極點。

第五章/找工作

屋漏偏逢連夜雨，情急之下跳上的公交車並沒有開往**Coquitlam**，而是往南駛去。我急忙下車，又因一位花白老人的無心之過，我坐上開往北溫的公交車，直到看到獅門橋，我才大呼不妙，即使後來叫來**Uber**救急，回到俱樂部也已過了下午三點，早錯過技術教練的課。

200加元的課時費就這麼飛了，我不禁捶胸頓足。

"冰冰，課上得怎樣？加油！知己爭氣點兒，別人就沒話說了。"

回到家，剛好撞見正要出門上夜班的父親，他果然把"自己"說成了"知己"。

"爸，你怎麼不去把牙補上？這樣多難看！像個糟老頭似的。"

母親立馬斥責我，問我這是女兒該說的話嗎？植牙至少需要兩萬加元，我們有嗎？即使有，也得先孝敬孝敬我的教練，讓他們去還房貸及付**Tim Hortons**的咖啡錢。

"我不滑了，讓爸把牙補上。"我賭氣說。

「講什麼傻話？」母親氣急敗壞，「都堅持這麼久了，現在放棄，以前的付出豈不白費？」

父親充當和事佬，要我什麼都別想，好好休息一下，明天又是大好晴天。

他把「休息」說成「稍息」，讓我更加煩躁！

「**Go away**，**both of you. Just leave me alone.**」說完，我轉身進房間，甩門聲震耳欲聾。

千萬別譴責我，我不是不知感恩，正因懂得才糾結。父母為了我已傾盡所有，長期體力透支之下，不僅有了黑眼圈，還老態畢現，加上我的低谷期正展開，也不知何時結束，這樣漫長的等待很折磨人……

「放棄」的念頭一直都有，只是現在更加強烈罷了。

* * *

「**Wow, that's Alice Yan. She is beautiful and great.**」

中場休息時間，我走到大廳，聽到人們議論紛紛，往前一探，原來我的海報已取下，換上新出爐的冠軍得主，那身石榴紅看起來很張揚。

「我還是喜歡藍色，藍色沉穩些。」歐陽睿在我背後說。

（被取下的海報上，我穿的正是海水藍的演出服。）

我轉過頭去，說自己也這麼認為。

和師兄「冷戰」兩天，是時候藉著「雪中送炭」大化干戈，沒想到……

「歐陽，你喜歡我的海報嗎？」**Alice** 走過來。

「喜……喜歡。」

「我不喜歡紅色，但我的 **Daddy** 和 **Mummy** 說紅色代表喜慶，比無聊的藍色更吸引人，**Do you think so**？」她乘勝追擊。

「**I……I……**」

看歐陽睿吞吞吐吐的樣子，讓人心裏難受，我出口相助：" 紅色不錯，妳看起來像個新娘子似的。"

話是這麼說，其實心裏想的是紅色不錯，厲鬼通常穿紅衣。

Alice笑得花枝亂顫，她說她才19歲，談婚論嫁還太早，然後轉頭提醒歐陽睿今晚上她家看錄相帶，像往常一樣。

上她家看錄相帶？像往常一樣？

我望向那個男人，他漲紅了臉，分明就是做賊心虛！

" 對了，聽說妳父親被人打了，門牙少了一顆，是不是真的？我認識一個超棒的牙醫……Oh, 糟糕！他收費很貴，不知道妳家……"

"背叛"的感覺正是如此。

我惡狠狠地瞪著她，說：" 家父很好，不勞妳費心！"

" 別誤會，我就擔心没門牙讓人看了笑話。"Alice露出無辜的笑容，把"蛇蠍心腸"撇得一乾二淨。

我反擊，說該擔心的是家裏有礦及放高利貸的人，哪天發生礦難或蹲大牢都說不準，到時不知誰更慘。

說完，我轉身就走。

＊ ＊ ＊

也許我太over了，歐陽睿一連好幾天都沒和我說話，連眼神交會也無。

算了，本來就不是一路人，何必勉強在一起？

" Bingbing, where is my money?"我的技術教練滑向我，臉色很難看。

專業的滑冰選手通常有三名教練，分別為技術、編舞及體能教練。體能教練便宜些，一個月一千多加元，技術及編舞教練就貴多了，按課時收費。

面對"催債"，我只能道歉，誰讓父親的薪水因這個、那個理由，晚幾天才會到賬。

"No money, no lessons. Got it?"他不假辭色。

此時已有少數人往我們這邊瞧，我試著平息對方怒火，沒想到編舞教練也來湊熱鬧，她聲援技術教練，說她同樣沒收到錢，還強調賴賬可恥。

她的"高談闊論"成功引來滑冰場上所有人的目光（包括Alice及歐陽睿），我窘得無地自容。

"I said I'll pay. Are you deaf?"狗急跳牆，我開始出言不遜。

我的"自保行為"最終換來"關小房間談話"，總教練要我回家冷靜冷靜，明天呈上道歉信。

什麼道歉信？媽的，老娘不玩了！

* * *

針對我的提早回家，母親沒懷疑，她以為我來例假，肚疼。

吃完晚餐回到房間，我沒上網絡大學學習，而是開始找工作。

打從五歲起，我的世界三點一線（家、學校、滑冰場），除了滑冰，啥都不會。 坐天車（skytrain)看不懂路線圖，燒菜只會炒雞蛋，拖地像寫大字，加上我只有高中文憑，連白領的活兒都幹不了，難道只能往勞力市場找工作？

就在一籌莫展之際，梅莉通過微信要求跟我通話。

"What?"我按下接聽鍵。

她說她的室友跑了，還把她的燒水壺給帶走，害她連泡麵都吃不了。

"活該，誰讓妳租給沒有社會保險卡的人。"我興災樂禍起來。

加拿大的社會保險卡是辦明身份的依據，舉凡上學、就業、銀行開戶、買保險、購房、置業、報稅、辦養老金、領失業金、參加重大組織活動……等，都要用到此卡，相當於中國的身份證，即使留學生也可申請，但就讀語言學校者除外。

很不幸，梅莉的房客正是那少數人之一。

當初她租下二居室，打的如意算盤是讓某個倒霉鬼付2/3的房租，可惜傻子沒那麼多，廣告登了兩個多月，依舊無消無息。好不容易來了個就讀語言學校的黑妞，雖然沒有社會保險卡（代表無打工資格，收入來源堪憂），她也認了，因為再不把房間出租出去，她連車子的汽油錢都付不出來。

我不是沒警告過她，黑人大部份很懶，加上無法打工，如何付房費？

"黑美人說她在中國餐館打黑工，日結，拿的是現金還管飯，說得我都想跳槽去洗盤子。"梅莉答。

呵！把打黑工說成美差，也沒那個誰了。

見好友"一意孤行"，我也只能祝福她和老黑從此過上幸福快樂的生活。

沒想到蜜月期這麼短，前後不到半年就出狀況。

"現在怎麼辦？"我問。

"再找唄！如果短期找不到租客，我只能到聲色場所跳鋼管舞。"

"別去！"我喊，腦中突然靈光一閃，"多倫多的滑冰場缺不缺教練？"

第六章/初到多倫多

溫哥華到多倫多約一千多公里，公共交通方式有飛機、火車及長途汽車。現在是旺季，飛機票及火車票很貴，看來我只能坐灰狗巴士。

主意一打定，當晚我就用父親的信用卡刷了**158**加元，買到一張到多倫多市中心的單程票，梅莉答應三天後來接我（没錯，從溫哥華到多倫多，單程灰狗巴士需要花費的時間為**2**天又**22**小時左右）。

你若問我為什麼這麼"雷厲風行"？一來夜長肯定夢多，我怕事跡敗露；二來我已**18**歲，這是第一次不按父母的既定路線行走，內心有小激動；三來"離家出走"的念頭一旦形成，就像癌細胞一樣在身體內到處亂竄，想回到從前，為時已晚。

這個出走計劃除了梅莉知道，另外我還告訴了三叔。

別誤會，三叔不是我的親叔叔，我們是在一個網上的滑冰群裏認識的，他主動跟我打招呼，由於談話契合，我們互留電于郵箱地址。

三叔說他曾參加**2002**年在鹽城湖舉辦的冬奧會，所以我猜他的年紀應該在三、四十歲之間，加上他在家排行老三，上面有兩個哥哥，於是我喚他三叔，他則喚我"冰醬"，因為在人名後加ちゃん（音似"醬"）有親暱的意味，通常用於小女孩……

沒錯，三叔是日本華僑，英文不太好，所以我們一般用中文筆談，天知道我的中文書寫能力也一般。

"沒關係，就當練習中文，若真寫不出來，還可以利用翻譯軟件。"他寫道。

於是在筆談三年後，我的中文能力有了長足的進步，反倒他有時還會寫錯字。他解釋人入中年後，腦子不好使，所以中文退步了。我不以為意，畢竟文字只是工具，只要達意就行，何況對我而言，他不只是网友，還是我的樹洞，所有不能對外人說的話，我通通說給他聽，他也照單全收，不管有多麼黑暗及不可思議，只是不知道為什麼，最近這半年他不再回覆郵件，像斷了線的風箏，但我仍持續給他寫信，就像他一直都在。

三叔：

比賽失利加上其他原因，我打算放棄滑冰事業，從此自立更生。下一站多倫多，我需要你的鼓勵。

冰醬

打完字，我安心許多，知道有個人在天之涯傾聽，還有比這個更撫慰人心的嗎？

* * *

隔天一早吃完雞湯細麵，我適時"發病"，不僅頭痛，喉嚨也痛，怕是感冒了。

"妳就是這樣，天冷了也不知道加件衣服，待會兒讓妳爸帶妳去看醫生。"媽說。

我趕緊拒絕，表示睡個覺就沒事，何況上次的感冒藥還在，犯不著浪費國家醫療資源……

母親笑了，問我何時開始學會幫政府省錢？還叮囑我吃完藥睡個回籠覺，中午她趕回來煮飯給我吃。

"冰冰也不小了，妳不用趕來趕去，汽油錢不是錢？她自己會張羅吃的，何況冰箱裏還有剩菜剩飯。"爸說。

趕走母親後，父親給我一張銀行卡，說裏面的錢不多，等下週的薪水一到，他再往裏匯。

"什……什麼意思？為什麼給我錢？"我望著手裏的銀行卡發楞。

"妳不是買了張到多倫多的車票嗎？我收到銀行的短信通知了。"

該死！竟不知使用信用卡付費還有此功能。

"我……"

"去外面走走也好，累了就回家。"

原來父親以為我出外散心，殊不知這一去，也許三、五年我都不會回來。

"好的。"我答，默默收下銀行卡。

* * *

我在多倫多的長途汽車站等了半小時才等來一輛破舊的 **Nissan**。

"上來，"一個頭上還頂著兩個髮捲的女生喊，"單行道太多，繞了半天。"

上車後，我問咱們的窩在哪裏？梅莉答在本市最惡名昭彰的地方。

我當她開玩笑，沒放在心上。

車子左拐右繞後，終於停在一棟黃色的磚砌平房前，空氣中有濃濃的羅勒葉和迷迭香氣味，我甚至還聽到意大利歌劇《我的太陽》裏的高亢男聲。

"這裏住的大部份是意大利老年移民，還有一些約克大學的學生，沒辦法，租金便宜嘛！"梅莉說。

進屋後，我發現裏面還不錯，有硬木地板、遮篷窗、歐式廚房、乾濕分離衛浴……後院還有小片花園，種植一些零星花草。

梅莉介紹這屋原本是承包建築商買下，花了12萬加元進行翻修，打算以50萬加元出售，可惜掛牌半年依舊無人問津，又不願賠本賣，所以由賣轉租，等待市場好一點兒再對外出售。

我問為什麼賣不掉？這房子看起來挺好的。

她答房子是不錯，鄰居也還行，就是太靠近Jane和Finch地帶，那裏是本市槍擊案最高發的區域。

" 那……那……"聽得我膽顫心驚的。

梅莉無奈表示她若有錢也會搬去人稱"富豪區"的Bridle Path，那裏安全係數高出很多，問題是沒錢，只能在夾縫裏求生存。

我藉機詢問她當滑冰教練的薪水。

" 我沒參加過國際比賽，考級證書也一般般，只能教初入門的團體班，每月的薪水不固定，一般在兩千元上下。"她答。

"離家出走"前和梅莉說好了，房租一人一半，也就是600加元，難以想像她在找不到房客的情況下，兩千元的月薪要如何過活？

" 妳都這樣了，我怎麼辦？"我頓時洩了氣。

" 放心，妳不一樣，不僅考級一路考完，還參加過大大小小的比賽，囊括多個獎項，也算加拿大家喻戶曉的明星，肯定有很多學生蜂擁而至，妳也知道一對一的課時費不菲。"

話說得沒錯，大放異彩後的退役滑冰員的確生活無虞，但我是臨陣脫逃的士兵（充其量也就是爬到山腰的新星），就業市場還會善待我嗎？

＊ ＊ ＊

上灰狗巴士前，我查過銀行卡裏有**600**元，加上自己的私房錢，總共不到兩千。父親說過下週會打錢進來，想必也是杯水車薪，找工作成了當務之急。

隔天，我迫不及待地坐上梅莉的車，往滑冰場面工去。

經理是個瘦高的白人，看過我的表演，說挺不錯的，問我為什麼不繼續征戰？

我答我累了，還好他沒打破砂鍋問到底，直接導入正題：團體班的課時費**60**元，四六分，我拿**60%**，尚得納稅，不過目前不缺教練，只能代缺席教練的課。另外，有一對一的私教課也會帶給我，但不保證有。

這……這條件也太差了吧？！

經理老神在在地建議我可以試試別家，對於曇花一現的滑冰選手而言，這就是行情價。

我意氣消沉地步出辦公室，梅莉 覷了個空走過來，問我情況如何？

"目前不缺教練，只能代課，課時費到手**36**元，剛好能吃上兩頓**A&W**，至於來錢較多的私教課則不保證有。"

梅莉說我是新來的，不欺負我欺負誰？待會兒她載我到別的滑冰場轉轉，不一定非得在一棵樹上吊死。

果然其他滑冰場都有零星的工作提供，加一加，第一個月應該不致於餓死。

"謝謝！如果不是妳，我恐怕要餐風露宿了。"走出今天的第七個滑冰場，我對梅莉說。

"瞧妳，好朋友是幹嘛用的？哪天飛黃騰達，可別忘了拉我一把。"

"當然。"

"對了，以後妳怎麼上課？我的課不一定和妳的排在一起。"她說。

加拿大地廣人稀，沒車很不方便，即使有地鐵、輕軌、街車、巴士等公共交通工具，但也有不到之處，我總不能徒步前往吧？何況時間就是金錢，耽誤上課等於將錢扔進垃圾桶。

我思考了一下，問：" 哪裏有賣二手車？"

第七章/說客

梅莉說她的車是某個決定去澳大利亞發展的教練低價賣給她的，不到1000加元，便宜是便宜，但買下來後悔死了，因為維修費很貴，在路上拋錨的機率也高，所以她不建議我買爛車，倒是接手別人的租車合同可以試試。

原來有些人不買車反租，雖然每個月的租金不菲，但車況通常較為良好，也不用一下子付出大筆錢買車，對於手頭不寬裕又不想長期擁有的人來說很合適。

至於為什麼接手別人的合同而不是自己去租呢？因為"甩車"的人通常有急事，譬如回國或工作調動，反正不開了，價錢好商量，再說，租車公司也允許轉讓（只要付了轉讓費即可）。

考慮再三，我接受梅莉的建議，很快在二手車網上發現一輛**2017年的Honda**（已開公里數**9100km**，無任何事故，剛換過機油），原始租約**36個月**，剩餘**14個月**，市中心提車，對方付租約轉讓費。

由於心急要，我趕緊約了在皇后公園入口處看車，雖然顏色是我不喜歡的鹹菜色，但開起來很舒服，有藍牙及**Apple CarPlay**，加上每個月**150**加元的租金被我砍到**120**，我沒理由說不。

租下**Honda**後，緊接著買保險。加拿大的汽車保險貴絕北美，新手更是雪上加霜，找來找去，最便宜的每月尚且要四百多，保費貴過租車費，也是醉了。

"妳可別為了省錢只買三保，萬一真撞上了，就是當褲子也賠不起。"梅莉提出忠告。

她說得對，我咬咬牙，買了個最便宜的全保，這下子手裏的錢已去掉1/4，偏偏這時梅莉伸手跟我要房租。

"水電及供暖費可以等賬單來了再付，但這個月的房租妳得先給，因為我的口袋裏只剩八百元。"她說。

我也知道好友的手頭緊，初來乍到的汽油錢非但沒讓我分攤，第一晚還請我吃美蘭廣場的大碗牛肉麵，朋友能做到這個份上很不容易了。

"先轉**800**給妳, 多的留到下個月。"

話說得豪爽，心裏卻叫苦連天，剩下三百多元讓我怎麼活？在一根小黃瓜都得叫價一元的多倫多，我拿什麼過"歲月靜好"的日子？

＊ ＊ ＊

父親給我滙來一千元，問我收到沒？還要我吃好住好，玩夠了就回家。半年後的國際比賽很重要，得趕緊準備，如果得到好成績，贊助費也會隨之而來……

我答錢收到了，吃得好睡得香，忘了國際比賽的事吧！我……我暫時不回去了。

"什麼意思？"爸問。

我表達自己不想再當蛀米蟲的意願，雖然滑冰教練的收入不多，但足夠讓我過過小日子，他和媽也不用再起早貪黑地工作。

"冰冰～"

"就這樣，如果你們還想不明白，一定要押我回溫哥華，我會逃得遠遠的，讓你們永遠也找不著。"

掛上電話，我有想哭的衝動，但也只是幾秒鐘的時間而已，因為我深知長痛不如短痛，此刻若不離開保護傘，那麼永遠也離開不了了。

＊　＊　＊

三叔：

坐了三天的冷板凳，我終於接到第一筆生意，那是個滿臉雀斑的男孩。

冰醬

" Hi, I'm your new coach for today." 我對那個滿臉雀斑的男孩說。

他問我他的教練哪裏去了？我告訴他**Abbey**的孩子在學校摔破頭，她得上醫院一趟。

" You look very young. Are you over than 18?" 他問。

我笑著答當然滿**18**了，還反問他沒看到我眼角的魚尾紋嗎？他聳聳肩，不置可否。

代課教練其實不好當，面對完全陌生的學生，我只能從暖身運動中初步了解他的程度，還好幾個基本動作做下來還算中規中矩，遂問他要不要試試旋轉跳躍？他很意外，反復詢問我是不是說真的？

我在**8**歲時就已完成兩周旋轉跳，**10**歲時進步到兩周半，眼前的這個男孩看起來也有**11**、**12**歲，我認為一周旋轉跳躍應該沒什麼大問題，何況他已經會旋轉，只是還沒嘗試過跳躍。 然而儘管我示範多次，他仍跨不過心裏的那道坎，於是我把他叫到場外，讓他脫了滑冰鞋在平地上練習。

" Hooray!" 幾次失敗後，他終於做到，不禁高聲歡呼起來。

重回滑冰場，果然一切順利多了。

上完課，我對他比了個**thumbs up**的手勢，算是對他的傑出表現給予讚揚。

＊＊＊

梅莉問我課上得怎樣？我答還行，目前只是代課。

"如果不是紅牌教練，薪水其實不咋地。"她說。

"誰說不是？"

此時電視正播放加拿大本土製作的諷刺喜劇《**Royal Canadian Air Farce**》，既然是喜劇，當然期待笑聲，然而十幾分鐘下來，無非一些冷笑話，太尷尬了，還不如隔壁台從美國購入的法庭真人秀《**Judge Judy**》好看，我正想轉台，梅莉開口了。

"妳知道花滑女王金妍兒吧？她家不富有，加上訓練過程很辛苦，好幾次都想放棄，最後還是堅持下來，才有今日成就。"

韓國女將金妍兒在女單滑冰界像神一樣的存在，她的比賽錄相帶是所有花樣滑冰選手必看的教材。

"我怎能跟她比？她簡直不是凡人。"我自嘲。

梅莉說我太妄自菲薄，過往的那些"豐功偉業"足以證明我有奧運冠軍相，只要度過低谷期就好……

"妳不懂。"

"我懂，不過是錢的事，但凡錢能解決的事都是小事，妳父母……"

我趕忙看她一眼，她伸了伸舌頭，承認我媽下午打電話給她了。

哈！就知道母親大人不可能"坐以待斃"。

"如果妳還當我是朋友，就別再當說客，否則我馬上搬！"說完，我起身回房，留給梅莉一張冷漠臉。

第八章/受上帝眷顧

多倫多有個富豪區—Bridle Path，翻譯成中文就是"跑馬徑"，它位於北約克中心地帶，具體範圍東至Wilket Creek Park，南到 Sunnybrook Health Sciences Centre，西至 Bayview 大街，北到Bridle Path。

這個多倫多風景最優美的社區，不僅聚集了最豪華的私家住宅，更因住戶的顯貴身份而與眾不同。

一個晴朗的週日上午，我心情大好地來到跑馬徑，噢！不，它跟我沒任何關係，我不過是沿著Lawrence大街往北開，繞過愛德華公園，來到它邊上的UC俱樂部。由於靠近富豪區，這個滑冰俱樂部不論軟體、硬體，在多倫多算是最好的，當然收費也最貴。

今天我沒課，來此純粹是為了拿走遺留在此的白布鞋，順便上超市採購一週的伙食及日用品。

" Good morning, Miss Ge." 我停好車，一個小女孩衝著我喊。

" Good morning."我也道早安。

那孩子顯得很開心，問我可不可以跟她拍張合照？

"没問題。"我答，然後彎下腰，和她一同面對蘋果手機比出剪刀手。

小女孩笑得一臉燦爛，即使缺了兩顆門牙。

"我報了團體班，今天是來上課的。"她解釋。

"那好，希望妳的教練不抽煙。"我答。

第一次遇見這個華裔小孩是上禮拜的事，我代完課，剛把塑料冰套套上冰刀走出滑冰場，她氣喘吁吁地跑過來，問我是不是她手中明信片上的人？

我定眼一瞧，那是三年前我參加里賈納世界花樣滑冰大賽時的照片，當時的我意氣風發，一舉奪下青年組的冠軍，整個加拿大為之沸騰，也就是打那時起我獲得了"冰上精靈"的稱號，接著興民銀行便宣佈我成為他們的贊助對象。

"Yes."我承認，心中納悶怎麼自己上了本地明信片卻渾然不知？

"妳能幫我簽個名嗎？"她緊接著問。

哎！這真令人尷尬，如果我尚處於巔峰狀態，毫無疑問，我會非常樂意簽名，偏偏此刻的我虎落平陽……

"Oh, please, please, please……"見我猶豫，那女孩作祈求狀。

面對小粉絲，我無法開口說不，遂走到接待處借了支馬克筆，然後一筆一畫認真地簽下自己的名字。

"什麼水水？"她看著方塊字問。

"妳……妳不知道我叫什麼名字？"我太驚訝了。

"不知道，我才剛上華文學校學習漢語拼音。"

呃……我的意思是她不知道我是何方神聖就央求我簽名，這未免也太那個了吧？

"我叫葛冰冰，記住了。"

"我叫平翠喜，妳也記住了。"

我翻了個大白眼，這年代的小孩都這麼沒禮貌？

懶得跟小屁孩較真，我說了句 **"Excuse me"** 後，走到戶外抽煙。

自從在電視上看到某個殺馬特女孩對著鏡頭說她抽的是煙，吐出來的是孤獨、寂寞、憂鬱、失落以及對生活的感嘆後，我愛上了抽煙。沒辦法，煩惱太多、壓力太大，我極需宣洩的管道。

女煙的牌子其實不少，我獨鍾意美國牌子**DJ-MIX**。它的銷量很好，最大特色是有著濃郁的水果香味（綠色—蘋果，粉色—草莓，黃色—檸檬），而且煙性溫和不刺口，是剛剛步入吸煙一族的女性首選。

" Are you a bad woman?" 那個叫翠喜的女孩竟然尾隨我，並且問我是不是壞女人？

我答當然不是，然後對空吐出一長串的白煙。

" 我姐姐說抽煙的女人都是壞女人。"

" Well, 妳姐姐說錯了，抽煙的女人不見得都是壞女人；不抽煙的女人也未必是好人。"

翠喜一臉茫然地說：" 我爸爸不喜歡抽煙的人。"

我的腦袋瓜瞬間有一群草泥馬飛奔而過，切，她的祖宗八代喜歡誰干我何事？

" 回去告訴妳爸爸，我也不喜歡他。" 我說。

" 你們認識？

我還沒來得及回答，一個皮膚白裏透紅的女孩像火箭似地衝過來，腳上套著未脫的滑冰鞋。

" Tracy, 妳怎麼跑出去？嚇死我了，還以為妳不見了。"

" 沒事，我們正在**talking**。" 翠喜答。

這個"我們"指的當然是我和她，那個年約十五、六歲的少女因此深深看著我。

咦～莫非她以為我正在"帶壞"她妹妹？畢竟我是抽煙的女人（她眼中的壞女人）。

"妳可以把她帶走，我只想一個人靜一靜。"我冷漠地下逐客令。

"妳……妳是葛冰冰？天哪！"她摀住雙頰，一臉驚喜，"竟然讓我遇見妳，**I can't believe it.**"

等到翠喜出示那張上面有我簽名的明信片時，粉絲效應立即達到最高點，她不僅邀請我上她家坐坐，還請吃飯。

對於過往的"豐功偉績"，我是既愛又恨，以前有多風光，現在就有多狼狽。

"不了，謝謝！"我匆匆吸入最後一口煙，然後將之插入垃圾桶上方的沙缸裏，"我還有課。"

上課的事不假，雖然那是兩小時以後的事，但我別無選擇，只想趕緊腳底抹油。

等我上了 **Honda**，這才發現自己的白布鞋還躺在員工更衣室裏。

媽的，穿滑冰鞋要怎麼開車？

本想回去換，一抬頭，後視鏡裏有一大一小，她們還沒走，齊齊目視著我。

"**Shit.**今天真是倒大霉！"我邊說邊脫了滑冰鞋，就這麼一路光腳地把車開到位於士嘉堡的滑冰場。

回到現實，今天我一走進UC俱樂部，經理忙不迭告訴我有個幼兒團體班讓我教，現在！

滑冰在加拿大是一項非常受歡迎的運動，已成了小朋友的標配。在這裏，不會滑冰等同殘疾人，出門都不好意思跟人打招呼，因此也產生了一群最執著且最強求的家長，他們即早把孩子送去學習，並且在場邊搖旗吶喊、不亦樂乎。

對於從天而降的賺錢機會，我立馬答應下來。嘻嘻！沒想到一個偶然的念頭（回UC俱樂部拿上禮拜遺留在那裏的白布鞋），竟然為自己帶來每月至少240元的收入，看來上帝還是眷顧我的。

我笑著、跳著回車上拿滑冰鞋，繫好鞋帶後，準備迎接這充實又忙碌的一天。

第九章/VIP團體班

提著大包小包的東西進門，梅莉問我去哪裏了？

"去了趟UC俱樂部，教完五個幼兒園小朋友，本來想就近上全食超市購物，發現太貴了，又轉戰Costco,總算把這週的伙食及日月品給買齊了。"

"早知道妳上全食，我就托妳買果仁醬和藍紋起司，另外，他家的瓶裝牛奶及自有品牌咖啡也挺好喝的。"

全食超市標榜有機、健康、新鮮，加上購物環境舒適，貴是肯定的，只是對於月入兩千的梅莉而言，未免太過奢侈。

"還好妳不知道，否則這個月的房租妳又要急得跳腳。"我邊答邊把採購回來的東西各就各位。

"告訴妳，某個女性成長專家曾經說過'花得多才賺得多'，我這是在為'賺得多'做準備，儂曉得伐？"

我不知道我的室友未來賺得多不多，但她的確花得多，每天必向Tim Hortons報到（有時還不止報到一次），護膚要用嘉貝詩，炒菜要用龍蝦油，連零食也是一口一個Nanaimo Bars，難怪每到月底就哭窮，不得不以泡麵或壓縮餅乾裹腹。

面對室友的非理性用錢，我也曾教她節約的大道理，她回覆我女人就是要過得精緻，哪怕月裏只有那麼幾天，聊勝於無。

既然梅莉不聽勸，我也只能就此打住，只要不跟我借錢，我樂得自掃門前雪。

"冰冰，妳身上有沒有錢？借我一點兒。"

我才剛坐下，梅莉便給我重磅一擊。

"現在才月中，妳不會一毛錢也沒有吧？！"我小心地問。

"一毛肯定有，但接待老鄉總不能太寒酸，我打算請他吃漁夫。"

"漁夫"是多倫多最火爆的海鮮餐廳，深受當地華人的喜愛，避風塘龍蝦和帝王蟹是招牌菜。

我告訴那個打算打腫臉充胖子的女人，多倫多也有平價餐廳，**Calii Love**的魚生拌飯就挺不錯的。

梅莉拉下臉來，說："上海人一貫對朋友大方，窮家富路，出了門沒有小氣的理。妳如果不打算借就算了，不用指使我怎麼過生活。"

* * *

三叔：

教幼兒團體班很心累，我以為經過上禮拜的"震撼教育"，自己對哭聲已經免疫，然而事實並非如此，當我又是唱歌、又是吹泡泡、又是在冰上畫畫，那兩個小小孩依舊趴在冰上哭得上氣不接下氣，我徹底沒轍了，這要怎麼教？

還好孩子的爹換上冰鞋下場陪娃，就在一對一的陪伴下，兩小孩終於跟上節奏。

冰醬

"**How was the lesson?**"經理問的是幼兒團體班。

我答寧願教五十個大人，真不是人幹的活兒。

經理說好可惜，原以為我會接Lucas的VIP團體班。

VIP團體班指三人以下的小班，收費比一對一便宜，但比十人的大班貴很多。會上VIP團體班的學員大部份都會發展成一對一，所以接班的教練無不卯足了勁，畢竟私教課是大頭，每個月的薪水就靠它了。

" Okay, leave it to me."我立馬見風轉舵。

學員意味著錢，很多學員意味著很多錢，我太需要錢了，它是我的生命、希望與陽光，豈有不要的道理？

" Good, that's helpful."經理答。

當他正要離去時，被我攔下。

" Where is Lucas?"我問。

經理讓我接Lucas的班，我得搞清楚這是長期還是短期。

那個老黑解釋Lucas不知哪根筋不對，突然決定參加半年後在華盛頓州舉行的國際比賽，昨天已經飛到溫哥華參加集訓，害他臨時找不到教練，還好我來了。

知道Lucas飛去我的家鄉追求夢想，我的心中五味雜陳，如果……我不也爭分奪秒地練習？

原本高亢的情緒被一盆冷水給澆熄，我真是哪壺不開提哪壺呀！

* * *

我接下的VIP班是由三位華裔小朋友組成，兩女一男，在我到來前，他們已經在冰上玩了一陣子，動作像雪地裏的企鵝般笨重。

" Hi, I'm your coach."我滑向他們。

" 妳還是講普通話吧！他們兩個這學期才來加拿大。"翠喜說，她也是VIP班學員。

我不理會，轉頭問那一男一女：" What's your name?"

一個答**Mary,** 另一個答**King**(也只有初來乍到的華人才會取這麼霸氣的名字）。

然後我用英語問他們以前學過滑冰嗎？問了三遍，一遍比一遍慢，可惜"瑪麗皇后"和"國王"依舊一臉茫然。

" 教練問你們以前學過滑冰嗎？"翠喜接下翻譯的棒子。

一個回答有，另一個回答沒有。

" 學過了，爸爸教過。"女孩對男孩說。

" 爸爸教的不算，他不是**coach**。"

" 他是**coach**……"

在引起更多爭執前，我果斷下決定：" 停，在你們都能聽懂英語前，我先用普通話教。"

滑冰其實不難，初學者首先得學會三件事：保持平衡、剎車以及跌倒後爬起。目測這三名學員已經沒多大問題，於是我把今天的上課重點擺在**Fish**、**Cross**和**Snake**這三個基本動作上。

都說孩子的學習能力像一塊大海綿，果不其然，來回練習幾次後，他們的動作已經能掌握七七八八。

" 課就上到這裏，下禮拜見。"三十分鐘後，我向學員揮手道別。

離開滑冰場，我剛咕嚕咕嚕喝完半瓶水，翠喜又出現了，她問我何時能滑得像我一樣好？

" 等妳長得和我一樣高的時候。"我隨便塘塞一下。

她抓到小辮子：" 我姐和妳一樣高，可是她滑得不好。"

我也注意到了，當我們上團體課時，翠喜的姐姐正在上一對一，看起來很投入，但還是少了點兒火候，應該是起步晚，加上練習的時間不夠所致。

" 妳姐姐叫什麼名字？滑冰學多久了？"我索性坐下來，打算把另外半瓶水也喝光再起身。

" 我姐叫田芳，現在在**York Mills**中學讀11年級，至於她滑冰學多久了？嗯……這個我也不清楚，她才搬過來不到一年。"

我問她們可是親姐妹？怎麼一個姓平，另一個姓田？

"我們不是親姐妹，她是我的cousin，我一向叫她姐姐，不過她更像我媽，大小事都管。"

"那妳媽呢？"我問。

她的眼神黯淡了下來："我媽……死了。"

消息來得太突然，讓我措手不及，我停下喝水的動作，很誠心地說Sorry。

"Never mind."她要我別介意。

沉默了一會兒後，翠喜問我人死後會有記憶嗎？如果沒有，她爸就可憐了，他到現在還在想她媽，工作不做，每天就是發呆。

"那可不妙，會坐吃山空的。"

"什麼吃什麼空？"那孩子皺起眉頭。

"就是沒有錢的意思。"

"沒有錢會怎樣？"

呵呵！問得好，沒有錢代表要受很多委屈，不能想做什麼還得做什麼，活得很憋屈……

那孩子答如果真是那樣，她肯定沒錢。

第十章/惴惴不安

"不是一路人，不進一家門"，我和梅莉之所以成為好友在於我們都不記仇，天大的事睡一覺醒來全成過眼雲煙。

"妳去哪兒了？整天不見人影。"梅莉從浴室裏走出來，白色浴巾包裹住她濕漉漉的頭髮。

我的眼睛離開電視屏幕，說："Guess what? UC俱樂部讓我教VIP班，還另給我四個一對一，這個月的進賬起碼能多1500元。"

"Joking?"她揚起聲，"怎麼我就沒這等好運氣？"

"哈哈！這叫好運一來，擋都……"

我還沒笑夠，電視上的女孩冷不防搧了我一耳光，那是施華洛世奇的水晶飾品廣告。

"那個……聽說SWAROVSKI給了Alice三百萬元，她的經紀人還對小報說，以Alice的明星光環，價錢至少得往上翻兩翻，但SWAROVSKI答應將廣告推向全球，為了敲開國際市場，Alice才勉強接受。"

三百萬加元？我父母就算做死了，一輩子也掙不了那麼多，而她……一個19歲女孩，又一向是我的手中敗將，如今卻華麗轉身，還有比這個更令人難堪與氣餒的事嗎？

"她的雙眼皮是割的，瞧見了没？"我指著電視屏幕，"很不自然，對吧？"

梅莉問我還好吧？

"好，當然好，有什麼不好的？對了，剛剛妳的手機響了，怕是老鄉打來的，妳不是缺錢嗎？我取給妳。"我起身回房。

* * *

說不在乎是假的，我把DJ-MIX拿出來抽，一包有20支，也不知抽了幾支，反正此刻房間裏充滿了草莓的味道。

"嘟……嘟嘟……"手機響了。

我接聽，然後模仿機器聲："**Your dialing phone number is not available now. Please leave your message after……**"

"冰冰，妳還要任性到什麼時候？趕緊回來填報名表，教練說再不交，注定要錯過華盛頓州的比賽。"

聽到母親的聲音，我頓時没了力氣。

"錯過就錯過了唄！總比墊底好……"

"妳到底怎麼了？不像從前不服輸的妳，看看**Alice,** 她……"

切，媽竟然提起我的死對頭！

"喂，喂喂，妳說什麼？我聽不清楚，收訊不好，我掛了。"

掛上電話，我重新躺回床上，也不知又抽了幾支煙才安撫好我那顆煩躁不安的心。

啊！從前的我多麼意氣風發，那些閃光燈及如雷掌聲都是給我的，如果回到從前……如果……該有多好！

"嘟……嘟嘟……"手機又響了。

我接聽，然後又模仿機器聲："**Your dialing phone number is not available now. Please leave your message after……**"

「冰冰，是我。」

聽到師兄的聲音，我坐直了身子：「你……你……」

自從說了過份的話，歐陽睿已經許久未曾和我說話，搬到多倫多後，更徹底成了斷線風箏，如果不是他打來，我幾乎要忘了「他是誰」。

「後天是『軍人紀念日』，全國放假一天，我和母親決定到多倫多走走，一早的飛機，中午前到，咱們約著吃個飯如何？」他說。

我的第一個念頭是拒絕，想當初就是因為批評他母親才有了不愉快，現在讓我們面對面，多尷尬！

「不……」

他趕緊搶話：「我母親說我經常提起妳，就想見個面認識一下，沒別的意思。」

奇怪，幹嘛經常提起我？

「我還沒準備好，我看還是算了。」我答。

他說又不是看未來的婆婆，何需準備？」

「當……當然不是婆婆……誰……誰說是婆婆來著？」我話都說不利索。

「不是就好，我差點兒要以為妳有『醜媳婦見公婆』的心結。」

我當然否認，而且為了證明心中坦蕩，不僅答應午餐的約會，還自告奮勇到機場接機。

「好，那麼後天見。」他說。

掛卜電話，我才發現煙已燒得只剩煙屁股。

白白浪費一支煙讓我心情微快，而草率之下答應的會面也讓我惴惴不安。

我是怎麼了？難道就因為禁不起激將法？哎～

第十一章/尼亞加拉大瀑布

“ 喏！錢還妳。”梅莉把兩張褐色紙鈔遞給我，“ 老鄉說他請客，我樂得把以前想吃卻吃不上的帝王蟹給吃上了。”

“ 看來月底前妳的老鄉得以泡麵或壓縮餅乾充飢。”

“ 哈哈！伊老油鈔票額，可惜不是我的菜，阿拉娘這次失算了。”

原來梅莉的媽精心安排了一場**Blind Date,**怕想法前衛的女兒抵觸，還找了個藉口塘塞。到了餐廳，這個被蒙在鼓裏的女人才發現對方帶著目的前來，不僅年紀大她一輪，長相還是她最不喜歡的那一款。

我問莫非對方口歪眼斜？

“ 也不是，就是長得太乾淨，一看就知道是個**Gay**，我可不想守活寡。”

“ 妳未免想太多了。”

“ 才不呢！聽說他是名校畢業生，家裏有好幾棟樓收租，怎麼可能和條件一般的我相親？這當中一定有鬼！”

這樣的揣測一點兒科學依據也沒有，我當然不苟同，於是梅莉說要幫我牽線，好讓我一探虛實。

"妳可別亂點鴛鴦譜，我目前只對賺錢感興趣。"我一臉嚴肅地說。

梅莉嘿嘿嘿地笑，讓人一頭霧水。

* * *

我在帕爾森機場的接機口等了約莫半小時，終於見到兩個月沒見的師兄及……他的母親。

"妳一定是冰冰，"那個瘦小的女人向我走來，臉上佈滿笑意，"和我想的一模一樣。"

和她想的一模一樣？她想什麼我不清楚，但在我的想像中，放高利貸的女人個個刀槍不入，而且眼露凶光，全身帶著殺氣，與眼前這位笑容可掬且平易近人的聖母形像大相徑庭。

"歐陽媽媽好。"我沒忘記該有的禮貌。

"好，好，看到妳，我的心情大好，小睿也是，不是嗎？"她轉頭看自己的兒子。

歐陽睿不動聲色地問我車子在哪裏？我答停車場，有……有點兒遠。

帕爾森機場的停車方式有兩種，一種是開到機場入口，有人幫你停車，25/小時（取車也是由專人停在指定位置，通常很靠近機場出口）；另一種是自己去停車場停車（老遠的），每20分鐘4加元。

"那走吧！"他拍拍我肩膀，彷彿過往的不愉快也被"一拍兩散"。

* * *

多倫多位於安大略湖西北岸，是加拿大第一大城，同時也是經濟中心，氣候屬於溫帶大陸性，春天短暫、夏季濕熱、秋天怡人、冬天寒冷且漫長（一直持續到來年的四月）。它曾被評為全球最適合居住的城市之一，除了生活環境佳、安全係數高、經濟穩定、教育發達外，還包括文化的多樣性。這裏有5個唐人街、2個意大利區，還有希臘街、印度城、韓國城、猶太人市場……等，在各種文化的洗禮下，人們彼此包容也彼此成長，造就了一個活力四射的城市。

「歐陽媽媽，中午想吃什麼？多倫多最不缺的就是各國美食，光中餐就有很多選擇，妳想得到的都有。」我邊開車邊說。

「別考慮我，你們年輕人想吃什麼，我跟著吃就是。」她答。

哎！這種答案最令人頭疼，我望向歐陽睿。

「我媽吃肉邊素。」他提示。

吃素呀！這真不在我的餐館名單內，於是我把手機交給歐陽睿，讓他問問我的室友梅莉。

「她說**Maritz Drive**附近的購物商場裏有一家。」歐陽睿掛上手機答。

那個商場很小，地方又偏，東西會好吃嗎？

雖然有疑問，我還是將車開到**Mississauga**。

果然有關吃的還是得問地頭蛇。

這是一家口味極好的素食中餐廳，食材新鮮、用料足，不知為什麼，西人及印度人竟然比中國食客多。

「冰冰，妳多吃點兒，看妳瘦的……」歐陽媽媽邊說邊幫我舀了一碗荷葉冬瓜湯。

雖然我不喜歡冬瓜，也不鍾意當歸的味道，但還是說了聲謝謝。

「妳搬到多倫多，身邊也沒個人照應，父母一定很擔心。」歐陽睿的媽繼續說。

我解釋早晚都得離開父母自立，我已經成年，不想再依賴他們。

「小睿的父親去世得早，我們母子一直相依為命，我很難想像有一天他會離我而去。」

「小……歐陽睿的事業正現曙光，沒必要離開熟悉的地方。我不一樣，滑冰遇到瓶頸，加上……加上花費太多，我也累了，所以……」

那個瘦小的女人於是開始長篇大論，不外人生不如意十之八九，歐陽睿也有過低谷期，堅持一下就挺過去，不用擔心錢的事，她有兩間舖子收租，再多負擔一個人也不成問題……

我一時犯迷糊，她為什麼要負擔我的費用？而我又為什麼要讓她負擔？師出無名呀！

"媽，這下子冰冰要誤以為妳想放高利貸給她了。"

"我不……"歐陽媽媽分別看了我們一眼，"呵呵！不好意思，職業病又犯了，失言！失言！"

噓～嚇了我一跳，我還以為自己被歐陽家看上了。

飯後點心呈上的是鳳梨酥及茉莉花茶，當歐陽睿替我們斟上淡黃色的茶水時，我自然而然地掏出DJ-MIX，一點上火，才發現四隻眼睛齊齊對準我，樣子很驚恐。

"對不起，忘了餐廳內不准抽煙。"我將還冒著火星的煙掐熄。

"什麼時候學會抽煙？"師兄問。

"你該不會想藉機教育我吧？"我反問，防衛之心油然而生。

"冰冰，"歐陽媽媽開口，"妳抽的煙是什麼牌子？味道很特別。"

我答DJ-MIX，一共有8種水果味道，煙性溫和不刺口，是剛剛步入吸煙一族的女性首選。

"我年輕時也抽，後來戒了，今天看妳抽，煙癮突然上來，待會兒就去買一包解癮。"

她沒阻止我抽，反而加入陣營，讓我感覺多了一個盟友，不禁大喜過望。

* * *

歐陽媽媽跟店員說來一包Camel，我沒抽過駱駝牌的香煙，聽說它的口感比較厚重，勁很大，是"老煙槍"級別的人才會抽。

"借個火，好嗎？"她問。

我趕緊打火。

就在吞雲吐霧之際，我聞到濃濃的可可香。

“妳也試試。”歐陽媽媽遞給我一支。

抵不過好奇心的驅使，我抽了生平第一支駱駝煙，嗆得我咳嗽不止。

“多抽幾次就習慣了，”她把煙盒遞給我，“冰冰，幫我看看這上面寫什麼，老了，眼睛不中用。”

我告訴她煙盒的側面有三個標識，分別為：焦油量、煙氣菸鹼量以及煙氣一氧化碳量。

“意思是抽煙把焦油、菸鹼還有一氧化碳都吸進去了？”她問。

“我猜是的。”

她沉默了一會兒後說難怪她當初會咳出黑痰。

“黑痰？”

“嗯！痰是黑的，肺部就不知要黑成什麼樣。看過新鮮的肉沒？它應該是血紅色的，妳想啊！如果肉成了黑色，恐不恐怖？噁不噁心？”

她不說則已，一說，我瞬間有想吐的感覺。

“媽，別說了，冰冰被妳嚇得臉都白了。”師兄出手相救。

我承認自己的確被嚇到了。

“妳抽的牌子可能尼古丁和焦油的作用沒那麼大，但是積少成多，何況煙癮只會越來越大，妳很快就會不滿足淡煙，到時想戒就難了。”她說。

面對歐陽媽媽的突然“倒戈”，我有種受騙上當的感覺。

“我好得很，不需要戒菸。”我仍死鴨子嘴硬。

“不戒就不戒，”歐陽睿試著緩和緊張氣氛，“我和母親想看看尼亞加拉大瀑布，妳也一起來？”

第十二章/華盛頓州之約

尼亞加拉大瀑布位於加拿大和美國交界的尼亞加拉河上，由"馬蹄瀑布"、"美國瀑布"、"新娘面紗瀑布"組成，是世界三大瀑布之一。有人說它是從上帝花園中不小心隕落下來的，其鬼斧神工的自然景觀、宏偉的氣勢、豐沛而充足的水汽，吸引全球各地的遊客紛至沓來。

"今天天氣不好，如果是大晴天，看到彩虹乃至雙虹的機率很高。"歐陽睿說。

此時的我們正坐在"霧中少女號"遊輪上，直接面對瀑布正面，感受到如同千軍萬馬般的超強威力。

"你來過？"我問。

"嗯！兩年前和母親來過。"

"來過還來？"

"當時沒有妳呀！"

什……什麼意思？這叫人如何接話？

我默默走向船板的另一頭，與歐陽媽媽一起。

"很美，是不是？"她問。

"是的，這是我第一次親眼目睹那麼壯觀的場面。"

"兩年前我和小睿來過，也是在這艘遊輪上，他告訴我他喜歡上一個女孩，但不敢表白，怕被拒絕。兩年過去了，他對她仍心心念念，我鼓勵他說出來，否則對方永遠不會知道。"

專業運動員的受訓時間向來安排得很密集，接觸的人也相對固定，很難拓展交際圈，沒想到師兄已經有喜歡的人，難道也是滑冰選手？

"也對，人家又不是他肚裏的蛔蟲，不說出來，難道要等到花兒都謝了？"

"太好了，"她握住我的手，"就知道妳善解人意。"

我問什麼意思？

"妳去問小睿喜歡的人是誰？"

"為什麼？"

"難道妳不好奇？"

"Well, 我是滿好奇的，但這是個人私事，我去挖人隱私算什麼？"

"不要緊，他太害羞，不敢表白，妳去給他提意見，順便鼓勵他一下。"

我還是覺得不妥，歐陽媽媽遂來軟的，她說她年紀大了，想抱孫，求我可憐可憐她。

"我……盡量，不保證一定成。"我無奈接下任務。

* * *

"Hi, 你媽讓我來問你喜歡誰？"我不玩捉迷藏，直接開門見山。

"我媽？"他一臉驚恐。

"是呀！她說她想抱孫。"

歐陽睿一時無語。

"我也很好奇，但你若不想說就別說，不用勉強。"

"我……我怕說出來，妳會嚇一跳。"

不會吧？是**Alice?**

見他搖頭，我把俱樂部裏所有的單身女運動員都數了個遍，他還是搖頭，莫非不是運動員？

"冰冰，我想向那個人表白，但我嘴笨，又太容易緊張，怕說不好反而嚇到她，妳能讓我練習一下嗎？"

"你是說練習表白？"

"嗯！"

此時遊輪已很靠近瀑布，近到耳膜都快震破，但我仍然點頭。

"冰冰，我……我喜歡妳很久很久了……如果……請不要……我會……妳說………可不可以……"

後半段其實聽得不是很清楚，但前兩句我可是聽得真真切切，頓時五雷轟頂。

等遊輪駛離瀑布，那是好幾分鐘以後的事，但我們硬是大氣不吭地對看至少一分鐘。

"對不起，我沒聽清楚，瀑布聲太大了。"還是我先開口。

"**Never mind.** 我已經練習過了，謝謝妳。"

明白歐陽睿的心思後，我的內心很不安，他是"師兄"，一直都是，我不知該如何面對身份的轉換，以致接下來的行程渾渾噩噩，完全不在狀態下。

參觀完風穴，又近距離摸到瀑布水後，我問那對母子今晚落腳哪家酒店？沒想到他們只在此停留一天，馬上得走。

"這麼趕？好歹也多留幾天，這裏還有很多值得逛的地方。"

"不了，小睿明天有課，他得趕回去上課，國家級運動員就是這樣，分秒必爭。"歐陽媽媽答。

話都說到這個份上，我也不好強人所難，畢竟正事要緊。

"知道了，我載你們去機場。"

"冰冰，"歐陽睿喚住我，"妳真的不再試試？"

我知道他問的是什麼，但我已心如止水，對"四處征戰"缺乏熱情，還有……若回溫哥華，我不知道該如何面對他，畢竟抬頭不見低頭見。

"目前我只想賺錢，不想再撕殺，祝你半年後的比賽旗開得勝！"

他接著問我會不會到華盛頓州看他比賽？我答那是好久以後的事，不一定。

看他一臉失望，我又改口應該可以，只要他付機票錢。

"當然，"他笑了，"到時我幫妳訂機票和酒店。"

＊ ＊ ＊

三叔：

歐陽睿向我表白了，很突然，雖然我也有點兒喜歡他，但媽媽不喜歡他，而且我害怕一旦成為男女朋友，他就不再是我的師兄，我也會失去"被照顧"的感覺，這麼想是不是很傻？

冰醬

"既然不喜歡他，幹嘛還跟他約？豈不是玩弄人家的感情？"梅莉躺在沙發上，懷裏抱著一桶爆米花，嘴巴咔滋咔滋地咬。

"比賽的心情很重要，我不想壞了他的心情。"

梅莉說這是作死的前奏，男人只要尚有一絲希望在，就會像咬住獵物的猛獸，不肯輕易鬆口，看來我這輩子都擺脫不了師兄的糾纏……

"別嚇我，我還想跟別人生兒育女。"

梅莉坐直了身子，興奮非常地問我真命天子是誰？

"沒有這個人，但我終究會走入婚姻殿堂，不是嗎？"

她嘆了一口氣，重新躺下："瞧妳說得上崗上線，八字都還沒一撇呢！我還以為自己快當伴娘了。"

在加拿大，滿18歲的成人可以自由結婚，不需經過父母的同意，但就算沒這條規定，我也不知上哪兒找人結婚。我的生活圈子向來很小，到現在還沒談過戀愛，認識的男孩多半也是滑冰選手，沒一個說得上話，除了……歐陽睿。

"喂！那個姓歐陽的長得好不好看？聽聲音滿好聽的，當播音員一定吃香。"

今天師兄曾與她通過電話，問哪裏有素菜館？

"**Look!** 就是這個。"我翻手機照片給她看，她驚訝不已。

"原來是大名鼎鼎的**Richard**，這樣的大帥哥，妳確定不要？"

"帥嗎？也許看久了產生審美疲勞，我覺得挺一般的。"

梅莉說既然我不要，讓給她，也算解決我的一個大麻煩。

"師兄不是麻煩……"

"不管不管，妳一定得牽線，我已經滿18歲，到現在還沒談過戀愛，這說出去多丟臉，妳一定得幫忙，拜託啦！"

禁不住她的軟磨硬泡，我答應試試看。

"就知道妳是我最好的朋友，"她笑容燦爛，"喏！請妳吃。"

梅莉把爆米花桶遞過來，我拿了顆丟進嘴裏，食不知味。

第十三章/瓦倫西亞的月亮

我的滑冰事業正如火如荼地展開，開始有慕名而來的學員指定由我教，加上聖誕節及新年將至，有些教練已提前放假，經理看我教得不錯，索性讓我接班及代課，一時竟有"揚眉吐氣"的錯覺。

"這個月的進賬應該有六千，我終於可以衣錦還鄉了。"梅莉說。

她的家人還住在溫哥華，假期回家探望也是應該的。

"我的口袋也一樣麥克麥克的，這下子終於可以開心迎接新的一年。"我答。

梅莉問我難道不回家？

想到回家必須面對的爭執，我果斷搖頭。

"聖誕假期一個人過會很慘，我試過，勸妳還是回溫哥華。"

面對室友的建言，我聽而不聞。

＊ ＊ ＊

上帝總有辦法懲治一意孤行的人，這可不，聖誕節當天，整座城靜悄悄的，超市沒開，連最勤奮的中國餐館也關門一天，難道注定在這個大節日裏，我得吃泡麵度日？

我沿著**College Street**往南走，這是一個叫"小意大利"的地方，街道滿目瘡痍，到處是色彩鮮豔的牆面塗鴉。

破雖破，這裏聚集了很多意大利餐廳和街邊美食，我以為再怎麼著也會有一、兩家開門營業，可惜我錯了，這裏的店舖全拉上門，只剩下空曠的鬼城景像以及歪倒在路邊的流浪漢和醉鬼（這個大概全世界都不缺）。

我百般無聊地在被雪覆蓋的街道上漫步，有軌電車的軌道將路面切割成帶狀，頭頂的電線相互交錯，天空因此四分五裂，搭配四周圍的低矮老房，人一下子穿越了，彷彿回到五0年代。

" 原來梅莉說得没錯，聖誕假期一個人過會很淒慘，看來我得回家吃泡麵。"我無奈心想。

然而還沒走到**Café Diplomatico**咖啡館（據說那裏曾是多部電影的外景地），有人喊我的名。

" 冰冰，妳去哪裏？"田芳從一輛豪車上探出頭來。

我看見副駕駛座上坐著一個好看的男人，後座向我揮手的則是我的學員—翠喜。

" 我忘了採購，想上街找吃的。"

" 找吃的？"她揚起聲，" 聖誕節當天想找家餐廳難如登天，連中國城都歇業了，只有酒店的附屬餐廳還可一試，因為住宿的客人總得有地方填飽肚子。"

我樂觀地答沒事，家裏還有泡麵及韓國泡菜。

" 節日哪能這樣過？上來吧！我們也正要吃飯去。"她說。

* * *

車子停在四季酒店門口，泊車員過來將車開走，我們進入大廳，左側有個酒吧，提供意大利餐。

" 我要吃風乾火腿。"一入座，翠喜喊著。

"妳就不能換換口味？每次都點這個，膩不膩？"她的表姐說。

"不膩，我就想吃。"那孩子的小嘴翹得半天高。

田芳不理她，轉頭問我想吃什麼？

我翻了翻菜單，價格小貴，所以點了相對便宜的白蘑菇奶油培根意麵。

"大師，你呢？"這次田芳望向那個一直保持沉默的男人。

"隨便。"他答。

於是田芳點了翠喜要的風乾火腿和我要的意麵，又加點了燒章魚、檸檬燴飯、青豆米湯、瑪格麗特披薩、羊奶餃子及馬鈴薯丸子。

沒想到在"小意大利"沒吃上的意大利菜，反倒在五星級酒店裏吃到了。

"妳怎麼沒在聖誕節前囤好糧食？"負責點餐的服務員一走，田芳問。

我答這是我自立後的第一個聖誕節，以往在家裏"茶來伸手，飯來張口"，所以沒想那麼多。

"我聽說妳放棄奧運之路，讓人好生惋惜，我以為妳會是第一個替加拿大奪得花樣滑冰金牌的華裔選手。"

聽說？我問聽誰說？

" **Alice Yan,** 她接受《國家郵報》的採訪時說的，同時表示妳是她生命中的貴人，若不是妳，她也不會堅持那麼久。"

貴人？我聽了想笑，要不要我談談每當我上台領獎時，她一副想把我殺了的表情？

"對我父母來說的確是'貴'人，因為我是用金山銀山打造出來的，還好現在他們能喘口氣。"我自嘲，藉以掩飾受傷的心。

"我覺得妳還是應該繼續……"

"這餐前麵包真好吃，妳也嚐嚐。"我趕緊掐斷不愉快的話題。

席間，我們三個女人嘰嘰喳喳，把那個男人晾在一旁，讓我很過意不去。

「平先生，翠喜的課上得不錯，應該可以參加明年一月底的滑冰考級測試。」我沒忘記教練的職責，同時也想與學員家長套近乎。

「嗯？……噢！可以，看她，想考就考。」

從一見面，那個男人就三緘其口，一直在自己的世界裏神遊。

「妳知不知道為什麼十六歲生日一到，我就急匆匆去考駕照？因為……」田芳轉頭看那個男人一眼，「他活在瓦倫西亞的月亮裏，坐他的車簡直恐怖至極，時刻危在旦夕。」

「活在瓦倫西亞的月亮裏」是一句西班牙俗語，傳說那個地方的月色很美，對月的人往往魂飛天外，忘了身在何處。

「那可不好，沒什麼比生命更重要。」我說。

「對我爸而言，我媽比較重要，他曾想代替她死……」

「吃妳的飯，別說了。」那個惜字如金的男人突然開口制止，讓人頗感意外。

我想起翠喜曾說過她的母親去世後，父親到現在還沒走出陰霾，每天只是發呆……

「對了，怎麼你們聖誕節也跑出來吃飯？」我又轉移話題。

田芳答家裏的阿姨放大假，大師什麼都不管，她又不會煮，只好求外援。

據翠喜說，田芳是表姐，再怎麼著也該喊那個男人一聲「姨父」，可是她卻一口一個地喊「大師」，不符合應有的輩份稱呼。

田芳說我有所不知，她母親是抱養的，從血緣上看，和這個家無半毛錢關係。再者，平靖宇是有名的作曲家，喊他「大師」也沒什麼不妥。

「作曲家？都做了哪些曲子？」我一聽來勁。

「現在流行歌手唱的，很多都是他寫的。」

接著她隨意哼起一首歌，原來那樣纏綿悱惻的情歌竟是出自這位男人的筆下，我不禁肅然起敬。

"其他還有很多呢！但自從……他不再寫歌，怪可惜的。"

的確可惜！我望了那個憂鬱的男人一眼，他仍活在瓦倫西亞的月亮裏，對我們的談話不做任何反應。

第十四章/生病的男人

吃完飯，翠喜邀我去她家玩桌遊，拗不過她的盛情邀約，加上不願回家面對一室的冷清，我沒考慮多久就上車。

勞斯萊斯平穩地開在跑馬徑上，經過高點路，再繞過公園彎道，沿途都是被大樹所環抱的深宅大院（雖然天寒地凍，樹木只剩枝椏，依舊蒼勁有力地守護著）。

"原來他們住在跑馬徑，寫歌也能賺那麼多？"我心生懷疑。

十九世紀的跑馬徑是個大農田，同時也是富豪們的跑馬場。到了二十世紀初，這裏幡然崛起，成了寸土寸金的富人區，當然也就不再適合跑馬。

兜兜轉轉後，車子停在郵差路的某個小區前。

"**Here we are.**"田芳說，然後按下遙控器。

電動門開了之後，車子循著環形車道往前駛去，沿路經過修剪整齊的常綠樹和音樂噴泉，我還看到網球場、籃球場、地擲球球場、游泳池以及燒烤區。

"知道跑馬徑為什麼得天獨厚嗎？因為這裏到處是一個接著一個的小區，沒有繁忙的交通要道穿行其間，連**Lawrence**大街來到此處也得繞道而行，徹底隔開農民。"

“農民”在加拿大並不等同窮人，事實上，很多加拿大農民擁有大片土地，算是隱形富豪，所以我猜田芳用的是網絡用語，意指社會底層的鄉巴佬。

想至此，我那自卑且敏感的心又開始作祟，自己不也算“農民”？

田芳沒察覺到我的“自慚形穢”，仍然大肆宣傳住在跑馬徑的好處。瞧！西邊毗鄰**Humber River Valley**河谷，一望無際；東側是著名的愛德華公園，風景如畫；南側是**Sunnybrook**，內有充足的運動場地，可玩板球、曲棍球、橄欖球、足球、室外滑冰⋯⋯

“等我賺夠錢，也在這裏買一棟哈！”我說著反話。

“那有什麼難的？**Alice**最近不是接了個廣告？再多接幾個，馬上能買。”她看了我一眼，大夢初醒，“噢！我是說如果妳繼續參加比賽的話。”

再度聽到死對頭的名字，讓我鬱悶得要死。

“我不喜歡**Alice**，她的鼻子像小豬佩奇。”翠喜忽然說。

我大笑不已。

Alice有鷹鈎鼻，動畫片裏的《小豬佩奇》則有長長的鼻子，兩者雖不盡相同，但同樣怪異。

“妳為什麼笑？”那孩子問。

“因為⋯⋯因為**Alice**也不喜歡自己的鼻子。”

Alice與我從小競爭到大，她的“心頭痛”，我清楚得很。

我的“幸災樂禍”讓田芳深看我一眼，帶著些許迷惑。

小區很大，車子最後停在一棟外觀氣派非凡的豪宅前，門牌號碼**112**。

“哇！好漂亮呀！”我忍不住讚歎。

“漂亮嗎？讓我帶妳參觀一下，不過先給妳打個預防針，家裏有點兒亂，就等著阿姨休假完畢回來整理。”田芳說。

在她的帶領下，我們從車庫進入屋內，我看到宏偉的門廳及一個接近四十平米的起居室，廚房是歐式風格，臥室有五個，衛浴卻有七個，上下兩層樓還配備電梯（真不知爬一層樓會累死誰？），每個空間都寬敞舒適，採光也佳。

"喏！這是家庭影院，"她打開某個房門，裏面有大屏幕及六個沙發座，"我們偶爾也看電影，地下室還有酒窖及水療浴池，就不帶妳看了，因為那裏有點兒濕冷，怪恐怖的。"

參觀至此，平家與我已經徹底分隔開來，他們是養尊處優的有錢人，我是鬱鬱不得志的運動員。

"跟我溫哥華的家差不多，不同的是我家面對馬蹄灣，還有私人碼頭，方便隨時出海。"我說。

的確有這麼一棟房子，就在西溫，那是**Alice**的家。

"太好了，如果去溫哥華，我找妳！"

" No problem."

我的滿口胡言卸下田芳的戒備心，畢竟有錢人也會害怕別人帶著目的前來，所以跟"門當戶對"的人交往最省心，而我……已成功晉級成為"自己人"，她甚至邀我今晚開睡衣派對，盛情可見一斑（可惜被我婉拒了）。

參觀完豪宅，我們回到客廳玩《卡坦島》，它很像升級版的《大富翁》，也是一種交易類的桌上遊戲。

"翠喜，不許賴皮，明明輪到冰冰。"

"她已經這麼多分了。"翠喜嘟著嘴。

"再多也是人家的，把妳的骰子放下。"田芳擺起臉孔。

"好啦！"

《卡坦島》的地圖上有數個六角形，上面有平原、草原、森林、山丘及山脈，以擲骰子的方式輪流建設，玩家必須通過建造房屋、城市、道路……等，擴大產業範圍，點分最多或最先獲得**10**點者算贏家。

我肯定頗具商業頭腦，不一會兒工夫就甩那兩姐妹好幾條街，眼看勝利在望，就要嚐到甜美的果實時，樓上忽然傳來"碰"的一聲，像是椅子被推倒。

田芳愣了一下，接著喊："糟糕！"

"什麼事糟……"我還沒講完，她已衝上樓去，連坐電梯都嫌慢。

"冰冰，快，"翠喜拉我起身，"我爸可能又自殺了。"

什麼？！我趕緊追了上去。

＊＊＊

房間太多，我一時找不著北。

"這裏。"翠喜向我招手。

進到房內，我看到田芳正抱住那個凌空的軀體，哭喊著："別……堅持住！"

"需要什麼？"我衝上前去。

"剪刀，快！"

剪刀？剪刀在哪裏？我像隻無頭蒼蠅。

還好翠喜適時找來，我趕忙踩上凳子，把綁在吊燈上的白布條給剪斷，那男人身子一軟，趴在田芳身上，我幫著把人扶到床上躺下。

"為什麼？你不是答應我不再做傻事了嗎？大師。"她哭得聲嘶力竭。

"爸爸，你跟我打過勾勾，怎麼騙人？"翠喜用手背拭去淚水，讓人看了鼻酸。

我把手機拿出來，剛撥一個號，田芳粗魯地將它一把搶下。

"妳想幹嘛？"她責問。

"叫救護車呀！"

"叫什麼救護車？靖宇需要的是心理醫生，"她將手機遞還給我，"我馬上給石醫生打電話。"

66

望著田芳的背影，我傻住了，靖宇？這是晚輩對長輩該有的稱呼嗎？

"翠喜，"那個男人向女兒招手，後者投入他懷裏，"對不起，爸爸太軟弱了，別哭，我愛妳！"

這種悲傷的場合明顯不適合我，我默默退出房外，心想："這個男人病得不輕。"

第十五章/心生疑竇

三叔：

這個假期，滑冰場除了聖誕節及元旦當天關門一天外，其餘的日子還是開放的。都說"勤能補拙"、"笨鳥先飛"，我藉著長假開始擴張自己的版圖，等梅莉從溫哥華飛回來，我已成功接下三個私教課。

冰醬

"行啊！再這麼下去，妳就要成為多倫多的名牌教練了。"梅莉說。

名牌教練不敢當，我只想趁年輕多攢點兒錢，買不起跑馬徑的豪宅，總買得起房價相對便宜的士嘉堡區獨立屋吧？！到時把爸媽都接過來，也算不枉他們對我的傾心栽培。

梅莉聽完嗤之以鼻，她說她才不買房，買了房等於背上債務，多不自由，等她玩夠了再找個有房的男人嫁了，既省錢又省心！

我告訴她加拿大沒房的男人多的是，估計她的人選
要去掉一大半。

"放心，歐陽睿家的房子是自己的，他媽在中國城還有兩間舖
子收租，家境很過得去。"

"妳……妳……"

"是呀！我們見面了，"梅莉把電視餐從微波爐裏取出，"我告
訴他，妳有東西要我轉交，他二話不說就出來見我。"

自從知道歐陽睿就是**Richard, Richard**就是歐陽睿，加上我對
這名帥哥不感興趣，梅莉馬上主動接收，成功從我這裏要走了
師兄的電子郵箱地址。

"我不是告訴過妳先筆談嗎？"我一股氣上來。

"那多慢，"她邊吃黑胡椒牛肉炒麵邊反問，"人類都計劃上火
星了，妳還要我細水長流？"

我問她難道不知道國家運動員的時間很寶貴？

"拜託！誰節日還工作？何況偶爾調劑一下身心有好無壞，他
媽還說很高興見到我，歡迎我經常上他家呢！"

梅莉見到歐陽媽媽了？

"這是怎麼回事？還有，我什麼時候讓妳轉交東西了？"

"瞧妳，真是貴人多忘事，妳不是把音樂卡帶給了我？我不過
是物歸原主罷了。"

花樣滑冰比賽的背景音樂通常為古典音樂或影視原聲，再經過
專業團隊進行混編而成，當然是收費的。歐陽睿知道我有經濟
困難後，主動幫我製作音樂卡帶，梅莉偶然在我房內瞥見了，
問我還要不要？為了避免"睹物思情"（喚醒我那不堪回首的往
事），我答她若要，可以拿走。如今她卻說是"我給的"，還
"物歸原主"，媽的，這玩的是哪一齣？

梅莉要我別生氣，找人出來總得有名目，何況她還幫了我一個
大忙，把歐陽睿的希望之火給滅了。

"妳……妳做了什麼？"我嚇得全身發抖。

"我告訴他，妳對他没感覺，還有，他是單親家庭出身，母親做的又是民間放貸工作，妳父母對此有意見。"

完了，這個大嘴巴！竟然將女人間的悄悄話給轉發了。

"妳怎能這樣？很傷人的。"我氣不打一處來。

梅莉說感情的事最好快刀斬亂麻，把人吊著才殘忍。再說，她若以"小三"的身份談戀愛，那是玷污她的愛情……

我不能說梅莉不對，在感情裏，誰也不想當備胎，但我還没準備好，她這麼做太讓人措手不及。

她反問我需要準備什麼？歐陽睿根本不在乎，還約她一起吃飯、看電影，都是男士買單。還有，元旦上他家，歐陽媽媽說她有旺夫相，跟想像的一模一樣……

呃！這位媽媽的想像力真豐富，見一個，愛一個。

"這麼說，妳和師兄已經正式交往了？"我問。

"我也不知道算不算，反正她對我總是笑臉相迎，也不反對我留宿。"

聽到板上釘釘的事，不知怎的，我彷彿遺失了重要的東西。

"祝福妳，歐陽睿不錯，妳也算是壓對寶了。"

"我也是這麼想的。"

話不投機，我藉口回房睡覺，梅莉取笑我是隻大懶蟲，九點不到，睡什麼睡？

"明天一早六點有課，我不想讓學員等。"

她擺了擺手，放我去睡覺。

說要睡覺，躺在床上卻怎麼也睡不著。

自己這麼容易就被旁人取代，想必師兄的心意也不過爾爾，我還以為……以為他對我是認真的。再想到歐陽媽媽"見一個，愛一個"，心裏更堵得慌，莫非老人家没看上我？

想起去年11月份的初次見面，表面上皆大歡喜，但一定有什麼事在枱面下暗潮洶湧著……對了，抽煙。

歐陽媽媽很反感我抽煙，但不好發作，只能旁敲側擊地勸我戒菸……

"什麼嘛！為了這個把我給開了，未免太小肚雞腸了？"我憤恨地想。

"嘟……嘟嘟……"

說曹操，曹操就到。

"**What?**"我問那個已經變節的男人。

"我……梅莉回家了嗎？"他問。

啥？既然這麼關心她，何不親自去問？問我幹嘛？

"你没她的手機號嗎？"

"我……我怕她睡了。"

什麼？他怕吵醒她，卻不怕吵醒我？

"我不知道她睡没睡，但我睡了，謝謝你吵醒我。"我冷冷地答。

歐陽睿在手機那端猛道歉。

"算了，反正被吵醒了，你有什麼事快講，我轉告就是。"

"吃不完的年糕，記得放冰箱冷藏，想吃時再拿出來。"

元旦過後，代表中國農曆新年也不遠。每年的這個時候，母親已經開始著手製作我愛吃的紅糖年糕，没想到歐陽媽媽也這麼待梅莉。

"知道了，還有事嗎？"

"年糕好吃，但不宜多吃，容易消化不良。"

我要他放心，梅莉的腸胃好得很，不過我還是會傳達他的愛心。

"不，我是說給妳聽的，我媽很難得空出手來做年糕，紅糖的給妳，白年糕給梅莉,總得給快遞員好處，妳說是吧？"

"紅糖……給我？"

“是的，妳沒收到嗎？”

“收……收到了，謝謝！”

掛上電話後，我忍不住下床一探究竟，果然在冰箱裏發現兩個六吋大小的年糕，一個深褐色，另一個白的，通通擺在上層，那個屬於梅莉的領地裏。

“她為什麼沒告訴我？難道忘了？”我心生疑竇。

第十六章/生日派對

我還是嚐到紅糖年糕，母親郵寄過來的，另外附上愛的叮嚀：想吃的時候把年糕切成片，每一片都沾上雞蛋液，兩面煎黃即可。別吃多，小心胃疼。

卡片上的短短幾句話讓我眼眶發熱，他們沒有強迫我回家，而是用另外一種方式表達思念與關懷。

" 原來紅糖年糕要沾雞蛋液煎，我還以為乾煎就行，待會兒我也試試。"梅莉看我進廚房忙碌，走過來一探究竟。

我把最後一塊雞蛋年糕夾入盤裏，說她可以接著煎，不需要另外準備平底鍋及花生油。

梅莉很高興，立馬著手準備宵夜。

我邊吃母親的愛心年糕邊看著好友的背影，五味雜陳。

沒多久，她的年糕也上了桌，還沏了兩杯綠茶，她說綠茶配年糕，絕配！

梅莉說得沒錯，香甜軟糯的紅糖年糕配上苦、澀、鮮、甜的綠茶，能起到很好的解膩作用，口感上一點兒也不違和。

" 妳媽真厲害，還會做年糕，我媽就比不上，了不起到華人超市買一個，連煎都懶得煎，直接丟進電鍋裏蒸熟。”我的室友說。

我問她的紅糖年糕可是在超市買的？

“才不呢！是歐陽媽媽給的，她原本想晚點兒再做，看見我來，連夜趕出來的。”她邊吃邊答。

“冰箱裏還有白年糕……”

“嗯！紅糖年糕適合當點心吃，白年糕適合炒著吃或丟進火鍋裏當主食，歐陽媽媽給我兩種糕，正餐和宵夜全有了。”

至此，我完全明白梅莉的意思──她打算裝糊塗裝到底。

“妳好運氣。”我說。

“當然，遇見對的人，什麼都對了。”

遇見對的人的確什麼都對了，但所謂對的人在哪裏呢？

＊＊＊

我把滑冰鞋脫了，換上白布鞋，剛走出滑冰場就撞見那個生病的男人。

“好久不見，來接翠喜和田芳嗎？”我問。

“來接翠喜，田芳感冒了，在家休息。”他答。

“爸爸～”翠喜衝上前去，“就知道你會給我驚喜。”

亞洲父親親自接送孩子的機率不高，從翠喜的開心表情可見一斑。

說完“See you”，我正要離開，那個男人喚住我：“如果沒什麼事的話，歡迎一起吃個飯。”

一旁的翠喜聽了像裝上強力電池，笑著跳著要我加入，因為今天是她的生日，她想要一個“不安靜”的生日晚餐。

“怎麼沒開生日派對？”我問。

“派對在週末開，邀了很多小朋友，但那是兩天後的事。”

我完全理解那孩子的想法，這個男人尚未康復，腦子經常開小差，和一個木頭人吃飯多憋屈，尤其是生日晚餐。

" 好，我跟在你們的車屁股後面開就是。"我答。

* * *

去的是位於國家電視塔裏的旋轉餐廳，在第113層，雖然是冬天，但窗外的皚皚白雪依然景緻迷人，把整個多倫多踩在腳下。

也許提前做了預定，餐廳給我們靠窗的位置，在視野上得到很大的滿足。

服務員捧來燙金的菜單，我們正翻看著，那個年輕人迫不及待地推薦了幾道熱門菜：海鮮大拼盤、厚煎牛排、薑茶熏銀鱈魚、香酥羊腿、巧克力塔……光聽名字就很有食慾。

平先生聽完介紹，閣上菜單說一樣來一個，豪氣得很。

我不感欣喜，反倒有被忽視的屈辱感，他至少該問一下我和翠喜的意見，不是嗎？

" 我爸有選擇困難症，所以日常生活一向由我媽做決定。我媽一走，他就不會選了，現在換我姐做決定，可惜她生病了，已經躺在床上好幾天。"翠喜為她爸的大毛筆做出解釋。

想來他是不好意思讓我代做決定，所以……

我立馬原諒了他。

" 冬天到了，這裏的黑雁都飛到安大略湖。"平先生突然來上一句。

加拿大黑雁是世界上最大的雁形目物種，體長能達到1米，全身亮黑，脖子上還有一圈白色羽毛，看起來像圍上白色圍巾，很是可愛。如果你以為這種鳥好欺負，那就大錯特錯了，它們膽大得很，餓了就吃、吃了就拉，完全憑感覺走，而且領地意識極強，動不動就啄人，若 不是加拿大熱衷保護動物，像這類不討喜的東西，早該成為盤中餐。

" 飛得越遠越好，黑雁其實就是地痞流氓。"我答。

「但它們對自己的伴侶很專一，光這點就足夠忽略其他缺點。」

我不知道他為什麼要在用餐環境裏談風馬牛不相及的黑雁，但有一點是肯定的，我不喜歡這種"目中無人"的飛禽，遂以父母為例，強調人類也可以很專一。

「一個人能對另一人無條件的好，那是前世修來的福氣，可遇不可求，妳父母好運氣。」

我答或許吧！我也希望遇上這麼個人……

說著說著，海鮮大拼盤送上來了，我立馬傻眼，這……這是一座山好嗎？瞧！深口大盤上除了生蠔、青口、大蝦、三文魚……等，還有難得的龍蝦和大海蟹，量大得驚人。

「好棒！」翠喜拍手，「我喜歡吃蝦。」

「爸幫妳剝。」

沒兩下，一隻剝了殼的肥美蝦肉就進了那孩子的嘴裏。

「好吃。」翠喜說，然後要她爸也幫我剝蝦。

這成何體統？我趕緊拒絕。

然而那個男人還是幫我剝了，為了不拂他的好意，我收下，同時也"禮尚往來"，幫他剝了蟹肉。

「謝謝！」他答。

翠喜笑看我們，很是開心。

「妳笑什麼？」我問。

「以前我爸幫我媽剝蝦，我媽幫我爸剝蟹。」

呃！這是什麼情況？我還沒來得及澄清，自有人先劃清界限。

「翠喜，別亂說話，妳媽要不高興了。」

「好啦！」

那孩子果然不再談她媽，改講一些童言童語，而平先生也不再說話，又回到"沉默是金"的狀態，一直到買單走人。

＊ ＊ ＊

一頓飯吃掉三百多加元，是我每月房租的一半，我尋思該投桃報李，否則就成了蹭吃蹭喝的人。

"翠喜，下次上課，我會補送妳一份生日禮物。"上車前，我對她說。

"何必等下次？後天中午12點我開生日派對，妳也來。"

星期六中午時分至下午四點是我的休息時間，參加派對不成問題。

"那好，到時給妳禮物。"我答。

第十七章/她愛他

梅莉說現在的孩子不比從前，幾個布娃娃就能開心半天，他們希望得到不一般的生日禮物，譬如：可以吃的口紅、整人玩具、印有創意文的**T恤**……等。

我搖搖頭說這些東西都太**Low**了。

" 要不然科技新品也行，**iPhone XS**、藍牙耳機或者整套的樂高玩具。"

我瞪她一眼，說：" 老娘若有那麼多錢，就先買件'加拿大鵝'，省得整個冬天冷得直打哆嗦。"

"加拿大鵝"羽絨服是用保暖係數很高的鵝絨填充而成，如今已成為加拿大的國民品牌，雖然價格昂貴，但依舊有不少死忠的迷哥迷妹，而它的名字**Canada Goose**指的正是平先生所愛，而我厭惡至極的加拿大黑雁。

" 隨妳囉！要不買個芭比吧！也許她還有公主夢。"梅莉說。

翠喜的個性活潑好動，我不認為她會喜歡身材凹凸有致的塑料娃娃。

考慮再三（結合兒童心理及兜裏的錢包）後，我買了個附閃光輪的滑板，就算夜裏滑行也能閃閃發光，安全性相對高一些。

 * * *

一上完課，我就跳上**Honda,** 腳踩油門往跑馬徑開去。

到了平家，我好不容易才在各種膚色混雜的孩子堆裏找到今天的壽星。

"翠喜，生日快樂！"

"謝謝！"她將禮物接了去，左看右瞧後，問我是不是電吉他？

電吉他？買一把電吉他，我可以連吃兩頓大餐。

"比那個更好。"我笑眯眯地答。

翠喜沒懷疑，把禮物放在"禮物堆"裏，轉身和小伙伴們嘻嘻哈哈去。

Well,讓我告訴你有錢人家的孩子是怎麼開生日派對的。

此時天寒地凍，籌辦生日會的工作人員在戶外搭起帳篷，裏面至少能容納百人，吃的就不用說了，琳瑯滿目，我甚至還看到一個巧克力噴泉。

講完吃的講玩的，有兩個大學生模樣的人正帶領孩子們做遊戲，蹦蹦跳跳的，也不知玩些什麼，小朋友倒是很開心的模樣。

這廂孩子們在**Happy,** 那廂家長們也沒閒著，紛紛坐下來喝茶、聊天、吃東西，顯然這是個歡樂會，不論老幼，皆大歡喜。

我在底層走一圈，除了壽星外，無一個眼熟，所以吃完桌上的小蛋糕和手指春捲後，我打算拍拍屁股回滑冰場，此時，一個很瘦的亞洲女子不慌不忙地上二樓去，看身形，不是田芳。

"這也太不禮貌了，來別人家做客，竟然像走自己家的廚房，沒個矜持！"我心想。

都說"好奇害死貓"，偏偏我就是那隻貓，兩分鐘後，我也跟著上樓。

田芳帶我參觀過這棟豪宅，很快我便發現那個瘦女人進入書房，因為裏面傳來說話聲。

"妳在幹嘛？"

聽到田芳的聲音，我嚇得倒退三步。

"沒……沒什麼……我看見……有個很瘦的女人……所以跟過來看是怎麼回事。"

"噢！那是石醫生，她來開導靖宇。"

此刻的田芳身穿睡袍站在走廊上，頭髮亂糟糟，聲音因生病而沙啞，鼻子紅紅的，懷裏還抱著一盒面紙。

"看來妳病得不輕。"

"誰說不是？"她抽出面紙擤了擤鼻子，鼻子因此更紅了，"進來吧！已經好多天沒人和我講話了。"

田芳的房間很有少女氣息，牆壁貼著粉色小花的牆紙，梳妝台很歐風，上面有瓶瓶罐罐，衣櫃和床架是成套的，帶有濃濃的地中海風情。

病人病快快地躺回床上去，我才發現她不是一個人睡，有隻半人高的玩具狗熊陪她。

我找了張椅子坐下，順便道出心中迷惑："我以為心理醫生都是在診所裏看診。"

"是在診所裏看診呀！但這個老巫婆對靖宇有非份之想，所以出診出得很勤快。"

老巫婆？據說只要能帶來威脅感，一個女人很容易對另外一個女人產生敵意。

"換人唄！多倫多又不只有一名心理醫生。"我說。

"可惜靖宇不想換，大概被洗腦了，妳知道的，心理醫生最擅長蠱惑人心。"

石醫生有沒有"蠱惑人心"，我不清楚，倒是田芳"沒大沒小"，那是昭然若揭的事。我提醒她應該稱呼平先生為"姨父"，畢竟中國人還是講輩份的。

"呵！我從來就沒當他是長輩，對我而言，他是個男人，一個有魅力又死了老婆的男人。"她答。

呃！聽起來有故事。

在我的旁敲側擊下，田芳終於敞開心扉，告訴我那個深藏在她內心多年的秘密。

"可……可是你們是親戚啊！"

"古代的皇親貴族不也是近親通婚？何況我們是遠親，也没有任何血緣關係。"

話說得没錯，但總覺得哪裏怪怪的……對了，愛情一個巴掌拍不響，靖宇……噢！不，平先生，如果……如果他早對她有意思，後來也不會結婚，更不會生下翠喜。

田芳解釋這還得怪她遲遲没把心意告訴對方，所以他找別人去了。

"那麼妳打算近期告訴他嗎？"

她答不，她要等靖宇徹底康復，不再糾結於過去，她才要告訴他，同時奉上全部的自己，包括身體與靈魂……

她的直言讓我瞠目結舌。

現在的孩子都這麼早熟嗎？相比之下，我竟成了思想保守的老太太。

＊＊＊

我下到底層，剛好看見翠喜當著大家的面拆禮物，旁邊有已拆封的蘋果手機、電動小汽車、遊戲機、帶名牌**Logo**的衣服……我甚全還看到一把電吉他，鍍金的。

不比不知道，一比嚇一跳，我頓時有想逃的衝動，尤其她手上拿的正是我送的禮物（被店家用牛皮紙草草包裹著）。

"**Wow.I like it.**"一拆完牛皮紙，她大聲嚷嚷起來。

我没想到她會喜歡一個20加元不到的滑板，真是出乎意料！

下一秒，翠喜跑過來擁抱我。

“謝謝！我一直想要一個這樣的滑板。”她說。

“ 喜歡就好，春天來臨時，我帶妳去滑，我可是玩滑板的高手呢！”

“真的？我太高興了，來，打勾勾。”

於是我伸出手指跟她勾了勾，她裂開嘴，雖然缺了兩顆門牙，但笑容依舊燦爛。

第十八章／表白

三叔：

病菌真是個可怕的東西，我不過是跟患上感冒的田芳談了會兒話，就被傳染上。現在的我頭重腳輕，喉嚨很痛，鼻水還直流，垃圾桶裏早已塞滿用過的紙巾。

冰醬

"扣、扣、"

"進來。"我啞著嗓子說。

梅莉開門問我需要什麼？她上完課順便幫我買回來。

"到藥房幫我買感冒藥，白天加黑夜的那種，還有，果汁和電視餐也幫我帶上幾個。"

"我看……妳還是去看醫生吧！"

"不了，全身酸痛，起不來。"我翻過身去，代表談話結束。

沒想到當晚她不僅帶果汁和電視餐給我，還捎來一個大活人。

"這位是石醫生。"梅莉介紹。

石醫生？聽起來很耳熟。

"我只要感冒藥，沒要醫生。"我說。

梅莉沒理會我，轉向醫生："她已經病了好一陣子，你跟她談談。"

我的室友一走，石醫生主動坐下來，問我有沒有想說的？

"其實我是三天前才開始有症狀，頭痛、喉嚨痛、流鼻水、嗜睡、沒胃口。"

"聽起來像感冒，其他還有什麼？譬如心情如何？"

"感冒了當然心情不好。"

"其他時候呢？有沒有負面情緒？"

負面情緒？我想了想，除了滑冰成績不佳以及Alice曾帶給我的壓力外，其他還好，即使面對經濟拮据也只是暫時的，壞情緒一晃而過（大概我這個人還算大大咧咧）。

聽完我的回答，石醫生說看情況不太嚴重，如果後續需要治療，可到他的診所就診，然後遞過來一張名片，上面寫著：**Psychiatrist — Frank Shi**。

* * *

趁著梅莉進來給我送晚餐，我問這個心理醫生是怎麼回事？

"我認識的醫生都不出診，只有這個肯……好吧！實話告訴妳，我藉口上回吃了他的帝王蟹，到現在還內疚著，所以煮了幾道家常菜回請他。就在等待出鍋的同時，又順便讓他開導一下有抑鬱傾向的室友，好讓妳有近距離觀察的機會。"

原來這位就是"乾淨"到讓梅莉歸為同志的"老鄉"。

"人的確長得白白淨淨，但以此推斷性取向，未免太過武斷，人家做的是心理醫生的工作，絕對不可能是**Gay,**若真有那傾向，自己早治療自己了，這不是他的強項嗎？"

梅莉說我錯了，很多人學心理學就是為了了解自己，言下之意

84

就是不夠了解自己。別看他現在已經是個醫生，搞不好能治癒別人，唯獨解救不了自己。

我還是不苟同。

"隨便妳，反正我是不會拿自己的後半輩子'性福'當賭注，愛信不信！"她說。

＊ ＊ ＊

等我能像正常人一樣活動時，那是半個月以後的事，然而沒想到的是，才短短幾天不見，職場就風雲變色、時不我與。

當經理告訴我，我的私教課已有部份被奪走時，簡直五雷轟頂。

" I'm sorry. This is the real world."他答。

哈！真實的世界？真實的世界就是趁人之危明目張膽地搶奪，也不想想……

梅莉要我醒一醒，我的私教課不也是從別的教練那裏搶來的？沒有哪個學員會永遠忠貞不二，我學滑冰那會兒，不也沒少換過教練？

我頓時啞口無言。

她說的沒錯，學員又沒賣身給我，哪個教練教得好（也沒有經常請假）就跟誰學，非常清楚明瞭，是我自己想不開，以為這是"一生一世"的事。

"妳說得對，我是該面對現實，但怎麼辦？少了進賬，這個月不知還有沒有米可炊。"我唉聲嘆氣。

"沒事，打個電話給妳父母，後援馬上到。"

哼！我才不求父母呢！天下沒有白吃的午餐，我一示弱，剛好給他們充份的藉口喚我回家，我還能自立否？

梅莉說她不管我了，愛咋咋地，不過別想拖欠房租，她現在每兩個星期上溫哥華一趟，光來回的機票錢就得五百……

我也注意到了，她總是凌晨出門，隔天半夜才回。

"歐陽睿讓妳去的？他沒意見？"我問。

"愛情總得有一方主動，他不要我去，我還是去了，他也沒拒絕。哎！說了妳也不懂，就算坐在那裏看他受訓，也是一種幸福。"她答。

相形之下，我的確不懂愛情，包括……那人想除夕夜飛來看我，被我拒絕了。

"冰冰，後天是除夕夜，妳想怎麼過？"梅莉突然問，彷彿有心電感應。

我答沒錢，還是早早上床睡覺。

"那太乏味了，生活得有儀式感才行。這樣吧！我們在家裏吃個火鍋慶祝一下，五五分，要不了多少錢。"

我答隨便，她高興就好。

＊＊＊

我說"隨便"，但梅莉一點兒也不隨便，當我傍晚進門時，火鍋菜攤了一桌，牛肉、羊肉、豬肉、臘肉、香腸、鴨血、河蝦、鯽魚、大白菜、豌豆苗、萵筍、豆腐、金針菇、冬粉、魚丸、油饊子、酥肉、麵筋……等。

"妳請了一支足球隊來家裏吃團圓飯？"我問。

"差不多，"她脫下圍裙，"這裏交給妳，我去買酒。"

等我把食材都洗了，再將火鍋料煮開，梅莉才進門。

"**Guess what?** 我在機場看到熟人了。"她說。

再度看見歐陽睿，我全身不自在，這是怎麼回事？不是要他別來嗎？

"本來我想飛溫哥華和**Richard**吃年夜飯，但他說想上這裏來，所以……"

梅莉的解釋顯得蒼白無力，她應該早點兒說，我好事先躲開。

"坐下吧！水開了。"我將不悅隱藏起來。

我們仨就這麼尷尷尬尬地吃起年夜飯。

席間，梅莉是動的，我是靜的，歐陽睿則時動時靜，一邊應付梅莉的問話，一邊幫兩位女士涮肉涮菜。

" 你別光顧著我們，自己也吃哈！"梅莉把盤裏的肉夾還給他。

" 没事，女人是用來疼的，在家吃火鍋時，我也常幫母親涮。"

聽歐陽睿提起母親，梅莉問大年三十怎好讓一個老人獨守空屋？

" 我媽……我媽說我的交友圈太小，得多和朋友交際一下。"

" 怎麼說的和我媽說的一模一樣？我才18歲，我媽就急著給我介紹對象，何況是你，都25了，這擱在鄉下，孩子都上小學了。"

梅莉說的是大實話，偏偏我們身處在"不一定要結婚生子"的加拿大，何況歐陽媽媽的意思非狹隘地直指"女朋友"，一般朋友也是朋友呀！

梅莉笑我傻，哪個母親樂意在除夕夜把兒子趕出門？肯定別有用心……

我為室友的"不識時務"感到汗顏，這不是暗指我們這兩位單身女子成了人家母親的兒媳婦人選？

不得不說歐陽睿的情商高，他没將場面弄擰，反而巧妙地將話題帶開。

" 你們知道Molson Canadian 是怎麼打開歐洲市場的嗎？"他舉起梅莉買回來的啤酒問。

" 大概請名人代言吧！"我的室友答。

" 不，2013年的春天，Molson Canadian 將數千個印有白色楓葉的紅色冰箱送往歐洲各地，裏面裝滿了啤酒，但冰箱是上鎖的，上面寫著'想要打開冰箱門，請掃描你的加拿大護照'。這奇特的炒作成功吸引人們的目光，因為想要喝到免費啤酒，只能千方百計地找到一個加拿大人，然後說服他拿出護照掃描……"

梅莉樂不可支，她說想得出這個絕妙點子的人腦洞真大。

"是呀！腦洞真大。"我說，然後望向歐陽睿。

他給我一個理解的笑容，大概清楚我指的是他"腦洞真大"（不落痕跡就把話題給轉移了）。

"對了，你晚上睡哪裏？不嫌棄的話，我家沙發讓你睡。"梅莉對客人說。

"好，那打擾了。"

歐陽睿沒有推辭，讓我很詫異。

多倫多的經濟型酒店不少，再不濟，**20**加元也能租下背包客旅店的一個床位，何必跟兩個女生擠？

我雖不滿意，但房子是梅莉租下的，二房東說**OK**，我還有什麼話好說？

酒足飯飽後，梅莉提議邊玩拱豬邊守歲。

"不了，明天早上我有課，就不參與了，你們玩。"我說。

孰料歐陽睿表示他想明早看我怎麼教學，以後也好有個借鏡。

"明天早上其實我也有課……"梅莉囁囁地答。

"那好，師兄就麻煩妳了。"我對室友說，然後起身回房。

＊＊＊

大概吃多了火鍋調味料，半夜起床找水喝，經過客廳時……

"我是不是讓妳心煩了？"他問。

夜深了，我沒料到歐陽睿還沒入睡。

"沒有的事，你想多了。"

"不是我想多了，我有預感，自己已經被三振出局了。"

我答至少還有個人讓他跑回本壘……

" 妳是說梅莉？"

" 她喜歡你。"

" 可 我 不 喜 歡 她 ， 我 喜 歡 …… 妳 ， 很 …… 喜 歡 ， 非
常……非常喜歡。"

黑暗中我看不見他的表情，也許正因如此，給了他勇氣，而
我……連假裝沒聽到也不可能，因為四周圍靜悄悄，連針掉在
地上都能聽得一清二楚。

" 你不應該這麼說，這下子我們連朋友都當不了了。"我答。

其實師兄的心思我明瞭，在尼亞加拉大瀑布下，他已經表白
過，只是我以為還能拖一拖，拖到不能再拖為止。

" 冰冰～"

" 放心，我會假裝你什麼都沒說，晚安！"我很快走回房間，
不給他說話的機會。

第十九章/連線採訪

清晨五點醒來，客廳已經空無一人，沙發上的毯子折得整整齊齊的，像塊豆腐乾。

梅莉知道歐陽睿不告而別後，責問我跟他說了什麼？

"什麼都沒說。"我把穀物倒進碗裏，再加入牛奶及香蕉切片。

我的室友不相信，她認為我一定是說了什麼，惹得他不高興。

"妳昨晚不也聽得一清二楚？我說師兄想看教學就麻煩妳了。"

"妳的意思是他不想和我一起，所以跑了？"

"我没說，是妳說的。"我把穀物脆片咬得卡滋卡滋響。

就因這件事，梅莉和我冷戰好多天，今晨又因浴室下水道堵塞，我們彼此抱怨是對方頭髮惹的禍，引來一頓好吵。

吵完架，我索性外出呼吸新鮮空氣，但很快便發現這不是個好主意，千里冰封，到處白茫茫一片，除非我想思考人生，否則站在雪地裏受凍是件極其愚蠢的事。

我想起冰箱裏的"冷清"，思忖何不躲進溫暖的建築物裏，順便採買食物？

主意一打定，我進車庫把Honda開出去。

Nofrills是加拿大隨處可見的平價超市，價格甚至比沃爾瑪還便宜，就像它的廣告語"Won't be beaten."一樣（之所以便宜，主要來自自家品牌的銷售，少了廣告費，當然便宜）。

本來我應該到Nofrills採購，不知為什麼，車子兜兜轉轉後，我來到有兩百多年歷史的聖勞倫斯市場，它位於多倫多市中心，形式類似巴塞羅那的波蓋利亞市場，但規模小一些，以販賣食品為主。

進入市場，首先映入眼簾的是垂涎欲滴的各色水果，想到今早忙著吵架，肚子沒填飽，遂買了一盒聖女果，打算邊吃邊逛。

這個多倫多最大的室內市場，生活氣息非常濃厚，到處可見拉著購物小車的大爺大媽。與一般超市不同，這裏也賣動物內臟，包括牛髓、豬血、雞胗……等，另外還有醃好料的各種串兒及肉捲，買回去直接就能上烤盤。至於海產，那更是多不勝數，舉凡金槍魚、吞拿魚、大蝦、螃蟹、扇貝、海膽……等，不一而足，像把整個海洋都搬了過來。還有還有，烘焙點心舖裏的"土司牆"、"瑪芬牆"、"蛋糕牆"……直接搧了減肥者一耳光，讓人不知卡路里所言為何。

小眾食品同樣不寂寞，賣奶酪、紅腸、醃漬橄欖、西班牙辣醬、烤豆、果脯……等的特色小店，到處人頭攢動，美味可見一斑。

"買嗎？不買。買嗎？不買……"

一路上我天人交戰，畢竟有些東西不那麼迫切需要，何況東西小貴，相比之下，Nofrills便宜多了，那才是我應該去的地方。

我走走停停，直到……

"妳怎麼也來了？"那人問。

有句話"冤家路窄"，又有句話"舊雨重逢"，我不知該用哪句話來形容比較恰當。

“心情不好，隨便逛逛。”我答。

她問我現在心情好點兒了沒？

“没，肚子餓。”

梅莉站著的位置在一家意大利人開的家庭小舖前，她在等 **Crepe** 起鍋，那是一種類似可麗餅的東西，裏面舖滿了蘑菇和菠菜。

當店家把餅交給她後，她自然而然地分我一口。

“像不像雞蛋餅？”她問。

我點頭。（的確像，只是黃油味濃了點兒。）

“我請妳吃餅，待會兒妳請我吃生蠔，午餐咱們就這麼打發掉。”她說。

我又點頭。

別人是怎麼“冰釋前嫌”的，我不清楚，反正吃完生蠔，我們一起回滑冰場上課，誰也沒再提下水道堵塞以及……那個男人的事。

* * *

三叔：

歐陽睿替加拿大電信服務商代言的消息，我還是收到賬單後才得知，他的頭像出現在賬單背面，手裏拿著一部手機。

我很想打電話向他道賀，但又覺得師出無名，徒增尷尬，所以遲遲沒有行動。

冰醬

“ **Richard** 拍廣告了。”晚餐桌上，梅莉說。

“我知道，恭喜他了。”我低下頭吃麵。

"代言費八十萬，比不上**Alice**的三百萬，但也很不錯。"她補上一句。

八十萬加元等於四百多萬人民幣，呵呵！雖買不起豪宅，但換輛名車不成問題。

" 他也算是守得雲開見月明。"我說。

" 妳若沒臨陣脫逃，搞不好他們找的是妳。"

梅莉哪壺不開提哪壺，讓我大為光火，衝口而出："妳管好妳自己就行，別又被退貨了！"

當意識到自己說錯話時，為時已晚。

" 梅莉，我……"

" 別說了，越描越黑。"她回自己的房間，甩門聲震耳欲聾。

＊ ＊ ＊

經理間我梅莉何時回來？我答不清楚，她沒告訴我。

那次吵完架，我的室友回溫哥華冷靜，今天已經是第四天，手機不接、短信不回。

那個白面書生聽了很惱火，氣憤地表示再也不用chink（翻譯成中文就是"斜眼怪"）。

外國人有個刻板印象，認為亞洲人都長著一對**45**度的斜眼，可想而知chink是貶義詞，被拿來歧視亞洲人。

知道自己被矮化後，我立馬抗議，說他種族歧視，如果有人喚他"白皮豬"、"洋鬼子"，他做何感想？

" **Get out here.Go back to your country.**"他揚起聲來。

沒想到那人惱羞成怒，不僅口頭要我滾回自己的國家，還用力將我推出滑冰場外。

是可忍孰不可忍，我馬上打電話報警，還好當時有人用手機錄相下來，我不致於孤立無援。

在鐵證如山面前，經理不得不低頭認錯，我也重新回到滑冰場上課。

本以為這不過是生活中的一場小風波（雖然不令人愉悅），過去就過去了，沒想到錄相在網上瘋傳，我還是在接到某家電視台的連線採訪要求才得知。

" No……I'm so sorry……No comment……Sorry." 我在電話中推辭再三。

沒想到拒了這個，立馬又來另一個，我索性關機。等我上完課回到我的小車裏，這才發現有近十個未接電話。

" 媽的，還讓不讓人喘口氣？"我吐了吐舌頭。

* * *

我的低調與隱忍並沒有為自己帶來平靜，反而適得其反，網上開始出現大量攻擊言論，說我是 X 婊、X 貨，自由黨的走狗……

加拿大有很多政黨，保守黨及自由黨是其中最大的兩個，前者反移民，後者親移民，現在是大選期間，我猜有人藉機挑事。

既然"沉默不是金"，我只好選擇"開誠佈公"，當又一個電視台邀我做連線採訪時，我欣然接受。

" How much do you want?"那人問。

我沒想到接受採訪還有錢拿，遂反問我能拿多少？

" Well, it depends ……"

那人話中有話，我心中很忐忑。

第二十章/入住平家

我請對方明說，他答不論我的言論站在哪一邊都有錢拿，目前的選情對自由黨不利，如果……錢會多一些。

雖然我是移民第二代，理應親自由黨，但我選擇站隊的理由與金錢無關，而是種族歧視不應受到鼓舞。

那人說這樣更好，不用事先對台詞，又提醒我今晚七點十分連線，請確保手機是開機狀態……

* * *

採訪一結束，我立馬衝出房外看結果，雖說是實時連線，但播出會滯後幾分鐘。果然不到一分鐘，新聞播報員開始提起這條網上熱聞，畫面右上角出現我的頭像，那是幾年前參加比賽時的截圖，我正在做燕式平衡動作。

其實播報員所提的問題一早已經發給我，所以答案都是經過深思熟慮，既不偏左，也不偏右，當然，由於身為移民，言論多少有"教育"白人的意味，畢竟這個國家不是由單一膚色組成，而是各國移民共同努力的結果……

"咚！"報導一結束，我的手機馬上接收到短信。

我低頭一看，銀行賬戶多了一萬。

"這……未免也太多了吧？"我心想。

然而與我接下來的遭遇比，一點兒也不多。

＊　＊　＊

由於"曾經"是名人，加上這次新聞事件的發酵，我竟成了自由黨的代言人。走在路上，提出簽名、合照要求的人增多了，這都是小**case**，我尚且應付得來，應付不來的是政治激進者的挑釁，他們對我大喊大叫、粗話連篇，更甚者會向我丟石子、吐口水，我成了過街老鼠。

" **Bingbing, come here please.**" 經理向我喊話，他也是當事人之一。

我滑向他，他面有難色地問我能否暫時別來上課？每天接到抗議電話，讓他煩不勝煩，還有，學員的情緒多少也受到影響，這不是個好現象……

思考過後，我覺得他說的不無道理，同意休息半個月。

經理沒提經濟補償，我也不好意思開口要，就我所知，經此事件，他沒少受網絡攻擊。

我收拾好東西到另外一家滑冰場上課，沒想到剛穿好滑冰鞋就被叫去談話，原來他們也有同樣的困擾。

也罷，就當放自己一個長假吧！

我拿出手機，一一給任教的滑冰場打電話，他們很爽快地答應了，連假裝不捨都沒有。

＊　＊　＊

遠遠的，我看見那棟磚砌平房，但空氣中沒有濃濃的羅勒葉與迷迭香氣味，反而是刺鼻的油漆味。

我立在屋前，久久無法言語。

原本黃色的小屋，此時被潑上紅漆，還歪歪扭扭地寫著**ching**

96

chong二字。

一百多年前，西方人開始喚中國人"清蟲"（時值清末，國運衰退、民不聊生，被他國貶低也在意料之中），因為發音不好，變成了**"ching chong"**，這個詞語主要針對中國人，被公認極具強烈民族歧視意味。

好呀！從歧視亞洲人，上升為歧視中國人，這都得拜我身上流淌著的血液，如果不是被人肉，何至於此？

我默默進屋，同時打電話報警，警方說會加強巡邏。就這樣？我以為起碼會安排個保鏢，時刻保護我的安全。

* * *

父母知道我的遭遇後，很是擔心，要我速速回溫哥華，如果……他們會第一時間保護我。

不說則已，一說我哪肯回家？這豈不是把厄運帶給他們？我斷不可能做大逆不道之事。

" 放心，我買了到牙買加的機票，打算在棕櫚樹下大啖麵包果。"我安慰爸媽。

我當然沒買機票，少了接下來半個月的進賬，加上之前的負債，縱使有一萬加元的採訪費也支撐不了多久，何況還得買幾桶油漆刷牆面，省得梅莉回來看了吐血（我甚至沒有請油漆工的打算，決定親自上陣）。

* * *

三叔：

給房屋外牆上漆並不辛苦，甚至還有點兒樂趣，只是我太過單純，以為把髒字掩蓋住就行，殊不知即使是同色號的漆，舊漆和新漆還是有色差，何況風吹雨打下，原來的顏色已斑駁，彼此的差異就更大，我不得不多買幾罐，預算從兩百上升到六百，範圍也從小部份擴展到全屋，等我大功告成，那已是兩天後的事。

. . .

冰醬

"嘟……嘟嘟……"

我剛坐下來喘口氣，就有人打電話給我。

"Hello."

"為什麼没來上課？"田芳劈頭就問。

"怕激進份子鬧事。"

她說放學後來看我，想到自己曾經胡謅過的話，怎能讓她上門看到破敗景象？我可是"豪門千金"啊！

"我不在家，現在躲進五星級酒店裏。"

"那哪成？一點兒家的感覺也没有。這樣吧！來我家住，我家銅牆鐵壁，安保槓槓的，妳不也親眼目睹過？"

這怎麼好意思？我猶豫再三。

"來吧！"翠喜搶過手機，"我們一起玩《卡坦島》。"

我知道此時應該拒絕別人的好意，但最近兩天老睡不好覺，一有風吹草動，總懷疑有人上門尋釁，加上油漆味尚在，我可不想得敗血症。

"那……好吧！等風聲一過，我就離開。"我答。

*　*　*

我的房間在樓下，緊臨客用衛浴。

"妳也可以住樓上，只是翠喜有可能半夜鑽進妳被窩。"田芳說。

客人得嚴守親疏，還是保持距離比較安全，於是我答："不用，這裏很好，我喜歡。"

"那好，需要什麼告訴我或徐阿姨。"

徐阿姨是平家的鐘點工，朝十晚八，不留宿，話不多，人很老實的樣子。

"好的。"我心懷感激地答。

* * *

雖然我住樓下，躲開了翠喜的半夜騷擾，但沒躲過田芳的正面突襲，她很愛講話，第一天就講到凌晨一點才放我休息，害我隔天起不來，直到徐阿姨打開吸塵器開始工作，我才驚醒。

"早。"我睡眼惺忪地走出房外。

徐阿姨關了吸塵器，問："妳打算在這裏待多久？"

我一鼓氣上來，老娘是客人，留宿還得經過她同意？

"想待多久就待多久，我是平家的客人，妳有意見嗎？"我問。

"沒意見，只是以前若有客人留宿，老闆娘都會加我薪水。"

徐阿姨除了打掃衛生、洗衣服、採買日用品外，還煮三餐，多一個人肯定事多。

我問她一般加薪多少？她答一天10加元。

想想不多，我承諾會自掏腰包。

"好咧！"她笑了，"平家人是好人，客人也是。"

沒想到"付錢爽快"也能被歸為好人，我一時語塞。

還好徐阿姨重啟吸塵器，我也得空轉身進衛生間。

第二十一章/石醫生

徐阿姨來喚我吃飯，我才發現已經中午12點半，剛好早午餐一併解決。

此時桌上擺著三菜一湯：爆炒魷魚、肉沫茄子、宮保雞丁、酸辣湯。紅火一片，看了讓人熱血沸騰。

" 看樣子平家很能吃辣。"我說。

徐阿姨笑笑沒回答，轉身進廚房。

我等了十幾分鐘，男主人才下樓來。

" 早。"他說。

呃！已經過午了，還早？但我還是向他道早安。

" 妳怎麼不吃？"他坐了下來。

" 等你。"我答。

他說以後不用等他，他有時不吃。

我注意到平先生比上次見面時不知瘦了多少，兩頰深陷不說，連手臂也像枯樹枝，上面佈滿了青筋。

“ 你打算餓死自己？”話一說完我就後悔，怎麼可以對生無可戀的人提“死”字？

他愣了一下，表示這是個好主意，怎麼以前没想到？

本來我應該曉以大義，勸他放棄自盡的念頭，但再一想，心理醫生都没能阻止，可見走尋常路行不通，得另謀出路。

“ 既然這麼想死，何不死得有尊嚴些？偷偷摸摸算什麼？像做了見不得人的事。”

平先生聽完眼前一亮，要我說來聽聽。

“ 方法有很多，到伊斯蘭國解救被俘虜的人質、登世界第一高峰珠穆朗瑪峰，再不濟，參加沙漠挑戰，要簽生死狀的那種。不管哪個，死的機率都很大，而且死後也不會被歸為膽小懦弱的chicken，算是死得其所。”

“ 妳說的對，死有重於泰山，輕於鴻毛，我會好好研究一下，找出一個好的死法。”

切，這和我原先的想法有很大的出入，我以為他會知難而退。

話不投機，我們默默吃飯，我才發現平先生是真的吃“飯”，他很少碰菜。

“ 為什麼不吃菜？”我問。

“ 太辣了。”

“ 我還以為你們愛吃辣。”

“ 不是，我們一向吃得清淡。”

這就奇怪了，徐阿姨竟然反著來，我決定問個明白。

飯後，我走進廚房，徐阿姨正在清洗排油煙機。

“ 宮保雞丁煮出味道來了，辣得很。”我說。

“ 這道是川菜，當然得辣，可惜國外的中餐廳為了迎合洋人口味，很多都加入蕃茄醬，成了四不像。”她邊清洗邊答。

我問她有沒有發現平先生越來越瘦？

"他是越來越瘦，天氣冷，人的胃口應該變好才是。"

見她仍然不開竅，我只好明說。

"妳的意思是平先生瘦是因為我？"她揚起聲，態度很不友好。

"別誤會，我猜想妳並不了解男主人的口味。"

"我怎麼會不了解？我在這個家已經工作好幾年，他家一向吃得清淡，若不是石醫生交待，我怎可能背道而馳？"

石醫生交待的？我問這是怎麼回事？

"妳何不親自問她？她現在每天傍晚過來，而且留下來吃晚飯。"

* * *

加拿大不論小學或中學，都是下午三點放學，如果你以為放學後就是睡大覺或看電視，那就大錯特錯了，孩子們正集合準備上課外活動呢！

與中國不同，加拿大的課外活動著重啟發孩子們的興趣，譬如體育類或藝術類，所以翠喜和田芳直到晚飯時間才一身汗臭地進門也就不足為奇，而此時平先生已經和石醫生"談過話"，他們一起下樓來。

"怎麼又是辣椒？"翠喜嘟起嘴來。

由於吃晚飯的人多了，三菜一湯成了五菜一湯，相同的是，依舊火紅一片。

"別說話，吃妳的飯。"田芳端出做姐姐的架勢來。

我們五人果然都不說話，安靜吃飯。

與午餐的"挑食"不同，平先生吃得很多，讓我感到迷惑。

"聽說妳是花樣滑冰選手。"石醫生突然開口問我。

"已經不是選手了，我現在改當教練，少了場上撕殺，生活輕鬆多了。"

"怎麼聽起來有點兒虎落平陽的感覺？"

我說她想多了，我不過是轉個方向繼續前行……

"也許我們可以找個時間談談。"她說。

呃！這拉生意的功夫真是厲害。

本來我想回絕，但再一想，何不趁此機會問問平先生的病情？我可不想看這個家沒了母親，緊接著又失去父親，如果真是那樣，翠喜就太可憐了！

"好呀！什麼時候？"我問。

"明天早上十點到十一點，我把時間留給妳，地點在東區唐人街附近的寫字樓裏，待會兒我給妳名片。"

＊＊＊

東區唐人街和西區唐人街沒什麼差別，同樣路窄、店小及破舊，唯一不同的是這裏建有一座中國牌樓，是多倫多市內一抹奇特的風景。

我從百樂匯街的《洪記肉食》左轉進入芝蘭東街，經過《許記商店》，《海豐魚舖》，《高升茶樓》……終於來到名片上所寫的某大樓。它的外表看起來有些年代，裏面倒還行，採光不錯。

石醫生請我在沙發上坐下，又倒了杯水給我，然後備妥紙筆和錄音機……

"為什麼要錄音？"我問。

"有些精神病人會攻擊醫生或控訴醫生有不正當言行，錄音能有效地保護彼此。"

無端被歸為"精神"病人，讓我心情微快。

"別緊張，就像一般的聊天，想講什麼就講什麼，不要有顧忌。"她說，然後按下錄音機及計時器。

想到"時間就是金錢"，我總得說些什麼，否則太對不起一小時**120**加元的談話費，於是開始大吐苦水。

103

"Alice是妳放棄滑冰的主因嗎？"她問。

"應該不是，雖然我不高興她超越我，但……即使不是她，也會有另一個Alice，因為我目前的狀態實在不好，連三周旋轉跳躍都有困難。"

"那麼會不會是妳的父母？他們給妳施加太多壓力，或者這麼說，妳希望不是誕生在那樣的家庭？"

我一時無語。

雖然不願承認，但我的確有過幻想，如果我家住在西溫，有一對人人稱羨的父母，像Alice一樣，結果會不會有所不同？

"或許吧！我也不是很清楚。"

"看來妳需要多點兒時間搞搞清楚，待會兒出去，妳可以跟前台預約下次的就診時間。"

不會吧？！這麼快就一個小時？

我望向計時器，果真沒錯，一分不差。

"能最後問妳個問題嗎？"

石醫生答她的時間是收費的，但我是新病人，所以破例讓我再詢問一次。

"為什麼我得來診所看診，而妳卻風雨無阻地每天到平家出診？"我問。

"因為病患付了兩倍的費用，還有，他老婆是我的大學好友兼室友，我見證了他們的愛情故事。"她答。

第二十二章/不愛王子，愛公主

本來我對心理醫生是有抗拒的，如果就診，等於承認自己在精神方面出現問題，但老實說，自從和石醫生談過話，我愛死了那種感覺—有個人專心聽我講話，跟著我的思路走，不會亂插話或者轉移話題，而且把問題丟給我，由我去思索答案。

對我來說，這一切的一切都無比新奇，彷彿打開了一扇窗（何況我忘了問平先生的病情），於是我又預約了下次就診，時間訂在一個禮拜後。

* * *

梅莉依舊無消無息，來電不接、短信不回，我很擔心她的安危，一通電話打給她的母親。

"冰冰呀！浩常時干冒看倒儂啦！儂還好伐?"接電話的是梅莉的母親，她的吳儂軟語聽起來很親切。

我答好。

她又問梅莉好伐？

我還是答好，她女兒吃得飽睡得香，每天活得很滋潤⋯⋯

然後她要求和梅莉講電話（我真是拿石頭砸自己的腳），只好胡謅一番，說梅莉正在洗澡，待會兒我讓她回撥。

拉拉雜雜又講了會兒話，梅莉的媽才掛機。

知道室友沒回父母家，我不撞南牆不回頭，下一秒打給歐陽睿。

"我……梅莉在嗎？"

"妳等等……抱歉，她在洗澡，待會兒我讓她回撥。"

梅莉在洗澡？我問這是什麼情況？

歐陽睿答幾天前梅莉來敲門，說自己正在放年假，順路過來探望他們，後來被歐陽媽媽留下，結果一住住到現在，他也很納悶。

"跟她說一聲，待會兒打電話給她母親報平安。"

"好，"他停了一會兒，"冰冰，妳……好嗎？"

"很好，吃得飽睡得香，每天活得很滋潤……"

"那就好，以後……我不會再提，就讓我們做回朋友。"

我當然同意。

掛上電話，我有種"豁然開朗"的感覺，彷彿遺失的東西又重新找回來了。

* * *

石醫生按下錄音鍵，我開始談起師兄。

"妳認為師兄為什麼又同意做回朋友？"她問。

"也許……當朋友總比什麼都不是要強得多。"

"他為什麼非得和妳交朋友不可？"

"也不是一定非得怎樣，也許……他不捨？"

"那麼妳捨得？"

一句話把我問倒，其實我也不捨。

見我沉默，石醫生要我想想這個男人對我有什麼意義？是"友誼以上，戀人未滿"，還是自卑心理在做祟，畢竟先拒絕比較不難看。

"Well，我也不知道，也許……"

"看來妳需要多點兒時間搞搞清楚，待會兒出去，妳可以跟前台預約下次的就診時間。"

不會吧？！這麼快就一個小時？

我望向計時器，果真沒錯，一分不差。

* * *

我走出診療室，前台問我預不預約？我答不，這裏的時間過得飛快，我感覺自己無端被折壽了。

那個金髮碧眼的女郎用很驚恐的表情看我，此時一個熟悉的背影匆匆掠過。

"不會吧？他也在這裏上班？"我邊想邊走向五大步遠的白牆，上面有看診醫生的執照。

我很容易就找到Jessica Shi和Frank Shi兩位醫生的大名，對照兩者的照片，是有那麼一點兒相像，莫非他們是親戚？

"May I make an appointment with Dr. Shi? I mean Frank Shi."我又回到前台預約。

那位美女答當然可以，問我約的哪一天？

我想了想，回答："As soon as possible."

就因為我表明越快越好，她立馬笑嘻嘻地答石醫生現在有空，我可以進去了。

* * *

石醫生按下錄音鍵，我開始談起師兄。

107

"妳認為師兄為什麼又同意做回朋友？"他問。

"也許⋯⋯當朋友總比什麼都不是要強得多。"

"他為什麼非得和妳交朋友不可？"

"也不是一定非得怎樣，也許⋯⋯他不捨？"

"那麼妳捨得？"

我開始懷疑心理醫生是否人手一本問話公式，果真如此，豈不意味著自己成了名副其實的冤大頭？

一旦對號入座，我不免來氣，心中也有了惡作劇的想法。

"咳、咳⋯⋯我⋯⋯其實⋯⋯一直以來我喜歡的是女孩子，男生只能當朋友，不可能成為戀人。"

Frank沉默了一會兒後表示這個得經過測試才知道，時間會比較長，問我願不願意測試？

我藉機問他有沒有接受過同樣的測試？

"有。"他答。

原來梅莉說得沒錯，Frank是個男同志。

"別害怕，就是我問妳答。"他加了句。

"不用了，我不想做，反正⋯⋯這也沒什麼，女愛女，男愛男，如此而已。"

"的確沒什麼，只要不會對妳產生困擾。"

"你有困擾嗎？"

他問我什麼意思？我答"不愛公主，愛王子"這件事⋯⋯

Frank愣了一下後，解釋他是基於好奇心才做那個測試。

什麼？原來他不是男同志，我噗嗤一笑。

他問我笑什麼，我把梅莉的臆測告訴他。

"難怪我一直找不到女朋友。"他苦笑著說。

我們又談了一會兒我的"不愛王子，愛公主"，很快計時器又跑得飛快，一個小時已經到了。

" 能最後問你個問題嗎？"

石醫生答他的時間是收費的，但我是新病人，所以破例讓我再詢問一次。

" 我之前看過另一位石醫生—**Jessica Shi,**你們有血緣關係嗎？"我問。

" 她正是家姐。**"Frank**答。

第二十三章/鴻鵠之志

這一天午後，徐阿姨說想包餃子當晚餐，問我想吃什麼餡？我答韭菜豬肉餡，最好再加點兒粉絲及蝦皮。

"糟糕！家裏没韭菜也没蝦皮，我以黃瓜代替吧！"她說。

那哪成？我自告奮勇到大統華（這是多倫多最著名的華人超市）採購，還買了飯後點心—葡式蛋撻。

回家後，我把東西交給徐阿姨，還没來得及聽她道謝，樓上傳來"碰"的一聲，像是椅子被推倒。

我愣了一下，衝上樓去，連坐電梯都嫌慢

在主臥室没找到人，我瘋了一樣，逐個房間找去，連衛浴及衣櫃都不放過，終於在書房找到他。

"没事，書掉地上了。"他囁囁說道，像個做錯事的孩子。

"嚇死我了，我還以為……"

平先生答自從我告訴他"死有重於泰山，輕於鴻毛"後，他決定在没有找到好的死法前，不會貿然行動。

"你還是想死？"我問。

"是的，我太太在等我。"

"你如何知道她在等你？也許她壓根兒不想你那麼早離世。"

平先生還沒開口，我們同時聽到上樓的腳步聲。

"石醫生來了。"他說。

石醫生來了，代表我得退下。

我默默離開書房，與那女人擦身而過。她匆匆看我一眼，神情不是很友善。

* * *

晚餐吃韭菜豬肉餃子，總算沒辣椒，翠喜開心極了，她說這才是人吃的。

"妳說這句話得罪不少人，很多地方的食物都帶辣味，尤其熱帶國家，因為天氣炎熱，胃口變差，吃辣能增強胃腸蠕動，促進消化液分泌，達到改善食慾的目的。"石醫生很有威嚴地說。

田芳不苟同，她強調加拿大是寒帶地區，不是非吃辣不可。

"妳姨父越來越瘦，我是為了他的身體著想。"

"我只知道自從他接受妳的治療才越來越瘦。"

"妳的意思是我讓妳的姨父骨瘦如柴？"

"難道不是？"

石醫生搖搖頭，她說田芳需要談一談，這個週末她有空……

"不必，越談越糟糕。我認為大師根本不需要治療，他需要的只是一個新愛人，一個對他掏心掏肺的人。"

石醫生果斷地說目前沒有這麼一個人。

"怎麼沒有？她就出現在這張飯桌上。"

我正吃著餃子，越吃越覺得不對勁，因為所有人的目光都投向我，除了始作俑者—田芳。

"**What?**"我問。

然後神奇的一幕發生了，大家"突然"認真吃起餃子，不再談"辣椒"，也不再談"骨瘦如柴"的事。

＊＊＊

飯後，平先生上樓去，後面跟隨一個影子—田芳。

我把蛋撻拿出來分享，但只有翠喜和徐阿姨捧場。

"石醫生，這蛋撻是在大統華買的，排隊的人很多，應該不難吃，妳試試。"我說。

石醫生依舊婉拒，她說到了她這個年紀得非常小心飲食，否則很容易胖成球。

"妳都這麼瘦了，還減？"

"我這麼瘦是因為我自律，一旦開戒就如同洪水猛獸，止都止不住。"

好吧！我承認自己放縱了口慾（大概與放棄滑冰比賽有關，如果我仍參賽，這類的高熱量食品向來也是不碰的）。

"好，聽妳的，吃過這一回，我會自律。"

石醫生離開平家沒多久，我接到她的來電，應該是在車上打的，背景很吵雜。

"明天到我診所來，我們談談。"

"不了，預算沒那麼多。"

一開始就診是爲了問平先生的病情，後來發現自己或多或少也有心理疾病，再然後……現實教會我雖然"心理衛生"很重要，但錢袋子也很重要，我可不想邊啃饅頭邊假裝自己過得很幸福。

"那麼明天中午我們一起吃個飯，我請客。"她說。

＊＊＊

由於石醫生下午兩點有約，所以吃飯選在診所附近的老香港飯店，我不加思索就答應了，反正不出錢，我樂得有免費的午餐吃。

去了才知道吃的是茶點，熱氣騰騰的，看起來很美味，只是沒想到石醫生藉機開庭審大會，我的好胃口瞬間消失殆盡。

「妳是怎麼和平家搭上線的？現在又為何入住平家？與平靖宇熟嗎？平均一天見幾次面？」她問。

「我是翠喜的滑冰教練，妳說我是怎麼搭上線的？會入住平家是田芳可憐我，怕我被瘋子追殺。與平先生不熟，除了一起吃飯外，鮮少有私下談話的機會……噢！昨天是意外，我以為他又尋短見，衝到樓上想解救他。」

我以為自己回答得天衣無縫，基本已排除「嫌疑人」的可能性，但石醫生不這麼想。

「昨晚餐桌上就五個人，翠喜和田芳是家人，不可能。」

我知道她想問什麼，但我總不能告訴她，田芳對自己的姨父有非份之想吧？！即使說了也無人相信，自己反倒有「越描越黑」之嫌。

「平……靖宇挺有魅力的，只要是女人，都會被吸引，可惜落花有意，流水無情，他已經明顯拒絕我，所以沒有後面什麼事了。」

她聽完鬆了一口氣，要我別把心思放在那個男人身上，我年輕貌美，以後覓得良緣的機會多的是。

由於石醫生依然單身，我好奇一問：「妳雖然不年輕，但外表過得去又有好職業，為什麼到現在還是沒覓得良緣？」

她答好東西都需要等待，說這些我是不會懂的，畢竟我太過年輕，人生經歷沒有她豐富……

「妳是不是想說妳吃過的鹽比我走的路多？」我問。

「不，我想說的是──燕雀安知鴻鵠之志？」她答。

第二十四章/又見石醫生

我在平家無聊透了，白天兩姐妹去上學，"生病"的平先生很少下樓來，如果不是徐阿姨的到來，我要以為自己住進了空無一人的大房子裏。

當嗡嗡嗡的聲音響起，我知道徐阿姨已經開始一天的工作。

我不知道別人是怎麼想的，但我恨透了吸塵器的聲音，像鑽土機在自己的腦門上打洞，頭痛欲裂。

受不了噪音污染，我索性到花園抽煙，面對因天氣寒冷而盡顯蕭條的"無花之園"，我感覺自己就像隻落單的北極熊，在寂靜又冰封的雪地裏走著、走著、走著……

如果不是一抬頭看到那雙眼睛，我會讓自己的蒼涼悲壯之情無限滋長下去。

我和他就這麼對望著，直到煙燒盡（還差點兒燒到我的手指）為止。

"上來吧！"平先生打開窗戶對我喊。

* * *

還是那間書房，只是這次我有時間細細打量它。

“我以為作曲家起碼需要一架鋼琴。”我說。

這宅子夠大，就是少了中國家庭常備的樂器─鋼琴，我以為書房裏會有，哪怕只是61個標準鍵的電子琴，可惜除了書櫃及裏面擺放的書外，就只有桌椅了。

“ 以前客廳有一架史坦威三角鋼琴，我太太經常彈，她去世後，我讓人運回中國老家，怕觸景傷情。”

“ 那你怎麼作曲？”我問。

他答早不作了，再說，現在有電腦軟件，不需要樂器也能作曲。

噢！是這樣的嗎？我反正是音樂白痴，只懂得哼哼唱唱，再深入點兒就沒法兒談了。

“ 為什麼叫我上來？”我又問。

平先生答他很少看到女性抽煙，感到好奇。

“ 你是不是想說我是壞女人？”

“ 倒也不是，而是想試試，我沒抽過煙。”

於是我把**DJ-MIX**拿出來，他選擇檸檬口味的，我幫他點上。

“ 覺得如何？”

“ 還可以。”

平先生第一次抽煙，但沒有像初學者一樣被煙嗆到，因為他抽的是“耍煙”（將煙霧吸到口腔裏緊接著吐出來），並沒有吸入肺和氣管中，所以不算嚴格意義上的抽煙。

他問如果將煙吸入肺和氣管中，對身體是不是危害更大些？

我答當然。

然後他用力吸一口，果然嗆到了。

“ 你多抽幾次就習慣了，有些人還會上癮，不過我希望你別抽，對身體不好。”

“ 妳不也抽？”

我答那不一樣，我抽煙是為了發洩情緒，不是為了抽而抽⋯⋯

"我也需要發洩情緒，讓我們當煙友，如何？"

"你的意思是一起抽煙兼發洩情緒？"

"沒錯。"

現在我了解"煙友"的意思了，只是不明白何時何地進行，當天午飯過後，終於有了答案。

"妳準備好了嗎？"他問。

我點頭。

於是他上樓五分鐘後，我也跟著來到樓上書房，彼此點燃一根煙，抽完我下樓，他則打開窗戶讓煙味散盡。

說是發洩情緒，彼此當然互吐真言。我告訴他滑冰的辛苦及父母為我做過的犧牲；他則告訴我他那百裏挑一的妻子，他是如何依戀她，以致到現在還無法接受她離世的事實⋯⋯

"石醫生怎麼說？"我邊吞雲吐霧邊問。

"她說我需要一個新愛人，一個對我掏心掏肺的人。"

我記起前幾天吃餃子時，田芳說過同樣的話，當時石醫生還嗤之以鼻，轉眼又自打嘴巴。

"我認為這個說法也沒錯，情感轉移了，你就不會再⋯⋯再鑽牛角尖。"

"石醫生說以她對玉貞的了解，我太太肯定希望由她來照顧我。"

"你的意思是石醫生自己毛遂自薦？"我嚇壞了。

"可能⋯⋯也許⋯⋯是⋯⋯"

我要他想清楚，如果只是生活上的照顧，徐阿姨也可勝任，而他需要的肯定不止這些，還包括心靈上的相通。

"妳說得對，這也是我猶豫的原因，但溺水的人沒資格想太多，但凡有可能，都值得一試，不是嗎？"

"不，不是這樣的，你想過翠喜沒？她不見得喜歡石醫生當她的後媽。"

平先生說他就是因為翠喜才動了再婚的念頭，如果哪天……也有個人名正言順地照顧她。

完了，完了，毀了，毀了，這個男人分明在安排後事。

為了讓事情不再惡化下去，我決定找個時間跟石醫生談談。

* * *

我付了一個小時120元的治療費，本來話題應該圍著我打轉，但現在的談話內容似乎不歸我管。

"吃完中飯，妳通常做什麼？"她問。

"抽了根煙，然後虛度光陰。"

石醫生說我在浪費她的時間，到她的診所來卻不說實話，讓她如何幫我？

"我是說了實話，和平先生一起抽煙，抽完就下樓。"

"抽煙？靖……我不知道平先生會抽煙。"

我答平先生本來不會抽，看我抽，也跟著一起抽，順便發洩情緒。

"他有什麼事可以找我發洩，我是拿到執照的心理醫生，不是沒受過訓練的阿貓阿狗可以替代。"她俯身向前，"聽著，平先生是病人，他需要專業的治療，任何不當的思想傳播很容易讓他走入歧途，所以別再和他單獨說話了，了解不？"

"不，我不了解，雖然我不是心理醫生，也不懂如何治療，但我從來沒誤導過他，甚至還想拉他一把。"我靈光一閃，"講到傳播不當的思想，妳才是。哪有遊說病人和自己成婚的？這不僅有違職業道德，還會被吊銷執照。"

聽完，石醫生一臉訝異地表示這是平先生理解錯誤，她的意思是由她來照顧他的心理健康，畢竟已逝的石太太是她的閨蜜，兩人交情不一般，"愛屋及烏"就是這個道理。

噢！原來是平先生搞錯了，害我緊張了一下。

"妳今天想談什麼？"石醫生突然問。

也對，到目前為止都在講別人，我再不講講自己，顯然太對不起那120元，於是我再度把師兄拿來當話題，計時器很快走完一圈，又到了說再見的時候。

我走出診療室，前台問我要不要預約？我答不，自己已經痊癒了……

"葛小姐，又來看診了？"另一個"石醫生"開口。

"嗯！不過今天是最後一次。"

"為什麼？"

我本來想答老娘沒病，加上這就診費也太貴了，簡直是吸血鬼！到嘴邊卻成了："反正同性戀自古就有，在加拿大根本不算病，我就老死待在這個國度，大不了到時候隨便找個男同志結婚，各玩各的，外界也看不出來。"

"妳真這麼想？"

"我是這麼想的。"

他停頓了一會兒後，問我願不願意一起吃個飯？反正到了飯點。

"好呀！"我爽快地答應了。

第二十五章/阿志

由於前幾次的見面都是談"公事"，我對**Frank**只有模糊的印象，而且大部份是梅莉強加給我的，譬如名校畢業、家裏有好幾棟樓收租、長相"乾淨"、可能是 **Gay**(這個後來被否定了)、年紀長我一輪⋯⋯等等。

通過這次吃飯，我對他又有進一步的認識，好比他有潔癖且是強迫症患者。哈哈！我可不是隨便胡謅的，且聽我道來。

我們去的是安大略省博物館附近的茶餐廳，開車不過五分鐘，用餐環境亮敞，還有大片玻璃窗，屬於高檔型餐廳，意思是缺口杯盤及發了霉的筷子基本見不著，但**Frank**還是拿出紙巾擦了又擦，這是其一；當服務員捧來蝦皇餃、叉燒包、蘿蔔糕、燒鴨⋯⋯他會用公筷把一件件點心擺齊，這是其二。

" 你一向都這麼一絲不苟嗎？"我問。

" 做任何事如果有儀式感會事半功倍，譬如東西吃起來特別有滋味。"

是這樣的嗎？反正我察覺不出來，一樣美味。

Frank接著告訴我，他也算是我的迷哥之一，知道我放棄征戰後，不免覺得可惜。

"哎！如人飲水冷暖自知，你不在我的位置上，所以不知道我的苦處。"

"那麼以後有什麼不開心的事都讓我分擔，如何？"

我表示自己沒那麼多錢，當滑冰教練的收入很不穩定，還得被抽成……

"不，妳誤會了，我的意思是把我當成朋友，讓我分享妳的生活點滴。"

Well，當朋友沒問題，只要他不嫌棄。

Frank說當然不嫌棄，只要梅莉沒意見。

"我交朋友干梅莉何事？"我問。

"因為相親時我被梅小姐拒了，加上妳的性取向，我怕……畢竟你們二位目前住在一塊兒。"

我笑得好大聲，要他放一百二十個心，我這個人很挑，梅莉根本不入我法眼。

"那就好。"他答，那樣子像是排除了一個大障礙。

＊＊＊

由於一個意外的邀約，回到平家已是下午三點多，我不知道男主人是不是還在等我這個煙友，但還是上樓敲門。

"抽完這支就不再抽了。"他說。

石醫生效應終於出現。

"我是否被三振出局了？"我想要個實錘。

"對不起。"

真的"要錘得錘"，讓人不免心傷，想想再待下去也沒什麼意思，還是早早收拾行李回家，反正現在風聲已過，我應該沒有生命危險了。

平先生問我能否吃完晚飯再走？這樣突然走掉，翠喜和田芳一問起，他不知如何作答。

也好，善始善終，同時我也想知道石醫生是怎麼糊弄人的，讓平先生徹底成了扯線娃娃。

"沒問題。"我答。

＊＊＊

晚餐桌上有酸菜魚，翠喜問是什麼東西？臭死了！然後大作嘔吐狀。

徐阿姨很尷尬，她表示老做那幾樣，怕我們吃膩，所以今天換換口味，沒想到酸菜味那麼濃，她又多放了幾根辣椒，想蓋過那股怪味道……

"謝謝妳，徐阿姨，辛苦了。"石醫生說。

有那麼幾秒鐘，我以為說話的是這個家的女主人。

徐阿姨退下後，田芳開口問起平先生的病情。

"很好，漸入佳境。"石醫生答。

田芳又說起這禮拜有家長會，平先生是她的監護人，問"病人"能否按時出席？

"恐怕不行，他開始新的治療方案，任何外界的刺激都應該避免。"

"那怎麼辦？**Miss Clark**說她得和我的監護人談話。"

石醫生思考了一下，問是哪一天？幾點？也許她能抽空參加……

"妳？"田芳揚起聲，"妳憑什麼當我的監護人？八竿子打不著的人，我寧願被指責，也不願妳出席。"

石醫生冷漠地答那正好，少個麻煩。

沒有反擊的藉口，田芳孤立無援，她轉向我："冰冰，妳能否出席？反正妳已成年。"

呃！我是已成年，但也不過大她兩、三歲而已。

田芳答沒關係，外國人看不出亞洲人的年紀，我若穿老氣點

121

兒，没人會懷疑我不是平太太……

啥？要我冒充個死人？那多晦氣！

"對不起，恐怕不行，我很不會演戲，何況吃完飯我得回家。"

"回哪個家？"她問。

我答當然回我原來的住處，現在風聲過了，我也得重新回到原有的生活軌道上。

"這麼快？我還以為妳會一直住到復活節。"翠喜發話了。

"我如果住到那時候，房子估計長霉了。"說完笑話，我緊接著說場面話，"放心，滑冰場上還能再相見。"

"悲歡離合"的場面就這麼被我一語帶過。

* * *

行李本來就不多，我很快打包完畢。

"冰冰，有空再和我玩《卡坦島》。"翠喜說。

我答當然，然後分別擁抱那兩姐妹。

別離總是傷感，但誰的人生不是一次次地向身邊人揮手告別？

直到我打開平家大門，依然不見平先生的影子，倒是貝多芬的《命運交響曲》從樓上如洪水般傳來，既悲愴又感傷。

* * *

我駕車離開主幹道進入那條熟悉的小路，當發現前方那棟黃色小屋正亮著燈，心中亦喜亦憂。喜的是梅莉終於回家，憂的是……她原諒我了嗎？

"Hi."我開門進屋，跟正在看電視的室友打招呼。

她也回覆我一聲Hi，很意興闌珊的樣子。

我把行李放下，到廚房找水喝，這才發現垃圾桶滿了，洗手槽裏的碗盤也堆積如山，桌上還有吃剩的披薩，大號的。

看來梅莉已回家多日，且"自棄"好一陣子了。

" 溫哥華好玩嗎？"我問。

" 也就那樣，換湯不換藥。"

我又問歐陽睿和歐陽媽媽好嗎？

梅莉坐直了身子，問："妳怎麼知道我在他家？……也對，妳打過電話，瞧我這記性！"

" So?"

" 歐陽睿和他媽媽應該不太好。"她終於回答。

我還沒問為什麼，梅莉的房間裏走出來一個男人，嚇了我一跳。

" 他是阿志, 我的……男朋友。"

什麼？！我立馬要梅莉到我房裏說話，現在！

***

梅莉說那男人是個借高利貸的，本來跟她不會有任何交集，也許是命運的安排，某天她上歐陽媽媽的"辦公室"，兩人偶遇上。說也奇怪，接下來的每一天她都能碰見他，一來二去就熟了，當阿志說想一展廚藝請她吃飯，可惜房東不允許他使用廚房時，她自作主張把人帶回歐陽家，可惜飯還沒吃上，兩人就滾到地板上，不巧被"不按時回家"的歐陽媽媽撞見，兩人都被轟了出去。

聽完，我半天說不出話來，我的室友還真不見外，把別人的家當成自己的家，而且也太容易見異思遷了，我以為她對歐陽睿是真心的。

梅莉答她的確認真過，但**Richard**對她一直不冷不熱，不管她如何明示暗示，他一律裝傻，能怎麼辦？她也有尊嚴，在他那裏得不到的，阿志給到了，就這麼簡單！

" 妳現在打算怎麼辦？"我把罵人的話吞下肚，問正事要緊。

" 阿志說想找個小生意做做，然後與我長相廝守。"

“錢呢？”

她答“船到橋頭自然直”。

我不知道船到橋頭會不會直，只知道再過幾天就得繳房租及水電費，對於“月光族”的梅莉而言，這是最迫切得解決的事。

“我累了，明天再談。”我下逐客令。

“也好，我們也得睡了。”

梅莉用了“我們”二字，讓我如鯁在喉，連“晚安”都不想說。

第二十六章/冷漠的師兄

通過梅莉的介紹，我對那個男人總算有了大概的認識。

阿志，福建人，職業—廚師。**2017**年的某天，他帶上全部家當，從福州港搭貨船至溫哥華，一跳上維多利亞港就像脫韁野馬，準備迎接嶄新的人生。然而理想很豐滿，現實卻很骨感，在中國餐館打了好幾個月的黑工後，發現依然攢不下一張飛回中國的機票錢，他思忖著該改弦易轍，否則只能老死在五平米見方不到的油鍋前。

就這麼湊巧，阿志經人介紹認識了放高利貸的歐陽媽媽，本來只是想借錢開餐館，後來索性把放貸人拉來當合夥人，連店名都想好了，就叫"福州菜館"，主打燉罐、盤菜及紅魚湯，如果不是因為"那件事"，錢早已到位。

趁著我的學員還沒到（梅莉的也是），我藉機問她哪有錢資助男人開餐館？

" 我是沒錢，阿志說了，他負責養家，我負責貌美如花。"

哈！好個貌美如花，我看到的是梅莉在滑冰場教小朋友滑冰，而那個說要負責養家的人卻還在床上睡大覺。

" 吹牛誰不會？得付諸行動才行。他雖然是廚師，但開餐館可不是動動鏟子就行，行政和管理很重要，還得有筆啟動資金……"

梅莉很不耐煩地表示這些她都知道，阿志也在想辦法，但沒身份的人躲都來不及，哪能拋頭露臉？

"不會吧？他想結婚？"我的心跳上喉嚨。

梅莉把塑料冰套取下又套上，套上又取下，來回數次後，說："我想過，他待我不錯，我沒錢，能幫的也只有這個了。"

"梅莉，妳……"

"我的學員來了，再聊！"她取下冰套，快速滑向那群尚笨手笨腳的小孩。

完了，我擔心的事還是發生了。這個男人不簡單，懂得步步為營，先解決身份問題，再慢慢站穩腳跟。也許他本來的目標是歐陽媽媽，沒想到管不住老二被踢出局，遂將目標轉向梅莉，這個女孩涉世不深，容易掌控……他一定是這麼想的。

都說戀愛中的女人是傻子，怎麼辦？我要如何點醒梅莉？我急得團團轉。

"儂好 凡切了伐？"

忽聞上海人向老鄉打招呼，我靈光乍現，現在能救梅莉的只剩她媽了。

＊ ＊ ＊

上海女人的執行力是很強的，上午才通過電話，晚上就趕到。

梅莉以為她媽還在牌桌上打麻將，一開門，嚇得腿軟

"儂腦子有毛彬阿？歡喜綜桑伐？"梅媽媽一進門就炮轟。

我的室友還沒找到自保的理由，那個男人聞聲趕來。

"小赤佬，死了滾！"

阿志大概沒領教過上海女人的厲害，一時目瞪口呆，剛好給梅媽媽繼續捅刀的機會，於是各種罵人的話傾巢而出，打把鬼、

短命種、砍頭鬼、糞箕拷……連"册那娘B"也衝口而出，嚇得我半天閣不上嘴。

梅莉見她媽瘋了，趕緊推自己的男人進房間，說時遲那時快，梅媽媽丟下重磅炸彈……

"我已經報警了，說這裏有個非法居留的外國人，你還有幾分鐘的時間打包行李。"

梅媽媽說的是普通話，想來是把阿志納入聽眾範圍內。

"媽的，"阿志看著我們仨，"等著瞧！"

儘管梅莉好說歹說，哭喊聲大到能掀開屋頂，阿志還是無情地走了。

"嗲囡囡，儂是上海小姑娘，生來老趣個，勿要……"

梅莉邊哭邊要她媽閉嘴，她已經成年了，不歸她管，想愛誰就愛誰，她現在就去找阿志，明天一早兩人上 City Hall登記結婚……

她媽一聽不得了，火力全開，又是曉以大義，又是尋死覓活，好不容易才讓女兒相信夜晚出門如同登上死亡列車，有什麼事明天再說。

整齣鬧劇我不置一語地作壁上觀（畢竟是人家的家務事），但梅莉沒放過我，她認為我這個

"告密者"罪無可逭，進房間前的那一瞪眼，足足殺死我千百萬個細胞。

"冰冰，謝謝儂。"梅媽媽對我微笑。

我問她明天一早怎麼辦？她答自有辦法。

* * *

梅媽媽就這麼住下來，為了讓女兒遠離禍害，夠拼的了。好處是從此每天都有色香味的上海菜吃，壞處是梅莉因此恨我更深。

哎！也怪我，因為我的大嘴巴，她的愛人走了，後面還跟著一

127

個甩不掉的影子（當梅莉上課時，她媽就在場邊織毛線，防範措施做得滴水不漏，簡直就是24小時監控）。

＊＊＊

這天上完課，我一走出滑冰場就遇到不想見的人，他問我梅莉在哪裏？

"我又不是她媽。"我冷漠地答。

"聽著，我需要五百元，不多，算是借的。"

我告訴他，我沒錢，他怎麼不去借高利貸？

"我就是想搭車回溫哥華，想來想去，還是老女人可靠。"

老女人？說的可是歐陽媽？

"你該不會想吃回頭草吧？"我問。

他答他是回頭找金主，畢竟當初說好的。

我給了他五百元，他向我道謝，還說等福州菜館開幕，他讓我吃一個禮拜的免費大餐。

阿志前腳剛走，我後腳馬上回滑冰場打小報告。 梅莉一聽說她男人要坐灰狗巴士回溫哥華，發了瘋似地奪門而出。

我拉住緊追其後的梅媽媽，告訴她那男人不要梅莉了，還是讓他們當面說清楚，好斷了梅莉的念想。

＊＊＊

我的室友回家時面如死灰，彷彿世界末日來到。她媽媽又是揉胸又是搓背，好不容易她才開口說話。

"阿志不要我了，嗚嗚嗚……"

"姆媽要儂，儂是阿拉囡囡。"

看她們母女倆抱頭痛哭，我也不勝唏噓。

感動歸感動，我沒忘了正事，一回房間就打電話給歐陽睿，告訴他那個人渣正在路上。

128

"謝謝！我會轉告母親。對了，梅莉好嗎？"他問。

"可能需要一段時間平復。"

"妳……好嗎？"

我答很好，身心健康。

"那好，**Bye**！"

掛上電話，我有些鬱悶，師兄很冷，冷得我直打哆嗦，他怎麼了？不再喜歡我還是……已經有了喜歡的人？

第二十七章/胡半仙

我在滑冰場這端教VIP班，田芳在滑冰場另一端上一對一，看她一次次地練習阿克謝爾跳，很是辛苦。

上完三十分鐘的課，我跟三個小毛頭Say goodbye, 一轉頭，田芳還沒下課。

" Guess what?"翠喜拉我的衣袖，" 昨天的拼音我全拼對了，全班只有兩個人得滿分。"

" Well done."我誠心讚揚。

翠喜說她爸給了她100元，讓她想買什麼就買什麼。

" 那麼妳想買什麼？"我問。

" 我想買……其實我什麼都不想買，只想和爸爸在一起，但石醫生說除了吃飯時間，我爸都必須待在房間裏，除了她，誰也不能進去。"

呃！竟有這回事，實在太詭異了，此時田芳滑了過來。

" 冰冰，幫我看看我的冰刀需不需要換新。"她提起腳來。

我蹲下去仔細查看，是鈍了些，但還能用上一段時間，不需要更換。

田芳說她也這麼認為，不明白為什麼**Miss Garcia**要她換……

"課上完了？"我問。

"嗯！"

我藉機將她拉到場外，問她平先生的近況。

"最近都被老巫婆給囚禁起來，除了飯桌上能見到面外，基本算隱形了，也不知這是什麼療法，跟閉關了一樣。"她答。

"平家還有什麼親戚？"

"親戚是有，但分散各處，尤其前幾年姨公、姨婆相繼去世，平家人便因遺產分配不均問題，吵得不可開交，基本已經互不往來。"

分配不均？

田芳接著解釋姨公姨婆有兩子，遺囑裏把大部份的財產都留給老大平靖宇，老二及其他親屬只拿到數萬元，官司打到現在還沒結束，人倒是一死一傷，死的是翠喜的媽，傷的是翠喜的爸（已經自殺好幾回了）。

"翠喜的媽生的什麼病？"我問。

"什麼病也沒有，過馬路時被一個無照駕駛的年輕人給撞死了。"

哎！我原本想著如果平家有人出面，也許石醫生就無法一手遮天，看來此路不通。

田芳說怎麼不通？她就是平家人，靖宇的事就是她的事。

"可是……"

我的不放心是因為眼前的女孩才16歲，再怎麼心思縝密也比不過一個有閱歷的女人，何況她白天得上課，而對方卻能與男主人頻繁接觸。

"冰冰，妳可別小看我喔！平常我就愛看偵探及推理小說，往往書還沒看完，我就已經知道結局，所以相信我，我會保護好靖宇。"

世界上竟然還有如此天真的人，我無言以對。

* * *

經過感情的打擊，梅莉成了啞巴。她對我置之不理，對她媽也三緘其口，梅媽媽很擔心，怕出人命。

我問要不要找個專業的心理醫生談談（雖然我覺得沒什麼用）？梅媽媽答那也得出門才成，梅莉現在大門不出二門不邁，若不是她逼著，連飯都不肯吃。

嗯！這的確是個大問題。不說別的，就談生計，梅莉的課已經分散出去，連我也代了她的課，再這麼缺席下去，學員都跑光了，寅吃卯糧是分分鐘的事。

" 我真是急刹快，哪能辦？"梅媽媽愁雲滿面。

我想了想，心病還需心藥醫，遂拿上車鑰匙往中國城開去。

* * *

會注意到這個江湖術士純屬偶然，如果不是某個來接孩子的家長把華文報扔在場邊的座椅上，又如果不是下一個學員尚未到，我不會坐下來休息，當然也不會看到報紙上的廣告：【享譽東南亞的易學專家胡半仙為您排憂解難，看運勢、測吉凶、擺風水陣……無不精通，不準不要錢。】

我向來對這類的怪力亂神嗤之以鼻，之所以又會想起胡半仙是因為他的"辦公室"和石醫生的診所在同一棟樓裏，上下不過隔著兩層，我"就診"時曾在電梯裏聽到中國大媽議論起這個人，再對照曾看過的廣告，一下子就記住了。

如果看心理醫生算理性，那麼找江湖術士就十分的不理性（說白了就是腦子進水），但我打的算盤可一點兒也不含糊。

" 妳的意思是要我告訴她那男的是孽緣，他們的緣份不會超過一個月，是嗎？"那個白鬍子老人問。

我點頭如搗蒜。

" 五百元。"他果斷地說。

我問是泰銖還是令吉？

"加元呀！小姑娘。"

啥？不過是講講混話，很多信息還是我給的，也要這麼多？

"那個……能不能……能不能過後再給？如果效果不錯，女孩的母親肯定給錢。"

看白鬍子爺爺不高興，我又加了句："如果收不到錢，我給。"

這才敲定。

不得不說吃這口飯的人還是有兩把刷子，本身自帶神秘氣場不說，還滿嘴跑火車，把那對母女唬得一愣一愣的，連我也差點兒相信阿志就是冥冥之中安排好的"過客"。

"太感謝了，如果不是大師，梅莉不知道還要迷失多久。"梅媽媽笑得像朵花，而且很難得說著普通話。

胡半仙點了個頭，算是接受謝意，同時看我一眼。我趕緊提醒梅媽媽付費，因為算命有個行規，不收錢等於白送人一條命，對問卜者及洩露天機者皆不利。

梅媽媽將我拉到角落，壓低聲音問我該給多少？我答五百元差不多。

"介貴額！"

抱怨歸抱怨，她還是如數付了，讓我鬆了一口氣。

胡半仙走後，梅媽媽問我哪裏找來的鐵口直斷？一說一個準，連梅莉有個早夭的妹妹都能算出來。

"當然準囉！多倫多最有名的易學專家，怎麼會不準？"我答。

梅媽媽很欣慰地說那就好，否則女兒跟個短命鬼在一起，不哭死？

"是……是啊！"我附合得很勉強。

胡半仙說梅莉和阿志的緣份不超過一個月，因為他的壽命已經走到盡頭。

我知道前一句是我講的，但後一句是胡半仙加的，無端折了那男人的壽，我心中有說不出的彆扭。

"冰冰，儂晚飯想切薩？"梅媽媽圍上圍裙問我。

我趕緊答紅燒肉及醃篤鮮。

"没春筍啦！"

"我去買。"我跳起來說。

第二十八章/卡皮拉諾公園

卡皮拉諾吊橋位於加拿大北溫哥華的卡皮拉諾公園內，由一根根的鋼條築成，呈半圓形，修建在花崗岩峭壁上，猶如懸吊的"空中走廊"。

Frank問我想不想去瞻仰一下這座號稱世界上最偉大的橋？

" 想是想，可是我有課。"我答。

" 既然這樣，那下次吧！"

" 等等，我看能不能請人代課。"

我的想法是梅莉已經閒賦在家多日，如果以堂而皇之的藉口讓她去代課，她也好早日回歸正軌。

梅媽媽一聽說有課上，忙敲邊鼓，等她知道和我出遊的對像是被她女兒退貨的**Frank**，立馬不對勁。

" 媽，是我不要人家，讓給冰冰也沒什麼。"梅莉很不耐煩地說。

" 這麼好的人，妳卻看上一個鄉吾寧，眼無子被卵戳瞎特了。"

我趕緊聲明自己和**Frank**是朋友關係，很普通的那一種。

" 没人在乎你倆的關係，就算明天領證也**Ok**。"梅莉轉向自己的母親，" 我有課上，妳可以回去了，也不怕爸又拈花惹草？"

梅媽媽信心十足地表示她愛人若斗膽再歡喜翻行頭的小姑娘，她就讓他吃排頭……

話說得很滿，但晚飯過後她便收拾行李，因為想念家裏的老克勒（**Old Clerk**的譯音）。

話說舊上海時期曾生活著這麼一群人，他們從國外歸來，見過世面又有紳士風度，舉手投足間流露出貴族氣息……統稱"老克勒"。

據說梅莉爺爺當年也是其中一員，虎父無犬子，梅爸爸繼承了其派頭，所以梅媽媽總喚他"老克勒"。雖然家族後來沒落了，但氣息尚存，加上上海男人對女人特別溫柔體貼，期間也發生過幾次"逼宮"事件，搞得梅媽媽一個頭兩個大，現在經女兒一提醒，她馬上如臨大敵，連夜趕回溫哥華。

" 終於清靜了。"隔天我一走入廚房，梅莉說。

她正在做雞蛋捲當早餐，一屋子的黃油香氣。

" 妳媽也夠辛苦的了，盯妳盯足一個月，要不是……可能更久。"我坐下來喝黑咖啡。

" 哼！要不是……也許阿志就不會離開我。"

這口氣聽著像在怪罪我，沒等我解釋，梅莉說過去就過去了，別再提，她很高興我有了新戀情，看來**Frank**不是**Gay**，她看走眼了。

我再次申明不是那麼回事。

" 難道妳還在乎歐陽睿？"

" 也不是……"

" 妳為什麼不敢面對真實的妳？明明在意他，卻要表現出拒人千里之外的樣子，妳以為男人永遠會等妳？也許我不是他的菜，但不表示別人無可趁之機。"

我問她到底想說什麼？

「沒什麼，當我胡言亂語好了，這雞蛋捲給妳，小心燙。」

就因為梅莉話說到一半，我忍不住打電話給師兄，他沒接，讓我很不安，總覺得他故意躲我，而躲我的原因究竟為何？

「嘟……嘟嘟……」是爸的來電，我趕緊按下接聽鍵。

「冰冰，最近好嗎？」

聽到爸的聲音，我一時百感交集，話都說不利索。

「怎麼了？誰欺負妳了？」

「沒……沒人欺負我，你和媽好嗎？」

「好，很好。」

我們葛家人向來報喜不報憂，所以一向皆大歡喜。

「冰冰，爸有個二十天的年假，和妳媽商量過後，打算到多倫多看妳，妳……方便嗎？」

哎！怎麼會不方便？但我現在的租處小，他們來只能睡客廳，再說我還得上班，兩老倒不如四處遊山玩水，不用刻意上我這裏來……

爸在電話那頭沉默下來，我才察覺話說得太直白。

「你們要來隨時歡迎。」我趕緊補救。

「其實我一直想租個房車四處旅遊，是妳媽放不下妳，堅持要來。妳也大了，應該開始自己的人生，這樣吧！我們到了多倫多就約妳出來吃頓飯，然後接著下一個行程。」

我答太好了，不只我應該開始自己的人生，他們也是。以前太過操勞，沒時間也沒金錢，現在正是該好好享受的時候……

掛上電話，我有說不出的欣喜，父母已為我放棄太多，難得他們願意為自己而活，這是很大的進步，值得喝彩！

＊＊＊

卡皮拉諾公園離市區有段距離，**Frank**說早上八點來接我，早去早回，因為下午四點有個會議。

137

他來接我時剛好與正要外出上課的梅莉擦身而過。

"嘿！照顧好冰冰，她恐高。"我的室友對他說。

待人走後，**Frank**問我是不是真恐高？如果是，我們可以換個地方遊玩。

"不過是座吊橋，沒什麼大不了的。"我信心十足地答。

聽說一百多年前，卡皮拉諾吊橋只是以兩條粗麻繩外加香板木搭建而成，就這麼懸掛在高**230**英尺的卡皮拉諾河谷上，現在是**21**世紀，安全條件肯定改善了，然而……

"冰冰，妳還好吧？！"**Frank**問。

"我……很好。"

四十幾層樓的高度已經讓我膽怯，偏偏風掠過山谷時還發出類似人的笑聲，嚇得我腿軟。

"要不，還是回去吧！"他提議。

此時的我們已走完1/3吊橋，回頭等於承認自己失敗，再往前也不過多出一倍的長度，忍一忍就過去了。

"我……還可以，你先走，我隨後跟上。"

說完，我還推他一把，那男人很不放心地三步一回頭。

"冰冰，別怕，跨出妳的右腳……很好……現在換左腳……瞧！妳做到了。"我為自己打氣。

全世界最不缺的就是膽大的熊孩子，我這廂像學步孩童，那一廂卻健步如飛，碰碰碰的跑步聲把我那好不容易建立起來的信心全給瓦解了。

"Help～"我扶著扶手緩慢蹲下去，"Somebody, please."

此時病貓再也假裝不了猛虎。

就在人群聚集前，**Frank**一把將我抱起。

"不用，放我下去，我還能走。"我氣若如絲地說。

"別逞強，再不走，別人要誤會妳在拍惡搞節目。"

* * *

" 没想到妳真的恐高，而且挺嚴重的樣子。"Frank邊喝冷飲邊說。

此時的我們正坐在公園入口處的披薩店內，不遠處有六十多年前印第安人所雕刻的圖騰柱，色彩鮮豔、引人注目。

" 這裏的景緻很美，巨大的樹木高聳參天，是天然大氧吧。" 我顧左右而言他。

" 有沒有人說過妳很逞強？"他問。

要說逞強的例子，那多了去，曾有洋老師以為我中文超厲害（因我的中國臉孔），請我翻譯一篇短文，天知道我對中文根本一知半解，但還是硬著頭皮答應下來，結果悲劇了，最後不得不在父母的幫助下完成譯作，老師還說我翻譯得很好。

Frank聽完哈哈大笑，他說他也有類似的經歷，看來我們是同路人，如果生活在一起，一定很契合。

" 呃！這是什麼意思？"

" 意思是我們不需要彼此偽裝，因為心照不宣。"

我把他的回答在腦海裏回鍋再回鍋，依然無法意會，但仍微笑著說："是呀！"

由於Frank下午四點有會議，吃完不過不失的披薩後，我們走上歸途。

第二十九章/父母來訪

一個禮拜後，父親開著一輛改裝過的麵包車前來。

"哈！誰的？太酷了。"

"妳魏叔叔的，為了這趟旅行，他已向上帝禱告過，所以一切都會沒問題。"爸答。

魏叔叔是爸的客戶，篤信基督教，年輕時曾做過碼頭的搬運工，長期彎腰背重物的結果，落下了腰肌勞損的病根，現在一週得讓父親推拿一次。

我探頭一望，車內不僅有床，還有個簡易廚房，只是洗澡、上廁所比較麻煩，還好加拿大有很多房車露營地，大大減少其中的不便。

" 好棒呀！如果我也七老八十，肯定像葛爸葛媽一樣到處流浪。"梅莉在一旁說。

我請假回來與父母見面，沒想到有課的梅莉也跟著湊熱鬧，而且不識時務，硬把父母的歲數往上加，成了年逾古稀的老人。

"呵呵！沒錯，是流浪，七老八十還能像老頑童一樣流浪是幸福的事。"

父親露齒而笑（顯然並不在意梅莉的"口無遮攔"），我這才注意到他植牙了，新門牙很白，看起來有些突兀。

母親說為了這顆牙，兩老人沒少吵過，因為加拿大看牙不算在基礎醫療內，植一顆牙需要4000元，肉疼死了。

"錢還是得花，少顆門牙多難看！"我說。

"哎！妳爸若不是為了妳，怕妳面子掛不住，恐怕……"

父親要母親別說了，他想看看我住的地方。

於是我們移駕到屋內，房子很小，沒幾分鐘就看完。

"不錯，麻雀雖小，五臟俱全。"爸點頭。

媽聽完，像想到什麼，忙轉向我："Alice拿著廣告代言費在格蘭維爾島買了個臨海豪華公寓，180度無遮擋，妳若堅持下去，哪天……"

就知道母親會舊話重提，我沉下臉來。

"老太婆，炒冷飯好吃嗎？告訴過妳兒孫自有兒孫福，冰冰有冰冰的想法，妳就歇歇吧！"

我正慶幸父親相救及時，沒想到梅莉一盆冷水潑下來。

"還好我爸媽早有自知之明，沒在我身上花太多功夫，否則現在也呱噪個沒完，煩死了……"

眼看局面就要失控，我趕緊說自己肚子餓了。

"那好，出去吃，妳想吃什麼？"

爸問的是我，梅莉卻搶答，她說漁膳坊的海鮮老好吃的。

"就它了，梅莉一起來。"爸果斷地說。

"麼文提！"她笑顏逐開。

* * *

漁膳坊是高檔的海鮮粵菜館，光看環境及養在水裏的生猛海鮮就知道不便宜。

爸媽都是節省慣了的人，一個錢掰成兩個花，何曾如此大手筆過？我建議還是換別家吃，從這邊走過去不到十分鐘也有家海鮮料理店，菜做得挺好的……

梅莉首先發難，她說今天空出三節課來，就是為了吃頓好的，如果嫌貴，那吃套餐好了，套餐便宜。

都說“客隨主便”，這位客人硬要“主隨客便”，也太不識抬舉了……

然而爸想“息事寧人”，表示貴不到哪去，開心最重要，然後先一步走進餐廳。

叫了個三人套餐，外加兩個菜，三張褐色票子就沒了，不過菜是真的好吃，有刺身拼盤、魚翅、花膠、龍蝦、金多寶、生蠔、豆苗、桂花蚌及蒸青斑。

吃完甜點榴蓮酥後，我藉口上廁所，其實是溜到停車場抽煙，沒辦法，煙癮越來越大了。

等我回到位子上，母親問我這是什麼時候的事？神情很不悅。

呃……這鼻子也太靈了吧？！

為了去除身上的煙味，我還特地在停車場跑了兩圈，想利用空氣的流動帶走煙味，可惜還是被抓包。

“嗯……沒多久前……偶爾……也不是經常……”

“不行，即使他的事業有起色，那也是稍縱即逝，運動員的黃金時期很短，但婚姻卻是長久的，加上他那個母親……哎！妳給我離那個家庭遠遠的。”

聽母親這麼一說，我憤怒地望向梅莉。

“妳媽問我妳有沒有男朋友？我答應該沒有，除了歐陽睿。”她大無畏地交待。

我告訴母親，歐陽睿接了個廣告代言，八十萬，大概是我們四年的家庭總收入（不吃不喝的話），至於他母親………私人借貸雖然容易惹麻煩，但在加拿大，只要沒達到**60%**以上的單利，一般不會被量刑。還有，她女兒是個過氣的滑冰明星，現在走在路上就是個路人甲，有什麼資格挑三揀四？

"這麼說，你們兩個已經正式交往了？"母親憂心忡忡地問。

我答無可奉告。

"買單！"為制止更多的爭論，父親大聲叫來服務員。

＊　＊　＊

父母的下一站是素有"北美小巴黎"之稱的蒙特利爾，我提醒他們別忘了吃熏肉、百吉餅和普丁，另外，各色口味的奶酪及巧克力糖也不容錯過。

送走父母後，梅莉首先發聲："我可沒說妳的壞話。"

"我說妳說我壞話了嗎？"我反問，然後發動車子。

十幾分鐘的相對無語後……

"我想說歐陽睿不是柳下惠，小報拍到他和**Alice**的畫面了。"

我悶不吭聲地看著路前方，握緊駕駛盤的手沁出汗來。

"妳還好吧？"她問。

"很好，好得不得了。"我微笑，然後將方向盤一轉，把車開上**Kennedy Road**。

＊　＊　＊

"**Guess what?**"翠喜拉拉我的衣袖。

"**What?**"我邊脫下滑冰鞋邊問，心不在焉的。

"我姐要回中國了。"

我問為什麼？她答不知道。

等我走出滑冰場，田芳趕上我，問我能不能撥出時間和她談談？她心裏磣得慌。

因為歐陽睿，這幾天我也魂不守舍，正想找個人說說話。

"好，什麼時候？"

她約我在**Yonge Street**上的一家甜品店見面。

143

* * *

週日下午兩點，店內有點兒冷清，但店員的笑容很治癒。

「這家的宇治抹茶提拉米蘇很棒，配上紅茶，整個下午都亮了。」田芳說。

我噗嗤一笑，這形容也太妙了。

「好，聽妳的。」

任何一款甜品加入抹茶元素後，都充滿了清新的少女感，尤其帶咖啡酒味兒的蛋糕一入口，香、滑、甜、柔的口感層次分明，加上香醇的熱紅茶，的確能撫慰人心。

「不錯，好吃。」我讚美。

然而推薦的人似乎並沒有好胃口，她用小勺子挖著奶油吃，一次一小撮。

「為什麼心裏發慌？」我問。

「因為……因為靖宇希望我回國。」

我問為什麼？她答因為她不好好學習，讓他很不滿……

「那麼妳就好好學習唄！」

「其實那是表面說法，歸根結底是石醫生在搧耳邊風，只有我走了，她才能更好地控制這個家。」

我也覺得石醫生和一般的醫生不一樣，該怎麼說呢？太……太不正規了，但由此判斷她搬弄是非也缺乏證據，也許事情並不像田芳所想的那樣。

知道我不支持她的判斷，田芳拋來重磅炸彈，她說前陣子她提到平家的遺產問題，但沒提她姨媽這一邊，其實翠喜的媽媽是大筆股票的繼承人，她一死，股票都歸老公和孩子。不只此，她姨媽還有一支宋朝的白玉鳳首笄，是用無瑕的羊脂白玉製成，笄身細長，笄頭還透雕著一鳳首，保守估計上億元。

「妳親耳聽到石醫生對平先生搧耳邊風？」

"這倒沒有。"

"股票的事，妳是如何知道的？"

"我……我……這個嘛……"

"那支笒妳看過？"

"沒有。"

這樣一問三不知，叫人如何信服？

田芳仍堅稱她所言不假，石醫生就是為了財產而來。

"妳有證據？"

"有……沒有。"

我翻了個大白眼，這是什麼回答？太不靠譜了。

"回國機票買了沒？"我接著問。

"當然沒，但我害怕石醫生會買，然後強押我上機。"

我思考了一下，問題癥結出在田芳不好好學習，如果有人盯著她學習，事情就解決了。

小妮子聽完直說我聰明，由我盯著她學習，再好不過……

"等等，我可沒說是我。"

"除了妳，沒別人了，"她作祈求狀，"求求妳，救人一命，勝造七級浮屠。"

從小到大，我屬於"拿起書本就打盹"的那類人，現在讓我盯著人學習，豈不是笑話一則？

田芳說我不也要上網課？這樣吧！就當我們互相督促，**please!**

看她熱切的眼神，我不忍一盆冷水潑下，遂答如果有空的話，我不介意陪她一起學習。

第三十章/放生

三叔：

那次見面，我並沒有把自己的煩惱告訴田芳，一來她的煩惱已太多，二來她才十六歲，由一個"未成年人"來指導我的人生，簡直太扯了！

冰醬

"回來了，怎麼一副無精打采的樣子？"梅莉問我。

我答沒有的事。

"別難過。"

我問她什麼意思？

"妳難道不是因為看到狗仔拍的照片而難過？"

"照片？什麼照片？"

加拿大的狗仔文化不是很盛行，梅莉給我看的是TMZ(一個美國娛樂新聞網站，致力於發佈名人或明星的私密信息)，由此可見歐陽睿及**Alice**也是有熱度的運動明星。

"吃飽了撐著！年輕人談個戀愛也能上頭條。"我說。

那是一張非常普通的照片，兩個人站在一棟大房子的二樓陽台凝望大海，根本說明不了什麼，不過倒是坐實他們一起度了週末，現在我終於知道師兄為什麼不接手機了。

梅莉閃著捉狹的大眼睛問："我們去棒打鴛鴦如何？"

"神經！有那個時間倒不如去端盤子，妳不是說這個月嚴重超支嗎？"

她答端盤子能賺多少？人無橫財不富。

"什麼意思？"

"没什麼意思，晚安！"

她回房去，我梳洗一番後也早早上床。

＊　＊　＊

躺在床上，我翻來覆去總睡不好，一會兒歐陽睿與**Alice**，一會兒平靖宇和石醫生，他們交互出現，混亂得不得了。

歐陽睿是我親手送給**Alice**的，怨不得人，也不知道為什麼，心裏發酸，至於平先生……他到底是怎麼想的？為什麼一心求死？

我很同情他，但無能為力……等等，既然睡不著，我何不上網查查資料？也許能幫到他。

說到做到，我立馬拿出手機上網，這一查真被我查到有用的信息，譬如有尋死的人發帖說因為放生而開始懂得珍惜生命。

放生？這倒是個不錯的點子。

＊　＊　＊

每年二月的第三個星期一是加拿大的"家庭日"，顯然希望通過節日呼籲人們重視家庭生活。逢這一天不用上班，多數商舖也關門休息，倒是有很多適合家庭成員一起參與的活動正如火如茶地展開，譬如植物園免費開放、乘纜車半價、滑雪特價……等等。

如果把週六、週日算進去，其實也算放了個小長假，你能想像梅莉竟然選擇這三天去"棒打鴛鴦"？

"妳回來，別瞎起哄！"我對著手機喊。

"不跟妳說，我要入關了，拜！"

這個窮女孩竟然捨得坐飛機回溫哥華，來回機票錢相當於一個月的房租，簡直瘋了！

我的"難以置信"還沒消化完畢，另一通電話打來。

"冰冰，來我家玩《卡坦島》。"翠喜說。

我正想拒絕，手機那頭換上田芳。

"快來督促我學習，家庭日過後有大考，我得以好成績證明我能繼續待在加拿大，不然碧池又要作妖了。"

"碧池"即英文**Bitch**的諧音，是辱罵女性的髒話。

我了解她的憤怒及"茲事體大"，遂答："這就過去。"

到了平家，我才知道石醫生帶著翠喜去度家庭日，本來還包括平先生，後來出了點兒狀況，只有兩個女的出門。

"平先生還是心情不好？"我問。

"時好時壞，我認為這個石醫生根本不行。"

"我倒是認識一個心理醫生………"

田芳眼前一亮，忙問是誰？能信任不？

想到**Frank**是**Jessica**的弟弟，我的推薦顯然不夠說服力。

"算了，他很忙，不可能出診。對了，把妳的書拿出來，我是來督促妳唸書的。"我端出老師的架勢。

"好啦！我坐這頭，妳坐那頭，我若不認真，妳處罰我，別客氣哈！"

看這個小妮子動真格的，我也把電腦拿出來上網課。

一旦身心都投入，時間便過得飛快，當徐阿姨喊我們吃中飯，我才知道紅燒肉的香味已經饞了我一上午。

"冰冰，走，吃飯去！"田芳拉我起身。

＊＊＊

平先生坐下，他仍是瘦，加上滿臉鬍髭，很有落魄相。

"大師，你一個早上都在幹嘛？"田芳邊問邊把一塊肥瘦相間的紅燒肉夾進對方碗裏。（別瞧她在我面前總靖宇、靖宇地喊，真正面對她姨父，倒不敢如此放肆。）

"我看著小魚游來游去。"他答。

小魚？什麼小魚？

田芳解釋翠喜的小學辦**School Fair,**她釣到幾尾小魚，由於今天被石醫生強拉著去度家庭日，臨走前把寶貝魚交給老爸照顧。

"好想看看是什麼魚？"我說。

"那麼待會兒吃完飯妳到靖……大師的房裏看，我得睡個午覺，否則整個下午昏昏沉沉的，什麼也讀不進去。"

果然吃完飯田芳便回房睡覺去，我問平先生介不介意我看看小魚？他答不介意。

＊＊＊

這是幾尾橘紅色的小魚，頂多兩公分身長，此時被放進一個寬口坡璃瓶內。

"魚吃飼料嗎？"我彎下身觀察。

"只餵了點兒麵包屑，翠喜說今天會買些魚飼料及水草回來，如果不是因爲這個理由，她大概不會出門。"

我問魚到家多久了？他答兩天。

"大概兩天没換水了吧？你瞧魚都快悶死了。"

聽罷，平先生也彎腰查看，果然看到小魚紛紛撞玻璃牆，有一尾已經有翻肚傾向。

"快！"他喊。

我把他手上的玻璃瓶子奪下，說急什麼？魚總歸一死。

"妳怎能這麼說話？太狠心了！"

他搶回玻璃瓶，往洗手間衝去。

趁平先生短暫離開，我的主意越發清晰，這個男人還有救。

"還好搶救及時，否則我無法向翠喜交待。"他把換過水的玻璃瓶放回原位，那幾條原本精神不佳的魚頓時活力充沛。

"救是救了，哪天又忘了換水，還不是死路一條。"

平先生想了想，表示我說得對，他待會兒去買個正式魚缸……

不，不，不，這不是我要的。

"你不覺得天地這麼大，魚卻活在一個小小的空間裏，這是很殘酷的事嗎？"我說。

"妳的意思是……"

我告訴他唯有回歸大自然，魚兒才會快樂。

"妳是說放生？"

"沒錯。"

"可是翠喜……"

"正好利用這個機會教導她生命的意義。"

平先生這次思考得比較久，代表他很猶豫，我遂提議載他到附近的**Lower Don Parklands**，這個公園有條貫穿其間的河流，如果到了河邊他改主意，我立馬載他回家。

"那……好吧！"他答。

＊＊＊

冬末的陽光很溫暖，如果不是冷風嗖嗖，任誰都會說這是個愜意的午後。

“ 河水很冷吧？”他問。

“ 你看河裏的魚是不是游得很開心？”

“ 那……”他看著玻璃瓶裏的魚，“ 萬一……”

“ 如果你還没準備好，我們下次再來。”

平先生果斷地說不等下次，也許……没有那麼一天，然後他蹲下身去，小心翼翼地把魚倒入河內，直到再也看不到橘紅色的身影，他才站起身來。

“ 好了，魚兒這下子自由了。”他鬆了口氣說。

“ 你也自由了。”

平先生因此深看我幾秒，然後露出理解的笑容。

Lower Don Parklands是個令人驚奇的公園,雖然春天未至，但到處充滿生機，沿著河流而下，很容易就找到發芽的植物及躲在灌木叢中的野生動物。

“ 好久没出外走走了，以前玉貞在的時候，我們經常出外踏青。”那男人說。

“ 我有預感，從今以後你會經常外出。”

他問為什麼？我指指河邊垂釣的人，平先生嚇得目瞪口呆，直呼太糟糕了，那些人怎麼可以這樣？魚兒是有生命的，應該被尊重……

然後我看到一個大義凜然的男人大踏步地走上前去。

第三十一章/醋罈子

回到平家正值飯點。

"爸爸，你去哪裏了？"翠喜飛奔過來。

"爸爸放生去了。"

"放生？"

我答就是讓捕獲而來的小動物重新回到大自然，好比她的小魚兒已經重獲自由了。

"啊？我的小魚兒⋯⋯沒有了？"她頗為驚訝。

我把翠喜拉過來，問她如果時刻被關在屋子裏，開不開心？

她答當然不開心。

"魚兒也一樣，現在它們在河裏游來游去，開心得不得了，妳應該為它們感到高興才是。"

"那⋯⋯好吧！如果它們開心，我無所謂。"翠喜拉著我和她爸爸的手，"快，吃飯了，今天徐阿姨煮了好吃的魚。"

這真是一件奇怪得不得了的事，整個下午我們沿河尋找垂釣者，但凡發現魚桶裏有魚，平先生便高價買下，然後往河裏一

倒，救下的魚少說也有三、 四十條，如今平家的飯桌上卻躺著
一條魚，身體已被劈成兩半，瞪著兩隻圓滾滾的眼睛，似有千
言萬語。

“ 我不吃了。”平先生站起身來，“ 從現在起，我吃素。”

一直悶不吭聲的石醫生開口表示平先生已經過瘦，若再吃素，
恐怕不合適……

没等石醫生說完，男主人喚來徐阿姨，交待以後分開來煮，他
吃素，還有，煮清淡些，平家人不喜歡食辣。

“ 好咧！”徐阿姨點頭。

就在四個女人面面相覷下，平先生上樓去了。

我們安靜地吃著飯，翠喜忽然噗嗤一笑。

“ 妳笑什麼？”田芳問。

“ 爸爸喜歡冰冰，不喜歡……”翠喜望了石醫生一眼。

石醫生站起來說時間晚了，她明天再過來。

待人一走，那兩姐妹高興得手舞足蹈。

“ 冰冰，太好了，靖宇這次終於正常了。”田芳開心地說。

“ 對，我爸正常了，哪！勝利！”翠喜蹦蹦跳跳的，彷彿裝
上強力電池。

平先生的確不一樣了，但願這是喜事一樁。

＊ ＊ ＊

“家庭日”一過，梅莉哼著歌進門，唱的是賈斯汀.比伯的
《**Baby**》。

Baby, baby, baby, oh like

Baby, baby, baby, no like

Baby, baby, baby, oh

I thought you'd always been mine, mine……

我說看樣子她棒打鴛鴦成功了，梅莉答沒有。

" 那麼妳心情好為哪樁？"我問。

" 嘻嘻！被妳看出來了。"她將行李放下，" Alice要求我將照片刪除，我照做，她給了我一萬元，扣除來回機票、僱小船的費用、酒店錢及誤工費，實賺八千有餘。"

我問她何時改當狗仔了？

" 這叫不拿白不拿，誰讓Alice躺在遊艇上裸著上身曬日光浴，虧歐陽睿定力好，否則我還能照到更勁爆的。"

知道師兄上了Alice的遊艇，我很不是滋味。

" 這還怎麼參加比賽？運動員不好好練習，以為天上會掉餡餅嗎？"我埋怨。

" 妳還不知道？"梅莉很詫異。

原來歐陽睿和Alice同時被溫哥華市政府選為觀光大使，利用這三天的小長假拍攝宣傳短片，遊艇出海是其中一項，只是拍攝休息期間，Alice情不自禁地脫下胸罩，被待在小船上 伺機而動的梅莉給抓拍到。

" 妳也算踩了狗屎運。"

" 誰說不是？"

" 果真人無橫財不富哈！"

梅莉要我別諷刺了，若不是最近手頭緊，她也不願幹這種不光彩的事兒，尤其看了Richard那雙絕望的眼神，嘖嘖嘖！讓人心碎不已……

" 他有什麼好絕望的？"我喃喃道。

" 怕妳知道他和裸著上身的Alice在一起唄！"

他不想要我誤會，為什麼不接聽電話？我們已經斷了聯繫有大半月了。

梅莉說她真看不慣我玩曖昧的樣子，表面上不在乎，心裏愛得死去活來；歐陽睿也是，就没看過那麼傻的人，連女生"以退為進、欲迎還拒"也看不出來……算了，送佛送上天，我欠她一頓飯。

我問什麼意思？

她要我稍等，然後翻出手機按了幾下。

"喂，我是梅莉, 冰冰有話跟你說。"

我没想到她撥通師兄的手機號，而且直接讓我倆對話。

"喂，我……我是冰冰。"

手機那端毫無聲息，我幾乎要以為梅莉惡作劇來著。

"咳、有什麼事妳說。"

因為師兄的冷漠，我來氣，直接問他為什麼不接我電話？

"忙。"

" 有時間拍宣傳片卻没時間接我電話？"

他還是答忙。

這是明顯的推託之辭，就不能想點兒有創意的？

我感覺心灰意冷，要他趕緊忙去，我掛了……

" 別……別掛，最近好嗎？"他問

" 很好，忙著為五斗米折腰，没時間上遊艇曬日光浴。"我故意刺他一下。

他嘆了口氣，問我能別這麼說話嗎？他不喜歡。

" **Sorry**，當我發神經好了。"

" 冰冰～"

" 嗯？"

" 好好照顧自己。"

知道師兄還關心我，我百感交集。

「你也是。」我說。

掛上電話，梅莉取笑我打翻了醋罈子，老遠都聞得到。

「哪有？」我推她一把。

第三十二章/平先生的改變

Frank打電話給我時，我剛上完課，他說想請我吃飯。

" 不行，待會兒還有兩個一對一。"

他問我何時結束？我答八點半。

" 那好，我等妳。"

" 去哪兒吃？"

" 我發短信給妳。"

上完課，我打開衛星導航，發現那是一棟公寓住宅，很靠近西恩搭。抵達後，我打電話給**Frank**，他不一會兒就出現。

" 我知道這附近有一家好味道的墨西哥餐廳。"我從車裏探出頭來說。

" 我已經煮好晚餐，妳把車停妥，我帶妳上樓。"

＊＊＊

一進門，我便被窗外的風景給吸引住。

" 從這裏可以看到西恩塔。"我興奮地說。

西恩塔即加拿大國家電視塔，是多倫多的地標，列為世界第五高的建築物。

"看久了就不稀奇了，快坐下嚐嚐我的手藝吧！"

我這才注意到桌上擺著四菜一湯。

"不錯嘛！連農家小炒肉也做得出來。"我說，隨即坐下。

"煮飯跟畫畫一樣，沒什麼難的，只是我向來少油少鹽，不知妳吃不吃得習慣？"

雖然我對吃不挑剔，但憑良心說，**Frank**的廚藝真是好，完全征服我的味蕾，我說哪天他不當心理醫生，可以改行當廚師，好的廚師月入過萬沒問題。

"外行人隨便炒兩下，隨便糊弄還可以，要和真正的大廚比，那差遠了，**Isacco**……"

Frank臨時踩剎車，但我還是聽到話屑子，忙問他此人為何方神聖？

"他是**Giulietta**的餐廳主廚，意大利裔，我的……室友。"

我遂把眼光投向臥室方向，**Frank**讀出我的心思，告訴我**Isacco**還沒下班。

"噢！這裏幾居？"我問。

"兩居，我和他各住一間，呵呵！兩個大男生怎麼可能同睡一張床？"

Well, 我無意探人隱私，純粹無話找話……等等，他這是不是在嘲諷我的性取向？

"咳、咳、其實……"

我還沒招供，室友回來了。

" **Isacco**，**this is Bingbing. Bingbing, this is Isacco.**"
Frank快速介紹雙方。

那個好看得如同模特兒的男人向我道了聲**Hi**後，回房去了。

"我以為主廚都很晚下班。"我說。

" 的確，他通常11點過後才到家，今天提早下班，因為怕妳走掉。"

" 怕我走掉？"

" 嗯！我……我說今晚請朋友吃飯，他特意回來看看。"

這個室友還真奇怪，莫非以為我有三頭六臂？

吃飽喝足後，**Frank**送我到停車場，離開前他問：" 冰冰，我能不能喜歡妳？"

這……這太突然了，我一點兒心理準備也沒有。

見我猶豫，他說沒關係，我不用馬上回答，等有了感覺再告訴他。

* * *

我躺在床上瞪著天花板發呆。

Frank說他喜歡我？什麼時候的事？我們不過見了幾次面，真要說有什麼，無非出遊那一次我恐高，他抱起我走了一段，讓我心生感動，其他真沒什麼，怎麼他就喜歡上我？太意外了……等等，他是心理醫生，會不會正在做研究，譬如《女同志可以改變性取向》等？

我越想越合理，一定是這樣，太可惡了！**Frank**，看我還理不理你？

* * *

最近收了一名學員，非常有滑冰天份，小小年紀就能做兩周旋轉跳，假以時日，難保不會是第二個金妍兒？然而她的母親實在太過緊張，搞得我心慌慌，深怕自己哪裏教得不好。

" 妳是不是很喜歡**Wendy**？"翠喜趴在滑冰場的圍牆上問我。

" 你們都是我的學員，我一視同仁。"我邊脫滑冰鞋邊答。

翠喜說我說謊，明明比較喜歡**Wendy,**那也沒什麼，優秀的人總是討人喜歡……

「都說了不是，妳怎麼……」我抬起頭來，不巧看見她淚眼婆娑，「怎麼了？翠喜。」

「我爸整天不見人影，肯定不喜歡我了。」

「胡說！妳爸不會不喜歡妳，別胡思亂想。」

翠喜答她沒胡思亂想，是石醫生說的，連田芳也說她爸變了。

講到田芳，我已經許久沒看到她，不妨藉機問問是怎麼回事。

「她人呢？」我問。

「五點半會來接我。」

我看了一眼時鐘，還有十分鐘就到約定時間。

「待會兒我們一起到停車場等她。」我對翠喜說。

* * *

那小妮子一看到我就大聲嚷嚷：「**Guess what?** 這次大考我的成績不壞，老師說只要持續努力，上個一般的大學沒問題。」

「**Congratulations!** 最近一切都好？」

我這一問，剛好打開她的話閘子，我因此知道平先生現在將全部的精力放在放生上，每天早出晚歸，而且吃全素，連雞蛋、牛奶也不碰。

「難怪翠喜會抱怨，不過這是好事，人一旦有了寄託就不容易鑽牛角尖。」

「的確是好事，他的臉頰漸漸紅潤起來，人也有了精神，只是有個人就不開心了，病人好轉代表她得功成身退。」

這說的可是石醫生？

田芳答正是，壞就壞在對方並不認為病人正在康復中，反而覺得靖宇走火入魔，需要更進一步的治療，還時不時給翠喜灌輸一些亂七八糟的思想，討厭死了！

「石醫生每天還來嗎？」我問。

「當然，如果靖宇不在，她就有辦法等到人進門，哪怕說上幾句話也行。」

「她沒有更重要的事要做嗎？」

「還有比成為平家女主人更重要的嗎？不過看樣子她的勝算不大，因為靖宇現在很煩她，還說治好他的人是冰冰，不是石醫生。」

我？哈哈！我不過是把別人的例子拿來挪用罷了，治好平先生的是他自己。

田芳要我小心石醫生的暗箭，我一笑置之。

「走了，我還得載翠喜去上華文課。」說完，她重新發動車子。

第三十三章/離家出走

回到家，我看到梅莉正在折騰她的果汁機，很大一台，不細看，還以為是什麼實驗器材。

"我剛測試了一下，出汁率一般般。"她說。

"妳該不會又想退貨了吧？"

在加拿大，只要有**UPS**退貨標籤，不論網購或實體店購物，三十天之內都可以免費退貨。

這不是新規定，但梅莉最近卻忽然玩上癮，買了退，退了買，也不嫌麻煩。

"還沒決定，端看期限內我有沒有生厭。"她答。

我在客廳裏坐下，梅莉把剛打好的果汁端過來，邊喝邊問我要不要參加冰與火之夜？再不去，滑冰道就要關了。

多倫多北面的**Arrowhead**公園以有條穿越森林的滑冰道而聞名，每至冬天，火炬會在傍晚**6**點時點燃，讓遊客有機會體驗頭頂月光，腳踩冰刀，穿梭在一排排火炬間的奇妙感受。

我很早就想去，可惜忙，依舊抽不出時間來，不禁哀嘆一聲。

與我的回答恰恰相反，梅莉表示她會去，因為**Daniel**邀了她。

Daniel也是滑冰教練，人很高，怕有**190**公分，瘦得很，像根竹竿似的，而且臉上有密密麻麻的雀斑。

梅莉今晚提到他，讓我心生疑竇。

"你們……沒什麼吧？"我問。

"嘻嘻！被妳看出來了，我和他已經單獨約會過兩次。我問過，**Daniel**有房有車還單身，符合我媽的要求，這次她應該不會反對。"

自從"阿志事件"後，梅媽媽如臨大敵，認為有必要設個女婿門檻，否則以梅莉的"渣男收割機"傾向，她要時時頭疼了。

當梅莉把她媽羅列的門檻一條條講給我聽時，我笑壞了。

1、有一棟三居**house**(非公寓)，全款付清。

2、有一輛十萬加元以上的轎車。

3、有**20**萬加元以上存款。

4、每年帶老婆至少出國旅遊兩次。

5、生育期間僱月嫂照顧女方。

6、婚禮要盛大，男方包辦所有的費用，禮金全歸女方家長。

7、保證孩子長大後能上貴族學校。

8、每月工資、獎金上繳，不能隱瞞。

9、逢年過節在丈母娘家過。

10、婚後女方若工作，家務必請阿姨，孩子交由保姆照看。

"滿清十大酷刑"也不過爾爾，梅莉卻說**Daniel**符合她母親的要求，真是匪夷所思，據我所知，那男人目前仍是租房一族，開的也是破車一輛。

"妳給我說說**Daniel**符合了哪一條？"

"哎呀！他才**24**歲，能貸款買個一居公寓已經很了不起，我媽說的那些都會有，只不過遲一些實現。"

我能想像梅媽媽抓狂的模樣

"不談了，我去睡覺，明天得早起。"我起身。

"我也得睡了，先給妳打支預防針，兩天後妳得幫我代課，我和**Daniel**想趕在冰道融化前感受一下冰與火的浪漫。"

* * *

田芳要我小心石醫生的暗箭，我一笑置之，没想到這一天她真的在**Scarborough**的滑冰場外堵我。

"妳……妳怎麼在這裏？"我邊問邊看她手裏有沒有凶器。

"我一家一家地問去，葛冰冰的大名如雷貫耳，很快就查出妳的上課時間表。"

Well，這聽起來酸味十足，我得小心應對。

"妳有什麼事？我還得趕著去別家上課。"

石醫生答她聽說我因為失去興民銀行的贊助而中斷滑冰事業，這太可惜了，她願意贊助我。

"什麼條件？"

"離開多倫多，因為妳的出現，我無法治療……我的病人。"

在我看來，平先生既做善事又不再尋死覓活，這是最好的結果，不是嗎？

石醫生答那是幻覺，很快他又會抑鬱，甚至比以前更糟。

我不苟同，如果真如她所說的一樣，到時再接受治療也不遲……

"妳就非要我說破不可？我……我愛他，愛到無法自拔，即使聽到他的呼吸聲，也能讓我意亂情迷。自從玉貞走了之後，我終於有機會與他親近，他需要我，我也需要他，但如今什麼都不對了，妳成了他的解救天使，我感覺天崩地裂……"

我驚訝到不行，衝口問這是什麼時候的事？

她答是她先留意到這個出色的男人，可惜陰錯陽差，只能看著閨蜜秀恩愛，其中的苦只有自己清楚。

"我……即使我離開多倫多，平先生也未必和妳走在一起，畢竟妳的角色是心理醫生。"

"這是我的問題，不是妳的問題，我只要求妳離開，其他我來解決。"

消息來得太突然，我一時下不了決定。

"要不，妳答應不再介入平家大小事也行。"

我想起翠喜及田芳，她倆都未成年，徐阿姨雖已步入中年，但依我看，此人很容易被收買，加上遺產分配產生的隔閡，這個家庭宛如一座孤島，形勢不容樂觀。

"咳、咳、這我無法保證，尤其在平先生的病情大有好轉下。"

那個女人隨即變臉，但馬上抑制住。

"既然這樣，我不強求，**have a good day**！"

就這樣？

看著那個遠去的背影，我能感覺到有什麼東西在枱面下暗潮洶湧著。

＊＊＊

梅莉和她的新男友北上浪漫去，我代了她大部份的課，累得像條狗，回家就想快快上床睡覺，此時 **Frank** 來電，本來不想接，後來還是接了。

"**Isacco** 說妳看起來很好相處的樣子。"

Isacco 是 **Frank** 的室友，意大利裔。

"噢！謝謝他，他看起來也很好相處。"

我是個懂得投桃報李的人，雖然 **Isacco** 長得像 **Giuliano De 'Medici**（此人帥到被譽為"新雅典的阿波羅"），但那是有距離的美感，相信我，這種人絕對不好相處。

165

“那好，找一天我們三人一起出遊。”

三人？我問為什麼？

“因為……因為他說妳很好相處，妳也有同感，所以……”

“好，那就後天，不過得下午兩點以後。”

時間一敲定，**Frank**祝我晚安。

再次“理”他，原因只有一個，我的工作讓我身心俱疲，我極需講講話發洩一下，至於後來又接受出遊……那也是出於同樣的理由，我已經很久很久沒出去玩了。

沒想到剛掛上手機沒多久，**Frank**又打來。

“是不是想改期？”我劈頭就問。

“……改期？”

聽到師兄的聲音，我的瞌睡蟲跑了大半。

“我以為……算了，你有什麼事？”

他提到下禮拜他得飛華盛頓州參加比賽，想打錢給我。

“打錢？為什麼？”

“我曾問妳會不會到華盛頓州看我比賽？妳答只要我付來回機票錢就去，我這是履行當時的承諾。”

我想起來了，當時離開尼亞加拉瀑布，我是這麼說的。

“既然是承諾，當然得履行，我一定到場替你加油打氣，至于錢……算了，到時買兩個漢堡包請我吃。”

歐陽睿說他不止請我吃漢堡，還包炸雞及可樂。

“一言為定。”我答。

掛上電話，我的內心仍無法平靜，師兄還是在乎我的，不是嗎？

* * *

梅莉直至傍晚才進門，她嘰嘰喳喳地說"冰與火之夜"的活動辦得很成功，人山人海，連寵物犬及帶橡膠輪的嬰兒拖車也上了冰道，扶老攜幼的，很有過節的氣氛。還有還有，住宿的小木屋都像聖誕卡片上的小屋，超夢幻的。

"看來妳有個快樂假期，也不看看我，形單影隻，多可憐！"

梅莉要我別自憐自艾，活動還剩幾天結束，我尚可趕上末班車。

"不，賺錢要緊。"我答。

話一說完，手機響了。

"冰冰，我表姐哭著跑出去，手機關了，我害怕死了，妳能把她找回來嗎？"翠喜說，口氣很急躁。

我問怎麼回事，她也說不清楚，我要她別擔心，這就幫她找表姐去！

掛上手機，我拿出車鑰匙，梅莉問我上哪兒？

"找人，學員的表姐離家出走了。"

"這事也找妳？警察幹什麼用的？"

我不理會她，逕自找鞋穿。

"試試24小時餐廳吧！很多夜貓子都上那兒去。"她在我背後丟下一句。

第三十四章/Frank的研究報告

多倫多是有一些晝夜不打烊的餐廳，但我總不能全城都搜查一遍吧？！

我思考了一下，打算在平家附近的街道上找找，若真沒有，也算盡了人事。

就在往**Owl of Minerva**的路上，田芳來電了。

"妳在哪兒？"我不免來氣。

"我在**The Lakeview**，剛剛才平復心情。"

我要她趕緊回家，翠喜著急得很。

"等我把淋上粘稠肉汁的薯條吃完再說。"

肉汁薯條？媽的，什麼不好吃，吃這個，害我飢腸轆轆。

"好吃嗎？"我嚥下一口口水問。

"太好吃了，妳快來。"

掛上手機，我立馬腳踩油門，往**Dundas Street**開去。

* * *

The Lakeview是一家充滿濃厚歷史氛圍的路邊小店,三十年代就開始營業,當時只提供早餐,主打三明治,後來店面翻新重新開業,菜品跟著多了起來,營業時間也改為**24**小時營業。

我走進有大片玻璃但平凡無奇的大門,入口處的走道相當狹窄,左手邊有一長溜的吧台,右手邊則是木質牆面,上面掛著零星的幾張照片。一直走到最裏面,我才看到田芳,她一個人霸佔著四人桌,桌上有骯髒的杯盤。

"妳倒好意思,全吃光了?"我坐了下來。

她二話不說,伸手喚來服務員,交待再來一份肉汁薯條。

"**One soda water,please.**"想到光吃薯條,不渴死我才怪,我又要了杯蘇打水。

待服務員走後,田芳的情緒開始氾濫。

"我失戀了,靖宇不要我了。"她哭喪著臉。

"妳該不會表白了吧?"

她點頭答是,因為天時地利加人和,她以為會一擊中的,沒想到被拒,還迎來史上最殘酷的結果。

"什麼結果?他勒令妳回國?"

"不是,比那個更糟糕,他說即使宇宙毀滅,他也不會對我有非份之想。"

我說既然這是宇宙毀滅都無法改變的事實,她也只能死心。

"可是我不甘心呀!我愛他很久很久了,如果就這麼放棄,以前的時光哪裏去了?"

"不放棄又如何?除非妳脫胎換骨,成了他喜歡的樣子。"

田芳眼睛一亮,說我一語驚醒夢中人,她這就脫胎換骨去。

直到她推門而出,我才清醒過來,不會吧?她就這麼走了,還好意思把賬單留給我?

我邊吃薯條邊埋怨自己傻,夜裏出外尋人,不僅耗費了汽油錢,連同這個星期的伙食費也搭進去,真是賠了夫人又折兵,哎～

＊ ＊ ＊

由於上課上到下午兩點，**Frank**只能約我到臨近的**Casa Loma**走走，因為**Isacco**五點得回餐廳工作。

我無異議。

Casa Loma 意為"山坡上的房子"，就坐落在多倫多市中心西北部的奧斯汀台山頭，是一座典雅、壯麗的"新"城堡，由實業家亨利 柏拉特聘請著名的建築師設計而成，前後歷經3年的時間，於1911年修建完成，總耗資約350萬美元。

這不是我第一次參觀卡薩羅馬古堡，但因同遊的人不一樣，心情自然不同，好比現在，我走在前頭，後面跟著兩個大男生，、我"無比熱心"地介紹起每個房間、每件擺設，包括當時採用了新技術，所以城堡內擁有鮮見的溫室、新式地板及淋浴間，無奈家族最後仍走向衰敗，即使拍賣家具也無濟於事……

我看見**Isacco**在**Frank**耳邊耳語。

"**What**？"我問。

Frank說**Isacco**以為我的工作是導遊。

我解釋自己不過是把以前導遊說過的話複述一遍而已，對了，當時導遊還曾八卦這座城堡是亨利 柏拉特送給愛妻的，因為她行動不便，無法欣賞到歐洲建築的精髓，所以生性浪漫的他便修建一棟仿歐洲古堡樣式的房子，以此作為禮物……

這次**Isacco**又耳語了，讓我感到極度不爽，什麼話不能當面說，非得偷偷摸摸？尤其**Frank**聽完後還一副害羞的模樣，讓人更起疑，而這種奇怪的感覺不是現在才有，排隊買門票時，我瞧見**Isacco**不經意地摟了一下**Frank**，雖然只有短短兩秒鐘，但畢竟摟了。還有，直至目前為止，那個意大利佬對我冷若冰霜，反倒對**Frank**熱情如火，這很不尋常，那兩人之間一定有鬼！

走出地下酒窖，**Isacco**說他得趕回餐廳，然後向我們告別。人一走，我問**Frank**什麼意思？

"什麼什麼意思？"他反問。

好呀！到現在還裝蒜。

" 你是不是在寫研究報告，譬如探討女同志對男同志的反應？這個Isacco也是個大傻帽，還配合演出，可惜演技不行。"

這下子Frank的表情豐富極了，從害怕到吃驚，再到一言難盡，不知道的，還以為他正在接受演技考驗。

" 妳……的確觀察入微，我……甘拜下風。晚飯時間已到，能不能請妳吃個便飯，然後接著探討我的研究報告？"他說。

果然跟報告有關。

" 可以，不過我不吃便飯，Rodney's Oyster House的海鮮料理聽說不錯，有我喜歡的龍蝦卷及蒸螃蟹。"

* * *

吃飽喝足後，Frank邀我回家喝綠茶，因為今晚吃多了大魚大肉，我需要解油膩。

" 好，順便協助你完成報告。"我負責任地說。

第三十五章/逼上樑山

趁著**Frank**在泡綠茶，我把這個二居公寓再仔細觀察一遍，除了綠色植物有些枯萎外，基本沒什麼改變，等等……電視牆上怎麼有個相框？我走過去將它取下，裏面的照片顯示兩隻男人的手，他們的無名指上各套著一個白金戒環，一個方形面，另一個菱形面。

我把照片放回去，心裏犯起嘀咕。

此時**Frank**走進客廳，邊遞給我一杯冒著熱氣的淺綠色茶水邊說：" 這茶葉是我和**Isacco**從萬錦市的七月茶莊買來的，妳若喜歡，可以拿一些回去 。"

我注意到他的左手無名指上戴著方形面指環。

待我們都坐下，我問他認識**Isacco**多久了？

他答兩年多，他們是在健身房認識的。

" 你的研究報告標題是什麼？"我又問。

" 是……《同志如何通過與異性結婚達到隱瞞性向的目的》。"

我嚥下一口口水，接著問：" **Isacco**的左手無名指上是不是戴著菱形面指環？"

他點頭。

我頓時炸開鍋，指責他倆是精緻的利己主義者，有沒有想過女孩子怎麼辦？守活寡嗎？虧他們做得出來！

" 妳……妳也可以名正言順地和同性伴侶在一起，同時達到隱瞞性向的目的，我們四人甚至可以做試管嬰兒，兩個家庭加上孩子，很幸福、很圓滿，不是嗎？"

我的老天！我的隨口胡謅換來一個不可思議的提議……不對，Frank曾說過他之所以做性向測試是出於好奇。

他承認的確這麼說過，但那是基於抗拒的心理（一直不敢面對真實的自己），直到做過測試，他才坦然接受。

完了，我要怎麼圓謊？

" 那個……我才18歲，也還沒找到同性伴侶，你還是另外找人吧！"我靈機一動，找到藉口。

" 如果不是父母催得緊，我也不會向妳開口。Isacco的意思是先找個日子做結婚登記，好讓我向父母交差，妳的伴侶可以慢慢找，等找到了，剛好和Isacco 湊成一對。"

真是逼上樑山了！我無路可退，只好承認自己"愛王子，不愛公主"。

" 妳……妳怎能這樣？我……Isacco……"

" 放心，你們的秘密我會守住，不向外說去。"

Frank嘆息又嘆息，我見時機不對，趕緊在Isacco進門前溜之大吉。

* * *

上完Wendy的一對一課，她問我能不能跟她媽媽講會兒話？

我看了一眼時間，表示下一個學員就快到了。

" Only a few minutes."她央求。

我遂滑向她母親。

"Wendy只上到今天。"那女人說。

Wendy的母親是華人，很多在加華人英語說得坑坑巴巴，孩子倒是英語流利，我早習慣了。

"為什麼？"我問。

"我女兒很有滑冰天賦，妳也看出來了，她需要更好的教練。"

我問我哪裏不好？自從她上我的課，我一直克盡職責。

"妳參加過幾次大賽？拿過什麼獎項？經理說妳曾是家喻戶曉的風雲人物，這我不清楚，我只知道妳年紀輕輕就裹足不前，這不是個好榜樣，我希望Wendy成為金妍兒那樣的明星，她完全有這份資質。"

她的一番話讓我羞愧難當，我想反駁，卻無話可說。

"妳若真那麼想，我也没辦法，祝妳女兒早日成為第二個金妍兒。"

說完，我快速滑開，不想再看見那對母女。

就那麼湊巧，當晚母親打給我，問我要不要申請參加年底的世界花樣滑冰大獎賽？

世界花樣滑冰大獎賽（**Grand Prix of Figure Skating**）是由國際滑聯主辦的國際頂級賽事，由六站分站賽和一站總決賽組成，每年10月中旬開賽，至12月中旬結束。

"媽，參賽者都是世界知名人物或上個賽季排名前24名的優秀選手，我已經離開冰壇那麼久，早被遺忘了。"

母親提醒我還有"個別現象"。

眾所周知，滑冰是一項很容易受傷的運動，一旦受傷，被迫休息一、兩個月是常有的事，好比2006年，美國花樣滑冰好手關穎珊就曾因腹部傷勢放棄申請奧運代表隊，但監察小組在評估她的身體狀況及競爭資質後，仍以20比3的票數將她列入國家隊。

如今母親拿我和關穎珊比，真讓人無言以對。

"妳若能報上名，我就參加。"

"真的？"母親的聲音像浸過蜜似的，"到時可別反悔！"

"我不反悔，反悔是小狗。"

掛上電話，我無來由的一陣悲哀。

母親還抱有一絲希望，我卻早滅了胸中的那盆火。雖然今天 **Wendy** 媽所說的那番話曾讓我死灰復燃，但將士也需要一個殺戮戰場（我很明白加拿大組委會已經將我放棄），缺了戰場的我要如何證明自己？

"嘟……嘟嘟……"我的手機又響。

"Hello."

"我爸回來了。"是翠喜的聲音。

我"噢"了一聲，表示知道了。

"他問妳明天能不能過來吃晚飯。"

"恐怕不能，田芳呢？把手機交給她。"

翠喜答田芳又被她爸罵跑了，問我能否把人找回來？

想到上回吃力不討好，我頓時打消找人的念頭，沒料到翠喜在手機那端嚶嚶嚶地哭起來，我只好答應幫她找。

＊　＊　＊

還是 **The Lakeview**，她彷彿知道我會來找她，連座位也沒變，依舊是那張四人桌。

"說！為什麼挨罵了？"我坐了下來。

"我穿上姨媽的衣服，還紮了個老氣的髮型，靖宇看到後怒不可遏，他說我噁心，還說不想再見到我，怎麼辦？我把事情弄擰了。"

我告訴她，平先生約我明天到平家吃晚餐。

175

"完了，他肯定要妳把我帶走，天哪！我不想住在貧民區。"

她的反應讓我大吃一驚，依照我的腳本，我應該是自食其力的"白富美"才是。

田芳這才承認報紙早把我的家世交待清楚，誰讓我曾是"冰上精靈"？

"也好，不用再偽裝，我明天就上平家將妳帶走。"

"拜託！別開玩笑，我愁死了，尤其石醫生又在作妖，我怕靖宇會被她拉過去。"

再次聽到Jessica的大名讓我心頭一緊，她又怎麼了？

田芳說現在老巫婆也跟著放生及吃素，還慫恿平先生成立慈善機構做好事，怎麼看怎麼不對勁。

原來在我這邊吃了閉門羹後，石醫生改弦易轍，順著平先生的思路走，這可不妙！

"看來明天我真的得上平家一趟。"我說。

第三十六章／出師不利

一進平家，剛出籠的包子香味撲鼻，我一時沒忍住，腸胃蠕動的聲音大到瞞不住人。

" 妳肚子餓了。"翠喜說。

" 我猜是的。"

徐阿姨今天蒸了包子，雖然是素的，但香味四溢，就著新開罈的四川泡菜，那叫一個酸爽！

我吃了一個又一個，簡直停不下來，連徐阿姨都樂開花，她說沒想到我這麼喜歡吃包子，下回她多包點兒。

" 大概許久沒吃，覺得特別好吃，連泡菜也爽口。"我答。

這是真的，白蘿蔔、胡蘿蔔、黃瓜條、朝天椒、大蒜……一口咬下去，咯吱作響，味道酸辣中帶點兒甜味，和韓國泡菜比，一個是清秀佳人，另一個則是濃妝辣妹。

與我的狼吞虎嚥不同，平家人很優雅地吃著，另一個"非平家人"則一口沒吃，正虎視眈眈地盯著我瞧。

" **What**？"我問。

" 妳好胃口，我弟就不一樣了，正在撫平傷口。"石醫生說。

我問她的弟弟哪裏受傷？

“失戀，現在飛到美國療傷。”她答。

“戀愛談崩了，離開傷心地也好。”平先生發表完看法，緊接著面向我，“田芳已經高二，理應專注在課業上，可惜受旁事所累，無法專心學習，我認為搬出去住是個辦法，既然大家都在，我開誠佈公，就把人交給妳，有關託管費及其他開支，儘管提，我不還價。”

他一說完，我們全驚呆了。

“我不搬，翠喜需要我，何況……何況冰冰不會同意這個荒謬的提議。”田芳隨即看我一眼，我立馬心領神會。

“我住的地方是槍擊案頻發的區域，還有，我才18歲，自己都管不住自己，何況管別人？”

石醫生也開口了，她表示這個年紀的孩子叛逆心強，需要在一個相對穩定的環境裏成長，有家人在旁最好。如果平先生不介意，她願意督促田芳及翠喜學習，就把她當成家庭教師或保姆吧！她反正沒有家累。

不知道田芳和翠喜是怎麼想的，我反正二度受到驚嚇，原以為石醫生會高興平家少了一個麻煩，沒想到她不但把田芳留下來，自己還主動挑起看管的責任（或者說毛遂自薦進駐平家），好個深謀遠慮，平先生可千萬別上當！

“既然……那麻煩妳了，妳可以住在底層客房內，如果不介意的話。”

哎！男主人還是上當了。

＊　＊　＊

上完一天的課回到家裏，發現多了個人。

“ Daniel，bingbing. Bingbing，Daniel.”梅莉“此地無銀三百兩”地介紹雙方。

我當然知道那個坐在地上玩樂高的男人是誰，我們一天總要碰上幾回。

Daniel跟我打了聲招呼後，很快又去砌城墙，看來是要建一個銅墙鐵壁的城堡。

" 怎麼回事？"我走向正在廚房忙碌的室友。

" **Daniel**說沒吃過我煮的中國菜。"

" 吃完，他會離開吧？"我不放心地一問。

" 當然，難不成把他藏起來？"

然而我還是太低估"乾柴烈火"的爆發力，一個晚上吵得我無法入眠，害我隔天頂著黑眼圈上班。

* * *

我上網買了飛華盛頓州的機票，特意不告訴師兄，免得他來接機。

經過十幾個小時的飛行，飛機終於抵達，一進酒店房間我就接到來電，歐陽睿問我一切可好？

" 很順利，待會兒到外面覓食。"我答。

" 抱歉，教練不允許比賽期間外出。"

" 這我會不清楚嗎？不僅不能外出，還不能⋯⋯"

我趕緊踩剎車，真是的，哪壺不開提哪壺，體育競賽期間禁慾已成了行規，據說是為了保留體力。

" 還不能吃高熱量食物，也不能喝碳酸飲料。"歐陽睿把話接下去，無疑給我台階下。

我乾笑兩聲，好掩飾尷尬。

" 冰冰，明天妳能坐在裁判席的右手邊嗎？"他問。

" 為什麼？"

" 人太多，如果知道大概的方向，我的心就定了。"

小事一樁，我立馬答應。

《國際滑聯花樣滑冰大獎賽》在美國華盛頓州的埃弗雷特體育

館舉行，我抵達時賽事已經進行了三天，明天是男單的短節目比賽，我希望師兄能旗開得勝！

＊＊＊

知道歐陽睿下午才出場，我美美地睡到日上三竿，吃過簡單的早午餐後，我來到體育館，並且坐在師兄指定的位置上，給他定定心。

當廣播喊出**Richard Ouyang**時，我終於看到好幾個月未見的人。說不上為什麼，今日的他有點兒不一樣，也許因為演出服太過突兀，猛一看，彷彿把日本國旗裹在身上。

當貝多芬的《C小調第五交響曲》響起，歐陽睿開始獻上這季努力的成果，在蛇形接續步後，他做了首個兩周半旋轉跳，迎來如雷掌聲，但接下來卻很不順利，聯合跳躍的失誤擾亂了他的節奏，導致蹲踞旋轉做得勉強，接著更一敗塗地，八次起跳，六次摔倒，連解說員都以**"Shameful"**來形容，場上也噓聲四起，當他離場時，還差點兒被空了的啤酒罐擊中，可見觀眾有多氣憤。

我很難把失誤連連與律己甚嚴的師兄劃上等號，這完全不像平常狀態下的他。

"還不快去救救妳的師兄。"我心吶喊著。

第三十七章/變魔術

直到隔天，歐陽睿才肯接我電話，口氣很消沉地說他把一切都搞砸了，愧對教練和支持他的人，贊助商大概也會撤，一切都完了。

我鼓勵他堅持住，不到最後關頭，他還是有機會的。

" 沒有了，這場比賽結束我就宣佈退役，不想再折磨自己……"

我把話截斷，要他請我吃漢堡，他答應過的，不准賴皮！

" 可是……還得練習。"

" 練習什麼？反正要退役，隨它去！"

師兄今天不用出場，我得拉他出外走走，省得他一直在憂鬱的氛圍裏打轉。

" 請客的事還是下回吧！我心情不好，不想連累他人。"

" 如果……如果我說心疼你，你能出來一下嗎？"我說，感覺耳根發燙。

他停頓了幾秒鐘後，答：" 好，我這就出來。"

我們約了在酒店附近的公園見面，他說那裏有全美最好的漢堡及炸雞，去年他來埃弗雷特比賽時嚐過了。

公園裏竟然附設餐廳？這倒新鮮。

我沒想到他指的是快餐車，就停在公園入口處，洋蔥的香氣大老遠就把人的胃口挑起。

菜單上的選項琳瑯滿目，我們點了兩份最受歡迎的炸雞漢堡，外加兩杯大可樂，然後坐在公園的石椅上野餐，此時晴空萬里、鳥語花香，我們吃著美食，好不快活！

" **Alice**的比賽成績可好？"我問。

" 別問我，我不清楚。"

" 聽說……"

" 上格蘭維爾島是參加**Alice**的生日派對，當時有二十幾人在場；坐遊艇出海是為了拍攝宣傳片，我和**Alice**同時被溫哥華市政府選為觀光大使,根據合同，九十天內必須拍攝完畢，**Any more questions?**"

我頓時無語，好處是我終於嚐到炸雞上的綠辣椒蛋黃醬滋味，甜加辣的口感很特別。

" 對不起，我口氣不好。"見我沉默，他說。

" 沒事，你的炸雞辣不辣？"

之所以這麼問是因為師兄要求在雞胸肉上塗上特色油辣醬，那是由超級無敵辣的**sammie**醬加上鬼椒、卡羅萊納死神椒和特立尼達蝎子椒混合而成，光看這些辣椒的名字，我就已經被辣得七昏八素。

" 還好，除了感覺能噴火外，其他真沒什麼。"

我噗嗤一笑，什麼時候師兄也變得如此幽默？

他問除了幽默，有沒有發現他還多了什麼？

" 多了……"我仔細觀察他，" 你長青春痘了。"

他摸了摸右臉頰，承認的確有，這年紀還長青春痘，有點兒難為情。

"疼嗎？"我問。

他答有點兒。

"沒事，我幫你擠擠就好。"

為了避免感染，吃完午餐，我們走路到CVS藥店買了乾、濕兩種紙巾以及蘆薈膠。

路旁有個花台，我讓師兄坐下，然後拿出抑菌濕紙巾拭手，接著把乾紙巾蓋在痘痘上，再用拇指及食指往內一擠，重複幾次，直到所有的膿血都擠出來為止。

青春痘的傷口必須塗上蘆薈膠，否則容易發炎。我把粘糊的透明膏細心塗上後，歐陽睿向我道謝。

"不用客氣，以前我老擠自己的青春痘，算是個中老手。"

"那麼以後我的青春痘就交給妳負責，好嗎？"他問，然後把手環繞在我的腰際上。

我有點兒措手不及，不知他想幹嘛？

"其他選手也住選手村嗎？"我問，藉以轉移他的注意力。

"別問我，我不清楚……妳怎麼還是這麼瘦？"他的手往下移，"還好臀部很圓翹。"

"不理你了！"我用力推開他。

他快速起身，一把抱緊我："別走，冰冰。"

然後他告訴我某年某月某日某地某時，我做了什麼事、說了什麼話，精準到一顰一笑，連我都記不得了。

"你的腦子應該做點兒有用的事，記這些不覺得浪費？"

"愛一個人怎麼會是浪費？只要與妳有關，都是很美的事。"

"師兄～"

"從現在起，別再喊我師兄。"

自從認識歐陽睿，他就是我師兄，一直都是，我怕……如果……連師兄妹也當不了。

他答那麼試試吧！

"什麼意思？"我問。

他捧起我的臉，低頭給我一吻，嘴對嘴。

我好緊張，不僅閉上雙眼，還咬緊牙關。他試了幾次，依然沒能攻破。

"冰冰，接吻要張嘴，像吸吮一樣。"他溫柔地說。

於是我微微張開嘴，這次好多了，像合吃一塊棉花糖，只是這塊棉花糖吃得欲罷不能，直到彼此都有生理反應才停了下來。

"冰冰～"他漲紅了臉，"妳想不想？"

我遲疑了半天，回答不知道。

"妳等等。"他衝回藥店，回來時手上多了一盒東西。

"那是什麼？"我問。

"秘密。"他牽起我的手，"待會兒變魔術給妳看。"

＊＊＊

他真的會變魔術，讓我飛到九霄雲外。

"我回去了，要不要讓酒店送晚餐上來？"完事後，他問。

我搖頭，擁他更緊。

"我真的得走了，"他親吻我，"明天還有比賽，我是第三位出場。"

我要他好好表現，為了我。

"好，就為妳而戰！"

他走後，我很快入睡。夢裏，他變了好幾套戲法，讓我意亂情迷。

＊＊＊

知道歐陽睿的出場順序靠前，我很早就來到滑冰場，等著為他加油。

今天的他身著全黑的緊身衣褲，只在衣領、袖口及胸前綴上銀色幾何圖案，很難猜出今天的表演內容。

當廣播宣佈賽前熱身開始，第一輪的選手依序滑入冰場，然後在各自區域內做最後練習。

我看見歐陽睿那宛如行雲流水般的動作，不論快速滑行、旋轉、後內跳、勾手跳………狀態都極好，不出意外，應該會有好成績。

" Bingbing，long time no see."有個人以誇張的聲調高喊我的名。

我轉過頭去，竟然是Alice。

" Be quiet."我要她小聲點兒。

下一秒，我聽到砰的一聲，場邊人群隨即發出驚嘆聲。

我立馬將目光投向滑冰場，只見那身黑以及另一名男選手躺在冰上。

" Oh no."我摀住嘴。

熱身活動被迫中斷，那名男選手沒多久便起身，似乎並無大礙，但歐陽睿卻躺在冰面上痛苦地抽搐著。

看此情景，我心如刀割，恨不得衝入場內。當醫護人員趕到時，已是兩分鐘以後的事，他們扶起他，艷紅的鮮血頓時沿著頭部、頸部流了下來，全場嘩然。

我很想跟著師兄一同進入醫護室，但不出所料，除了教練外，即使家人也會被阻擋在門外。

這可怎麼辦？我焦急地來回踱步。

正當不知如何是好時，牆上的電視剛好播報 Breaking News(突發性新聞)，畫面跳至十幾分鐘前的滑冰大獎賽，原原本本地還原"事故"始末。

原來當歐陽睿準備做跳躍動作時，他忽然走神（想必是Alice的

尖叫聲），導致與快速滑過的俄羅斯選手撞個正著，說到底，
歐陽睿的過錯要大些。

哎！如果我不在現場就好了，**Alice**也不致於喊我，當然師兄也
不會因此跌破頭，但說這些為時已晚……

"歐陽睿怎麼樣了？"**Alice**忽然現身問。

"托妳的福，現在躺在醫護室裏。"

"託我什麼福？妳也太刻薄了。"她望向醫護室，"他母親知道
此事嗎？"

對呀！新聞都播報了，她肯定心亂如麻。

"我這就打給她。"我拿出手機。

第三十八章/大勢已去

我打給歐陽媽媽，鈴聲響了一聲後，跳到語音留言：所有命運的饋贈，早已暗中標好了價碼。 我很好，你也要好好的，永遠愛你。

這是什麼跟什麼？

我又再次撥打，歐陽媽媽依舊沒接聽，只好在嗶聲後言簡意賅地告訴她小睿受傷了，無大礙，收到請回覆。

其實我並不清楚歐陽睿的傷勢如何，但總不能讓上了年紀的人擔憂吧？

" 她没接聽，對吧？"Alice問。

我點頭。

" 歐陽睿也是可憐，攤上那樣的家庭，聽說警方懷疑他母親與洗錢有關，已經約談他們母子多次，給無辜的歐陽睿帶來很大的壓力，難怪在這次比賽中表現失常。"

有這回事？歐陽媽媽看起來不像啊！何況她只是在民間放貸，只要没達到**60%**以上的單利，一般不會被量刑，至於洗錢……這不是黑道大哥才會做的事嗎？

Alice笑我太單純，一個看起來無公害的寡婦能養得起兒子兼買下兩間商舖？即使她沒那麼狠，但不表示背後的黑手是省油的燈。說白了，歐陽睿的母親就是個扯線木偶，只是運氣好，這些年來一直相安無事。

她的話讓我想起歐陽媽媽的語音留言：所有命運的饋贈，早已暗中標好了價碼……

"希望歐陽媽媽沒事。"我喃喃道。

Alice說我光動嘴皮子是不夠的，得有實際行動才行，譬如找個好律師，讓他顛倒是非，很多黑社會大哥都是這麼做的。

好吧！如果這個算支持，我是支持不了了（律師都是吸血鬼，收費以小時計）。

見我不言語，Alice繼續落井下石，她說既然我幫不上忙，就別去擾亂一位優秀選手的心，因為吊人胃口很可恥……

"我知道自己幾斤幾兩重，妳也別去擾亂他，玩弄一個老實人很不厚道。"

"妳在意？"

"我……我當然在意。"

"既然妳在意，那麼我真要玩他兩下，因為看妳生氣，帶給我無窮的樂趣。"

什麼？世上竟然有如此可恨之人？

我氣得火冒三丈，她哈哈大笑而去，應驗了我帶給她樂趣一說。

* * *

師兄走出醫護室，頭上綁著繃帶。

"比賽開始了嗎？"他著急問。

"開始了，"我握住他的手，"聽著，別參加，這是意外，沒人會責備你。"

188

“不，我一定得參加，士兵就算死也要死在戰場上。”

儘管我一再規勸，他還是堅持己見。

“那好，我替你加油。”說完，我給他一個鼓勵之吻。

師兄苦笑著，轉身走進選手預備區。

當廣播聲喊到**Richard**的名字時，觀眾席上傳來如雷的掌聲（大概感佩他的勇氣可嘉）。

歐陽睿滑入場中就定位，電影《星球大戰》的配樂一響起，他以一個漂亮的勾手四周開場，隨後是後內結環四周及後外點冰四周單跳，表現得非常搶眼，大有冠軍相。

“加油！師兄。”我心吶喊著。

可惜好運沒能延續下去，他的阿拉貝斯滑行做得牽強，後外點冰連跳更是淒慘，直接一屁股坐在冰面上。

雖然很快爬起做了大一字，但緊接著的三周半旋轉跳躍還是沒能成功。

“別勉強了，師兄。”我將心聲傳送給他。

自由滑的比賽時間是四分三十秒，從現在起的每一分、每一秒都變得很難捱。我看著他一次次跌倒，一次次爬起，很是心疼。

當音樂終了時，歐陽睿以一個飛揚跋扈的動作結束，雖然獲得不少鮮花及掌聲，但我們心知肚明大勢已去。

果不其然，大屏幕上顯示技術分**70.58**，內容分**79.17**，扣分項五分，總分**144.75**。

顯然，這個成績連前二十都進不了。

下了看台，師兄走向我。

“冰冰，我盡力了。”他說。

“我知道，我為你驕傲。”

我們互相擁抱，然後一起離開比賽場地。

 ＊ ＊ ＊

埃弗雷特是美國西岸最大的公共海港碼頭，以波音公司的組裝工廠聞名，雖然安靜恬適，但對年輕人來說過於無聊，連吃飯的餐廳也找不到幾個好的。

我們隨便走進一家小店，叫了最普通的肉醬意麵吃。歐陽媽媽依舊沒打給我，連問候一下自己的兒子也没有。

“你媽怎麼了？不看電視嗎？”我邊吃邊問。

“也許……她忙。”

“再怎麼忙也……”

“冰冰，能讓我們把午餐吃完嗎？”

我不再說話，默默吃麵。

當餐後咖啡送上時，歐陽睿問我哪裏不高興？

“誰被禁言會高興？”我賭氣地答。

他隨即向我道歉，說他煩心事一堆，請我諒解。

因為**Alice**的一番話，我知道他煩惱他母親。

“好，不說了，接下來你有什麼打算？”

“我打算退役，然後找個事做做，如果不是為了母親和……妳，我可能……可能……”

“為什麼？都堅持那麼久了。”

他反問我為什麼放棄自己的滑冰事業？

“哎！還不是為了錢。”

“我也有同樣的煩惱。”

不應該呀！他有廣告收入，又是觀光大使，經濟比大多數的滑冰選手都要好，怎麼也會有如此俗氣的煩惱？

他看著我，欲言又止。

“沒事，”我握緊他的手，“你的秘密在我這裏是安全的。”

“不，有些事不能說，對不起，我不想說。”

讓師兄獨自背負沈重的包袱，我很心疼，但我沒勉強他說。

第三十九章/歐陽媽媽來訪

歐陽媽媽打給我時，我已回到多倫多。一番寒暄後，她表示小睿的身體已無大礙，虧我當時在場，否則後果不堪設想。

"哪裏，我也没幫上什麼大忙。"

"不，妳幫了很大的忙，小睿……小睿很喜歡妳，就是不知道有没有這個福氣。"

我没有想到歐陽媽媽這麼單刀直入，不像之前，好歹還"點到為止"。

"我才18歲，何況……何況溫哥華與多倫多相距一千多公里，遠距離的戀愛不易成功。"

"傻孩子，不過是一張機票的事，妳回溫哥華吧！即使不繼續滑冰，我們歐陽家也養得起妳。"

話題扯遠了，我趕緊往回拉，問她心情好嗎？可別老待在家裏，多出外走走、聊聊天，有益無害……

"那好，我這就過去找妳，妳等著。"

掛上電話，有那麼幾秒鐘，我完全懵了。不過是尋常的問候，歐陽媽媽怎麼就飛過來找我？這到底是怎麼回事？

＊ ＊ ＊

歐陽媽媽訂的酒店公寓在央街上，等安頓好之後她才打電話給我，這倒省了我一椿心事。

是這樣的，多倫多的酒店普遍不便宜，**100**加元以下，很難找到令人舒心的住宿環境，我還在想該不該邀請長輩與我小住幾天，礙於她和梅莉之間的心結，我陷入兩難，還好歐陽媽媽自己找到住的地方。

" 下完課我去找妳。"我說。

" 好，妳開慢一點兒，晚餐我煮給妳吃。"

本來我想回答不用麻煩，央街是世界上最長的街道（根據吉尼斯世界紀錄記載），想找家好餐廳易如反掌，但再一想，歐陽媽媽吃素，素食餐廳可不好找，難怪她訂的是酒店式公寓。

" 歐陽媽媽，我很好養，妳不用刻意煮我想吃的。"

" 沒事，我就隨便煮煮，妳也隨便吃吃。"

＊ ＊ ＊

說是隨便煮煮，桌上竟然擺著四菜一湯，我還看到臘腸及糖醋排骨。

" 快坐下，食材都是從樓下華人超市買來的，看著挺新鮮，不知妳吃不吃得習慣？"

坐下前，我已快速瀏覽整個房間，這是個約三十平米大小的一居，窗戶大、景觀好，還有個超大陽台（可以俯瞰央街的車水馬龍），可說是"麻雀雖小，五臟俱全"。

" 嘟……嘟嘟……"有電話打進來，歐陽媽媽接聽。

" 小睿呀！我很好，看到冰冰了……嗯！過幾天就回去……沒事，你好好照顧自己……拜！"

掛上電話，歐陽媽媽解釋是她兒子打來的。

" 他好嗎 ?"我問。

193

不過是尋常的問候，歐陽媽媽聽了卻很歡喜，她說小睿也問同樣的問題，看來兩個年輕人彼此關心對方，這樣很好……

"他是我師兄，我當然關心。"我囁囁地答。

"現在是師兄，以後就不是了，吃！"歐陽媽媽夾了一筷子的菜到我碗裏，"是用大豆蛋白製成的，還加了魔芋。"

原來所謂的葷食只是形似，說到底還是素食。

"好吃。"我點了點頭。

"好吃就多吃點兒，剛才做飯時警報器哇哇作響，管理員上門叮囑我不准再爆炒，看來以後只能輕煮或外食了，哎！這幫不懂吃的野蠻人。"

我不禁莞爾。

在國外因做中國菜而觸響警報器的事件層出不窮，甚至國內自熱型的"方便火鍋"也能把日理萬機的警察給招來。

"那就別煮了，妳是來散心的，別花時間在廚房裏，明天我買一些涼漬小菜給妳，再帶妳出去逛逛、吃吃東西。"我說。

"還是冰冰好。"她頗感欣慰。

我們吃了多久的飯，歐陽媽媽就說了多久的話，這一傾聽，我對歐陽家有了進一步的了解。

和我家的移民經歷相似，他們也是技術移民過來，不過歐陽家的情況比我家好些，既不用與人合租，也不住地下室，因為歐陽爸爸在中國城開了家電腦維修中心，全家就住在店舖樓上。

然而好景不長，來年開春尚未到，歐陽睿的父親就感染上號稱兒童殺手的猩紅熱，而且毫無預警地被奪走性命。

沒了頂樑柱，加上中國城的店租猛漲，歐陽媽媽扛不住，只能退租。

都說"女子本弱，為母則強"，為了兒子，這個家庭主婦只能擦乾眼淚，走一步算一步，靠著社會救助勉強度過兩年，直到福利機構安排歐陽媽媽打掃公廁，她才想到就業問題，總不能一直活在社會最底層吧？！

還好此時歐陽睿也到了讀小學的年紀，她決定放手一搏。

"冰冰，"她握住我的手，" 我知道我的工作不光彩，但孤兒寡母的，我也沒辦法，希望妳能理解。"

我答我當然能理解，一家有一家的難處。

眾所周知，放高利貸不僅遊走在法律邊緣，而且首先得有一筆啟動資金，也許歐陽媽媽的背後有個黑白兩道通吃的大老闆，但她不提，我也不好過問。

"放心，婚房由我們歐陽家準備，寫妳的名字也可以。"她接著說。

哎呀！怎麼說到這裏了？八字都還沒一撇的事，何況我又不是嫁給房子。

礙於面子，我耐著性子說自己還小，不急。

"妳不急，我可急了，所謂'成家立業'，男人有了家，才有動力往前衝，小睿的心也才能安定下來。"

我忽然有種被售貨員攔下買單的壓迫感，還有，與上次會面相比，歐陽媽媽明顯焦躁很多，**Why**？

面對我的質疑，歐陽媽媽四兩拔千斤，她說所有上了年紀的女人都想抱孫，這沒什麼………

"不，三、五年之內，我不會考慮自己的終身大事。"我快刀斬亂麻。

"那麼……訂婚怎麼樣？"她眼露祈求，" 訂完婚，我們歐陽家負責妳生活上的所有開銷。"

我一時迷惑，什麼事這麼緊急？非得將我牢牢拴住不可。

"歐陽媽媽，謝謝妳的晚餐，我回去了，妳也早點兒休息。"

不舒服的感覺越來越強烈，我決定走為上策。

"冰冰，是不是我太心急嚇到妳了？明天……明天妳會來看我吧？"

看她一副可憐兮兮的模樣，我心軟了。

“來，當然來，我還得給妳帶涼漬小菜呢！”我答。

第四十章/神秘人

"給。"我把從韓國超市買來的泡菜、甜土豆、涼拌黃豆芽、醃白蘿蔔放在桌面上。

"怎麼知道我愛吃小菜？太好了，明天煮鍋白米飯，咱倆就著小菜打發一餐。"梅莉說。

和歐陽媽媽道別後，我到christie and bloor地鐵站附近的韓國街買小菜，這裏有很多韓國餐館、超市、化妝品店、美髮店……等，路牌上也標註"Korea Town"。

"不了，明天我很忙，恐怕晚餐過後才會到家。"

"所以妳是特意買給我的？"她打開塑料袋，"不對，一式兩份，另一份給誰？"

鑑於她和歐陽媽媽的心結，我選擇不說實話。

"給我的愛人，行不？"我答。

就因為這句話，梅莉纏著我問東問西，搞得我很煩。

其實煩惱事還不止這一椿，在韓國街，我竟然看到不可思議的一幕，石醫生帶著田芳和翠喜從一家韓式美髮店走出來，那個老女人還是五十年代的柯湘頭，兩個小的就不一樣了，翠喜剪了蘑菇照型的波波頭，很是俏皮；田芳則燙了個齊劉海的梨花頭，乍一看，像個小大人似的。

"冰冰，妳怎麼在這裏？"翠喜先看到我，興奮地跑過來。

"我到超市買小菜，你們……你們怎麼也在這裏？"

然後那對姐妹爭先恐後地告訴我，放學後石醫生帶她們去買露營用品，買完走著走著就逛到這裏來，至於上美髮店……那是臨時起意，因為石醫生說女孩子都愛美，做做頭髮可以換來好心情。

"你們要去露營？學校活動？"我問。

田芳答不是學校活動，而是她的大考成績不錯，平先生履行諾言，這週末他們全家就要上**Glen Rouge**露營地露營。

全家？我問都有誰？

"有爸爸、姐姐、我、還有石阿姨。"翠喜搶答。

我望著那個姓石的女人，她解釋田芳這陣子為了學習累壞了，翠喜也同樣很努力，平先生認為都是她的功勞，所以破例讓她參加家庭聚會，其實她寧願待在家裏和徐阿姨一起把菜圃整理出來，春天到了，是播種的好時機……

"……呃……那個……很好……非常好……"我有太多想問的，一時卻不知從何問起。

"冰冰，有空來家裏玩，平先生也想念妳。"石醫生笑容可掬，"不多說了，我們還得上超市買六角爐，這兩姐妹說到野外就得吃燒烤，那才夠味！"

看著一大兩小離開，我有個錯覺，以為媽媽帶著兩個女兒購物去了。

＊＊＊

歐陽媽媽看到我非常高興，說我體貼，還說小菜看起來很好吃的樣子，害我怪難為情的。

"歐陽媽媽，我找了人代課，所以今天一整天都**free,** 妳想上哪裏玩，我奉陪到底。"我說。

198

她答她的腿腳不好，坐觀光巴士省事些，能一次把多倫多看完。

在多倫多總能看到紅色雙層觀光巴士的身影，它們在熱門景點間穿梭，隨上隨下，對遊客來說很是便利。

"那好，附近就有停靠站，我們走過去就是。"

* * *

觀光巴士是雙層，我們當然上樓，視野會更寬闊些。

於是在和風輕拂下，我們隨車經過復古味濃厚的多倫多舊市政廳、大牌雲集的約科維爾名品區、文藝範十足的釀酒廠、潮人最愛的皇后西街……

"歐陽媽媽，還好今天天氣好，前幾天還有點兒冷嗖嗖，多倫多的天氣就是這麼捉摸不定。"

"是……捉摸不定。"

不知道為什麼，打從上巴士，歐陽媽媽一直心神不寧，老東張西望，好比現在，她正盯著左後方的黑色轎車。

"妳在看什麼？"我問。

她馬上將目光移開，回答沒什麼。

我又看了一眼黑色轎車，裏面坐著兩個穿西裝的男人。

當觀光巴士在肯辛頓市場停下時，歐陽媽媽問我這個市場賣不賣咖啡？

加拿大人很熱衷喝咖啡，一是傳統習慣使然，不喝咖啡無法提神；二是加拿人比較冷，喝熱飲能起到暖身作用；三是加拿大的咖啡便宜，好比國民咖啡店 **Tim Hortons**，一杯咖啡才一塊多。

"有，我們下車休息一下吧！"我說。

肯辛頓市場不是一座建築物，而是多倫多最具嘻哈風格的社區，這裏有滿街的藝術塗鴉、各種裝潢怪異的酒吧和餐館，玲瑯滿目的特色小店……等，當然，還有來自世界各地的遊客。

左拐右繞後，我帶歐陽媽媽來到Carousel麵包店喝咖啡。

" 冰冰，什麼味道這麼香？"她問。

" 妳說的是這裏的招牌─豌豆鹹肉麵包，要不要買一個嚐嚐？"

豌豆鹹肉麵包是多倫多人最喜愛的早餐，作法簡單，把豌豆粉包裹的醃肉油炸後塞進新鮮出爐的麵包內即成，就著美式咖啡，保證一天都元氣滿滿。

當我們正開心地大啖美食時，兩個穿西裝的洋人走了進來，歐陽媽媽頓時臉色大變。

" 怎麼了？"我問。

" 冰冰，我不舒服，想上廁所。"

說完，她即刻起身。

* * *

我在廁所外等了一刻鐘，歐陽媽媽才出來。

" 肚子好點兒没？"

" 好很多了，"她摸摸肚子，" 對了，坐巴士時我看到海了，應該離這裏不遠，我們走過去瞧瞧！"

我糾正那不是海，而是安大略湖，不過倒是常有人誤會那是海，因為大到看不到邊界。

" 瞧瞧我這記性，都已經移民加拿大近三十年，還湖海不分，讓妳看笑話了。"

" 歐陽媽媽別介意，我自己也常常誤會居住在臨海城市呢！"

我們邊走邊聊，一直走到Sugar Beach才停下腳步，之所以用"甜蜜"命名是因為位置就在糖廠旁，空氣因此常瀰漫著類似棉花糖的味道，加上湖邊的數十個粉紅色遮陽傘，想不浪漫都不行。

" 歐陽媽媽，這裏好美，我幫妳拍張照吧！"

她答今天沒打扮，還是算了吧！

我不依，堅持幫她拍照，她只好面對鏡頭，只是就在我按下快門前，她竟然轉身離開。

"歐陽媽媽，妳怎麼了？我還沒拍呢！"我趕上她。

" 不拍了，今天沒化妝，拍出來的效果不會好。"她邊走邊說，彷彿後面有人追趕著。

我往後一瞧，又是那兩個陰魂不散的人，這究竟是怎麼回事？

第四十一章/見利忘義

回到觀光巴士上，我比歐陽媽媽還疑神疑鬼，還好那兩人沒上巴士，目測方圓一百米內也沒有那輛黑色轎車的身影。

"看樣子那兩人不在附近。"我鬆了一口氣說。

"妳……知道？"

我答我當然知道，除非眼瞎。

歐陽媽媽沉默一會兒後，說："還是回去吧！"

我看著天邊的落日，想著也好，倦鳥歸巢，也許回到酒店公寓後，歐陽媽媽會告訴我這究竟是怎麼回事？

***

歐陽媽媽煮了粥，就著我帶過來的小菜，雖然是簡單的一餐，卻很美味。

飯後，歐陽媽媽問我有沒有煙？

"有，但我很久沒抽了。"我答。

"那麼陪我抽吧！飯後一根煙，快樂似神仙。"

由於公寓內禁止抽煙，我們移駕到陽台，那裏有張小圓桌加兩把藤椅。

我替歐陽媽媽點火，她猛吸一口後，吐了一長串白煙。

"啊！就是這種感覺，又回來了。"她心滿意足地說。

"歐陽媽媽，妳當時為什麼戒菸？"我邊問邊替自己點上一根煙。

"為了小睿，他已經沒有爸爸，不能再失去母親。"

"那現在⋯⋯"

歐陽媽媽問我有沒有聽過一句話"常在河邊走哪有不濕鞋"？現在鞋已濕了，就讓她光腳一次，說是"放飛"也行。

我問起那兩個西裝筆挺的男人，歐陽媽媽好似聽不見，反而告訴我她的兩間商舖大概保不住，還好現在住的平房登記的是兒子的名字，對了，小睿的廣告代言費有八十萬，這個拿不走，擔任觀光大使的費用雖不多，但也不無小補⋯⋯

"妳為什麼要告訴我這些？"我問。

"冰冰呀！小睿最愛的是滑冰，除了這個，什麼都做不好。妳幫我勸勸他，再堅持一下就上去了，頂著光環再退役，後半輩子也能過得容易些。"

我有什麼資格勸？自己也是臨陣逃脫的士兵，不是嗎？

歐陽媽媽答這正是她想說的，我的底子不錯，和小睿組成雙人一定能在冬奧會上大放異彩。 當然，錢的事需要解決，那八十萬應該能撐到兩人比賽結束⋯⋯

我把煙熄了，問她是不是說真的？

"當然是真的，這是深思熟慮的結果。"

剛開始我還挺興奮的，冷靜過後便覺得不可行，我憑什麼讓一個不富裕的家庭負擔我的費用？師出無名呀！

歐陽媽媽答那麼訂婚吧！這樣就不會落人口實。

父母著急孩子的婚事，我能理解，但對照最近歐陽媽媽的反常言行，我很不安，這分明是在安排後事。

"即使訂婚，我也要搞清楚對方的家庭狀況，否則就是對自己的不負責任。"我嚴肅地說。

歐陽媽媽又向我要了第二支煙，直到只剩煙屁股，她才向我坦白她真的洗錢了，金額雖不是特別巨大，但一旦入罪，財產充公及蹲大牢是免不了的，她現在不過是做垂死前的掙扎……

"這麼說，那兩個跟踪者是警方？"

"我不知道，也許是。哎！所有命運的饋贈，早已暗中標好了價碼，只是我没料到代價如此昂貴。"她握緊我的手，"冰冰，一旦證據確鑿，小睿恐怕要承受輿論的壓力，加上最近一次的比賽失利，他已經萌生退意，我怕……我怕他會從此一蹶不振，妳能幫幫他嗎？算我求妳了。"

歐陽媽媽的一席話不無道理，師兄極可能因此陷入萬劫不復的境地，我該怎麼辦？

* * *

回到家，我又發現Daniel坐在客廳沙發上，不同的是這次他不玩樂高，而是玩我的室友，把梅莉啃得衣衫不整。

"要不要我挪地，好讓你們行個方便？"我問。

梅莉跳起，邊把掉了的內衣肩帶調整好邊問："太好了，我正愁不知該如何開口，還好妳主動提。**Guess what?** 今天**Daniel**被房東趕出來，東西全堆在我房間，進出都有困難。"

没想到我的"以退為進"給自己捅了大婁子。

"為什麼他被趕出來？因為隨便啃人脖子？"我酸溜溜地質問。

"哈！妳太幽默了。實話告訴妳，**Daniel**只是晚一點兒交租，他的房東太心急了，就這麼回事。"

我看了一眼"老賴"，他對我聳聳肩，一副無辜的表情。

"我是妳的房客，有居住權。"我轉對那個"見色忘友"的室友說。

"名義上，我是這棟房子的唯一租客，妳若要我行使口頭協議也行，不過先告知妳一聲，Daniel的個人物品會堆在公共區域，只要妳不反對，我樂得每月有600元收入。"

好個見利忘義！

我憤而轉身，甩房門的聲音之大，連自己都嚇一跳。

第四十二章/兩女一男加上一條狗

別看**Daniel**瘦得像竹竿，全身上下沒幾兩肉，玩起來卻很**High,** 這當然還得感謝神力助攻人，如果沒有梅莉的積極嚮應，**Daniel**的爆發力恐怕要大打折扣。

清晨，我頂著黑眼圈走出房外，差點兒被轉角的啞鈴給絆倒，媽的，這誰幹的好事？

這一驚醒，我才發現公共區域彷彿被炸彈襲擊，這裏幾個破紙箱，那裏幾件灰溜溜的衣服，連流理台也不放過，電腦、充電器、太陽眼鏡、棒球帽……

" Good morning."

那個瘦高個兒一打完招呼，馬上鑽進浴室。

" Wait ……"

我話沒說完，一臉春情蕩漾的梅莉出現了，她解釋週六**Daniel**有早課，六點半前得出門。

"誰沒早課？我也有。"我沒好氣地答。

"那好，他洗他的澡，妳洗妳的臉，互不相干。"

虧她說得出口！洗手台和澡盆間就一個浴簾擋著，我可沒那麼開放。

見我不高興，梅莉只好敲敲浴室的門，提醒 Daniel 動作快一點兒。

"裝模作樣"到底也裝了，我不好發作，轉而問她這垃圾場什麼時候整理好？

" 快了，今天就去買幾個塑料櫃，保證還像從前一樣。"她笑嘻嘻地答。

*　*　*

上完早上的課，我有足足四個小時的空檔，本想帶歐陽媽媽去吃頓好的，沒想到……

" 冰冰，我走了，妳好好照顧自己。"

看到手機短信，我立馬回撥，無奈對方已關機。

" 也許歐陽媽媽已經在飛機上。"我心想。

計劃被打亂，我一個人草草用完餐就回俱樂部，經理看到我很高興，他說Nina臨時請假，問我願不願意代她的幼兒團體班？

想到要教那些注意力不集中的小小孩，我猶豫了。

此時Chloe走了過來，我怕到手的錢會飛走，趕緊接下工作，這一接就沒完沒了，因為Nina不止有幼兒團體班，還有兩個一對一，加上我自己的學員，回到家已近夜裏九點（換言之，我已經連續工作七個小時，急需休養生息）。

" What's going on?"我咆哮。

今早出門前，梅莉還打包票會讓房子恢復原來的樣貌，可是觸目所及，除了幾個顏色不討喜的塑料櫃外，整個空間更亂了，因為又添加了好幾樣東西。

" Daniel的租倉服務已到期，再續又得花錢，我和他最近手頭都有點兒緊，妳忍耐一下，就快到發薪日了。"梅莉弱弱地答。

207

我一腳踢開地上障礙物，逕自回房，話懶得說一句。

* * *

清晨出門不在計劃內，如果不是那倆口子又吵得我不得安寧，我不會失眠到天亮。又，如果不是失眠，我不會早早到屋外抽煙，更不會因為看到出門垂釣的鄰居而想到正在野外露營的平家人。

"Glen Rouge露營地不過40分鐘車程遠，現在出發，還來得及趕回來上十點鐘的課。"我心想。

主意一打定，我跳上車，往佩蒂柯特溪保護區開去。

* * *

Glen Rouge 共有125個營地，正值早餐時間，我不知道平家人究竟在哪裏，只能憑著敏銳的鼻子找"炊煙"（天哪！那些培根、香腸、雞蛋、蘑菇……等香味，饞得我口水直流）。

尋尋覓覓後，我終於在小木屋的野餐區看到那兩大兩小，他們正吃著熱騰騰的麵，桌上貌似還有饅頭和小菜，好一副和樂景象。

飯後，石醫生和田芳洗碗去，平先生留下來教翠喜如何滅火種。

"看樣子石醫生已經融入這個家庭，連最搞不定的田芳也接受她，難道我的直覺是錯的？"我心想。

回程我特意繞到Cluny Bistro吃牛肉三明治當早餐，因為露營區的肉香味把我的食慾給挑起來，不吃點兒什麼，太對不起自己了。

* * *

開門前，我聽到幾聲狗吠，以為是鄰居家的狗在叫，沒想到一開門，一隻大麥町犬往我身上撲，嚇死我了。

"Barry，stop!"梅莉喊。

" 哪裏來的狗？別告訴我是妳買的。"

" 怎麼可能？是**Daniel**的朋友的，只寄養一個禮拜。"

我的老天！三個大人外加一條狗，這裏還能住人嗎？

" 我不管，妳把狗拴在後院。"我義正辭嚴地說。

梅莉答她試過，但狗一直叫，所以才讓它進屋。

我怒火中燒，二話不說便把狗扔到後院，果不其然，狗吠聲不絕於耳（還是很淒慘的那種）。 為了不被愛狗成癡的加拿大人集體討伐，我只好又開門。

那隻叫**Barry**的狗不計前嫌，進屋後依舊對我熱情如火。

＊ ＊ ＊

如果一對戀人加上一條狗，那會是很溫馨的畫面，但兩女一男加上一條狗就不是那麼回事，我好像是多出來的那一個，畫面極其不協調，好比現在，我正在餐桌上吃泡麵，聽到梅莉喊："冰冰，吃完了没？吃完過來看《Kim's convenience》。"

《Kim's convenience》翻譯成中文就是《金氏便利店》，在加拿大是家喻戶曉的喜劇影集，已經播到第三季，內容描述經營便利店的韓裔一家人之生活點滴。

" 好咧！"我扔下筷子衝到客廳。

很快便尷尬了，哪裏有我的容身之處？瞧！長沙發被梅莉和**Daniel**霸佔住，大麥町只好去坐唯一的單人座。

" **Barry, move.**"**Daniel**開口要狗讓位。

偏偏狗一副"誰講都没用，再講我就咬你"的姿態。

梅莉只好挪動自己的位置，喊我去擠長沙發。

" 算了，我又不是小'三'。"

說完，我氣沖沖地回房，背後傳來**Daniel**的問話：" **Why is she angry?**"

第四十三章/半信半疑

現在回家已成了夢魘一場，我多麼希望醒來又能見到乾乾淨淨的窩，而不是生活在垃圾堆裏，時不時還得提防四腳獸猛然撲上身。

梅莉說我言重了，屋子不過是多了點兒雜物而已，還有，**Barry**很可愛，尤其喜歡我。

"誰說的？雜物可不止一點點兒，至於**Barry**……可愛是可愛，但兇起來可沒準，我若被咬，妳得付醫藥費。"

"話不能這麼說……"

我和梅莉在抬摃，**Daniel**就坐壁上觀，目不轉睛的。

"**What are you looking at?**" 我沒好氣地質問。

他答中國話很有意思，聽起來像**the outburst of a virago.**（病毒式爆發）

我頓時無語，氣焰也滅了大半，畢竟誰也不想被隱喻為"河東獅吼"。

＊＊＊

上完**VIP**團體班的最後一堂課，**Mary**和**King**合給我一張卡片表示感謝。

" **Oh! You're so sweet.** " 我微笑收下卡片，" 你們決定回中國嗎？"

King表示飛機票已經買了，父母希望他們回中國度暑假，順便加強一下文化課，因為這裏的功課壓力太小，缺乏競爭力。

妹妹**Mary**則插嘴說他爸的牙蛀了，需要回國補一補。

在加拿大，如果沒買牙醫保險，看牙是很昂貴的，有人甚至**DIY**（自助拔牙），可見一斑。

團體班少了兩個，我問翠喜要不要改成一對一上課？

" 不知道，妳得問阿姨。"

" 妳的意思是徐阿姨還是……"

" 當然是**Jessica**，徐阿姨只管打掃衛生及煮飯。"

想起在露營地的一幕，我問翠喜為什麼不再排斥石醫生？

" 她對每個人都好，晚上還會幫我蓋被子，她以為我不知道，嘻嘻！我裝睡。"

真是這樣嗎？

等田芳也結束一對一的課，我又問起翠喜的上課問題。

" 妳得問阿姨。"

她的回答和翠喜同出一輒。

" 田芳，妳現在好像……好像滿喜歡石醫生。"我問。

" 她人很好，以前是我誤會她了。有一次我生病，她不僅細心照料我，還親自清理地上的嘔吐物，母親也不過如此。還有，我喜歡吃台式油飯，徐阿姨不會做，她竟然找到一位台灣師傅學習，把我給感動得……"

Really?

"看來我也誤會她了，也許哪天向她學習台式油飯的作法。"我答。

田芳說何必等哪天，擇日不如撞日，跟著她們一起回家吃晚飯吧！只是現在家裏吃素，要吃葷只能等週末，Jessica會帶她和翠喜外出打牙祭。

我沒課，也不介意偶爾吃素，何況翠喜的上課問題得解決，加上不願提早回到夢魘般的家，種種因素迫使我當下點頭如搗蒜。

＊　＊　＊

還是那個兩層樓大屋，就是不知為什麼，感覺不一樣了。

"石阿姨買了空氣淨化器，她說有益健康。"翠喜答疑。

田芳進一步解釋："屋內也擺了很多綠植和鮮花，真的美觀多了，人的心情也跟著舒暢起來。"

她一說，我真的發現好幾株綠色植物，桌上和玄關處也放了花束。

大概談話聲驚動了石醫生，她走過來，身上的圍裙很刺眼。

"冰冰，妳來了，我正在做油飯，不嫌棄的話，一起吃吧！"她笑盈盈地說。

田芳代我回答："冰冰當然不嫌棄，她還想學油飯的製作方法呢！"

"今天做的是素油飯，改天我教妳正宗的，若不是考慮到平先生，油飯還是得加魷魚才好吃。"石醫生對我說。

我問平先生人呢？

"他放生去了，不到太陽下山不回家，比公務員還公務員。"

石醫生的回答惹得田芳和翠喜哈哈大笑。

笑聲甫歇，石醫生要芳芳及喜兒帶我去洗手，外面細菌多，這事不能馬虎。

芳芳？喜兒？這麼親暱的稱呼真叫人招架不住。

                            *** * ***

桌上有油飯、幾樣炒青菜及用海帶和蘿蔔熬煮的湯。

石醫生招呼大家用餐，還把素雞夾進平先生的碗裏，被我給捕捉到。

" 這期**VIP**團體班的課已結束，翠喜是轉為一對一，還是等下期開課？"

我問平先生，回答的卻是石醫生。

" 這個得問喜兒，她喜歡上什麼就上什麼，大人不應該強迫孩子學習。"

我望向翠喜，以為她會高興繼續上滑冰課，沒想到她回答想學漫畫，因為她迷上"初音未來"（**Hatsune Miku**，是世界上第一個使用全息投影技術舉辦演唱會的虛擬偶像），很想用畫筆畫下她可愛的模樣。

" 多倫多有教漫畫的老師嗎？"平先生問。

" 這個你不用擔心，我會找到的。"石醫生答。

平先生不再說話，彷彿很信任她的辦事能力。

" 石醫生，妳不工作嗎？"我問。

" 我已經辭去工作，有什麼比享受天倫之樂更重要的？我要感謝這家人，若不是他們，我永遠不會知道親情的可貴。"

話一說完，那兩姐妹毫不猶豫地一表忠心，連平先生也說是石醫生的功勞，才讓這個家又完整了。

家……完整了？這是什麼意思？還有，石醫生不是還有個弟弟嗎？怎麼就不知道親情的可貴？難道這個弟弟是假的？

" 冰冰，即使喜兒不學滑冰，我們一樣歡迎妳來，別客氣哈！就把這裏當成自己的家。"

石醫生的口吻像極了女主人，但無人反對，我的心因此蒙上一層陰影。

第四十四章/醜聞

回到家，**Barry**熱情得像找到失散多年的親人。

" 看來**Barry**很喜歡妳，乾脆讓妳帶回溫哥華好了，反正它的主人不打算養它。"梅莉說。

" 怎能說不養就不養？在加拿大，遺棄寵物會坐牢的……等等，我又不回溫哥華，說什麼亂七八糟的東西！"

" 不回溫哥華？妳不是已經報名參加今年的世界花樣滑冰大獎賽？我以為妳會回溫哥華集訓。"

世界花樣滑冰大獎賽？沒有的事。

梅莉聳聳肩說也許有個選手也叫 **Ge Bingbing,** 這也太湊巧了吧？

我安撫好熱情洋溢的狗，再避開公共區域的重重障礙物，終於回到自己的小天地，此時母親適時來電。

" 冰冰，**guess what?** 我報上名了。"

" 報什麼名？"

" 世界花樣滑冰大獎賽呀！妳曾說我若能報上名，妳就參加。"

聽完，我差點兒吐血，這是怎麼回事？莫非組委會眼瞎了？

母親答他們沒眼瞎，只是……我無法參加女單，只能以雙人滑的形式參賽，因為……因為今年的組合出了點兒問題，所以……

"媽，我從來沒滑過雙人，妳這是把我往火坑裏推。"

"妳不試試怎麼就知道不行？歐陽睿……"母親急踩剎車。

歐陽睿？我問師兄怎麼了？

母親告訴我歐陽睿最近一次的比賽失利讓加拿大電信服務商及溫哥華市政府很頭疼，前者付了八十萬請他代言，後者選他當觀光大使，兩者都希望他藉著比賽重振雄風，奈何人言可畏，做不到"插隊"，剛好今年的雙人組合不出色，那孩子的母親一提議，她就替我答應下來。

原來是歐陽媽媽的主意，我頓時陷入兩難。

"別忘了妳曾說過反悔的是小狗。"母親舊話重提。

"老天！我說的是女單，不是雙人滑，何況比賽在十月底舉行，現在已經六月，時間上來不及。"

母親停頓了一會兒後表示不比就不比，反正歐陽睿正處低谷期，希望本來就不大，省得賠上我的名聲。

聽她這麼一說，我動搖了，該不該參加呢？

母親見我猶豫，反過來遊說："妳若操心錢的事，大可不必，爸媽就算砸鍋賣鐵，也要讓妳參加。反倒妳不參加才麻煩，我還得跟組委會陪不是，畢竟這機會是求來的。妳沒在現場不知道，歐陽睿的母親為了兒子，差點兒跪了下去。"

三叔：

母親替我報名了世界花樣滑冰大獎賽，我還沒考慮好要不要參加，隔天的小報已經放出風聲，還是經理問我繼不繼續教，我才知道自己上報了。

等上午的課一結束，我立馬上網看新聞。加拿大共有**110**家日報，雜誌也有**1300**多種，我只能挑著看。《環球郵報》、《國家郵報》、《星島日報》……這些大報都未提及，倒是在《溫哥華太陽報》的體育版角落發現了，歐陽睿被形容成"放手一搏"的投機份子，我則是過氣明星，頗有等著看我倆笑話的意味在。

怎麼辦？我該參加比賽嗎？

冰醬

＊ ＊ ＊

" Hi, are you going to join this year's ISU Grand Prix of Figure Skating competition?"

問我話的是上了年紀的教練**Catherine,**聽說年輕時也曾是安大略省的花樣滑冰佼佼者。

" Yes."我弱弱承認。

她接著祝我好運，還說年輕人就要勇敢嘗試，如果時光倒流，她也會走出地方邁向世界，無奈人生不能重來，這成了她永久的心病……

Catherine一走，我感觸良多，難道要等老了再來後悔年輕時的裹步不前？

"嘟……嘟嘟……"是師兄的來電。

"冰冰，抱歉，我不知道母親做了過份的事，我也是今天才得知。"

"没事，一個願打，一個願挨，我父母也希望我再征戰。"

他問我怎麼想的？如果參加比賽，是我回溫哥華，還是他來多倫多？組委會答應我們上名單，可没答應補助經費，換言之，我們是自費參加，負擔可不輕。

雖然歐陽媽媽曾說過她兒子的八十萬代言費能讓我倆撐到冬奧會結束，但以我家的硬骨頭，斷不可能依靠別人的肩膀。

“別擔心，我們共同承擔，不是什麼大問題。”我答。

“這麼說，妳已經決定參賽了？”

其實我還沒決定好，問他能不能等到週末，讓我理出一個頭緒。

“當然，這個不能勉強，妳想好了再告訴我。”他說。

然而沒等到週末，歐陽睿又上報了，這次是大報，還是全球性的，應驗了“壞事傳千里”。

我很擔心那對母子，歐陽媽媽因洗錢被正式收押，在看守所裏不知有沒有被欺負？歐陽睿更慘，被噴子噴得一無是處，觀光大使的身份也連夜被撤銷，電信服務商雖尚未表態，看樣子也不保，我害怕他會因此被問責（廣告代言期間，代言人有義務維持良好形象，否則代言費會如數被追回，還可能賠償損失）。

我這邊憂心如焚，Alice那廂卻落井下石，面對記者，她明確表示觀光大使的形象必須是陽光且正面，市政府的作法沒錯……

嘖嘖嘖！好個毒蠍女人。

“冰冰，妳不覺得該去慰問一下歐陽睿嗎？男人可沒妳想像的堅強。”梅莉對我說。

“我一走，學員怎麼辦？”

梅莉要我不用擔心，她會全數接收，倒是搬家的事得趕緊進行，依據她的經驗，起碼得兩天才能整理完畢。

“搬家？我可沒說要搬。”我揚起聲。

梅莉很吃驚，問我難道只回溫哥華兩天？比賽怎麼辦？遠距離配合嗎？單人滑可以各自練習，雙人滑可不行。

我唉聲嘆氣地答：“妳以為醜聞一鬧開，我和歐陽睿還能代表加拿大比賽？估計現在已經被除名。”

第四十五章/備戰

我還是登上當天的晚班機飛溫哥華，雖然沒聯繫搬家事宜，但梅莉沒有不悅，畢竟我仍付房租，她也多了幾堂課，對她的經濟不無小補。

等飛機一落地，歐陽睿已經在接機口等我。

"他感冒了嗎？"我心想。

師兄戴著口罩，但我還是一眼認出，筆直走向他。

"妳也戴上吧！"他遞給我一個口罩。

"為什麼？"

話一問完，閃光燈齊發，亮瞎我的眼（我以為那些攝影機是為了抓拍某個明星）。我倉促戴上口罩，然後跟在師兄身後小跑步，像極了過街老鼠。

一路上歐陽睿把車開得飛快，但仍甩不開跟蹤大隊，直到開進 **Richmond** 市的一個小區，狗仔才被保安攔下。

"嚇死了，我不知道加拿大的狗仔也那麼厲害。"一進屋，我說。

"那些不是加拿大狗仔，而是美國狗仔，因為傳說美國的某個政壇重量級人物通過我母親洗錢。"

提到歐陽媽媽，我沉默了。

"我看妳還是回妳父母家吧！別被風暴捲進來。"他說。

這次回溫哥華純粹為了安慰師兄，不打算久留，所以沒想過打擾那兩位老人。

"我不回，一回又不得安寧。"

"明天一上報，妳父母肯定知道妳人在我這裏，情況豈不更糟？"

沒想到自己熱臉貼冷屁股，連師兄也視我為麻煩。

"得，我現在就回多倫多。"

我伸手去拿行李，被歐陽睿一把搶下。

"別誤會，"他輕輕擁我入懷，"我只是心疼妳。"

再次聞到師兄的體味，我感到安心。

"你母親還好嗎？"我問。

"不知道，我想替她找個好律師，但……母親要我別浪費錢，比賽要緊。天哪！我如何專心？"

我親吻他，告訴他有我在，他不孤獨。

"妳還打算參加比賽？"他問。

"是的。你需要我，我……也需要你，我們一起努力，一定能攻克任何困難。"

本來已經放棄比賽，但看師兄如此意氣消沉，我得找個理由讓他振作。

"噢！冰冰，妳太可愛了，我如何能沒有妳？"

說完，他擁我更緊。

當清晨來臨時，我知道我們已經做好迎接挑戰的心理準備。

＊＊＊

三叔：

組委會還是允許我和師兄參賽，我們討論的結果是我回溫哥華備戰，這裏有熟悉的環境與教練，還有24小時隨侍在側的後勤，我相信能達到事半功倍的效果。

沒錯，我媽主動擔任我們的司機、廚子兼生活助理，而且不支薪，只要求一點：我和師兄不能越雷池一步。

拜狗仔之賜，全天下大概都知道我第二天才回到父母家，母親的心裏其實明白著，但她還是要求我倆劃清界限，真是匪夷所思。

冰醬

"好了啦！除了夥伴關係，還能是什麼？我和師兄正忙著，妳不是說要幫我們熬煮養精蓄銳的湯？"

" 妳不提，我差點兒忘了，你倆記得下午休息時間回來喝湯。"

母親走後，我和歐陽睿繼續在滑冰場練習基本動作，他還好，動作嫺熟，我不一樣，頻頻出錯，連兩周半旋轉都很勉強。

" 沒關係，多做幾次感覺就回來了。"師兄替我打氣。

我苦笑著，如今也只能這樣了。

＊＊＊

老遠我就聞到一股怪味道，心中有了不祥的預感，果然……

" 這要怎麼喝？臭死了！"我揑緊鼻子抱怨。

" 別亂說話，我好不容易才買到鹿筋，聽說鹿筋有舒筋活絡、強筋健骨的功效，我還加了木瓜、杜仲、懷牛膝、薏苡仁，不難喝，試試就知道。"

220

我仍然拒絕嘗試，於是母親把矛頭指向師兄，他倒不客氣，端起來就喝。

" 妳瞧！人家都喝了，就妳不聽話。"母親怪嗔。

我問歐陽睿好喝嗎？他答還行，又提醒我得回滑冰場練習了（言下之意要我趕緊喝了好上路）。

老實說，若不是除冰車進場，我真不想中途回家喝湯。

眼下伸頭一刀，縮頭也一刀，我只能豁出去。

" 冰冰真乖，記得明天同一時間回來喝湯。"母親滿意地說。

＊＊＊

梅莉打電話問我她還得代課幾天？我才驚覺自己把搬家一事給忘了。

" 如果妳願意，可以一直代課下去，後天下午我回去一趟，估計幾個紙箱就能搞定。"

" 妳真的打算回溫哥華？怎麼辦？我已經開始想妳了。"

我要她省省吧！不是巴不得我離開好成全她和**Daniel**？

" **Daniel**可不像妳會按時交房租，他是月月光。"

" 原來妳是想念我的房租。"

梅莉說我太傷人，平常打打鬧鬧也就算了，真的道別離，她還是會不捨。

" **Sorry**，等我比賽完，也許還回多倫多，如果……到時再續前緣。"

" 一言為定，我等妳後天回來，再怎麼著也得替好朋友餞行。"她答。

221

第四十六章/網絡暴力

我和師兄正在討論用哪個曲目當背景音樂，突來的鈴聲中斷我們的談話，等師兄接聽完，一切都變得不一樣了。

"怎麼回事？"我問面色鐵青的他。

"我的廣告代言沒了，還好他們沒要求賠償。"

"怎能這樣？又不是你……洗錢。"

歐陽睿深看我一眼，無語。

這下子怎麼辦？父母負擔我的費用已經很勉強，若要他們再付男選手的部份也不切實際。

"你……能動的有多少？"我小心地問。

他答母親名下的資產已凍結，**Richmond**的房子雖然登記的是他的名字，但實際出資人是父母，有紀念意義，他不想動，賬戶上的現金只夠支撐幾個月。

"完了！"我喃喃道。

"看樣子天不佑人，我們……就地解散吧！"他洩氣地說。

"不，一定還有辦法，我們想一想。"

師兄說他不阻止我想辦法，但他得在記者圍堵前先行一步。

呃！我倒沒想到這點。

"行，你先走，我想到辦法再告訴你。"

* * *

說要想辦法，其實一點兒辦法也沒有，除非去搶銀行。

"看來辦法全無，只能去搶銀行。"母親與我不謀而合。

"既然要搶就搶大一點兒的，我看蒙特利爾銀行不錯，轉角就有一家。"

也不知是利還是弊，我們葛家總有辦法苦中作樂。

"你們兩老繼續籌劃如何搶銀行，我先回多倫多。"

"還回？"母親揚起聲，"妳打算當教練當一輩子？"

我答當教練也沒什麼不好，很多奧運冠軍也當教練。

"那不一樣，人家時薪多少？妳時薪多少？等妳也在比賽場上大放光芒，就知道鍍金和沒鍍金的差別。"

"不說了，我答應梅莉回去收拾東西。"

父親趕緊接棒，說我只是回多倫多拿東西，比賽還是照常參加，只是換個搭檔而已。

我正想否認，看父親對我眨眼睛，頓時心領神會。

"我去去就回，你們別等門哈！"我說。

* * *

回到多倫多的家，沒看到熱情如火的**Barry**（大概被主人接走了），還真有點兒不習慣。

我默默把水槽裏的碗盤洗了、地拖了，連浴缸也刷過一遍。梅莉回家後喜出望外，她說我太客氣了，離開前還幫著打掃衛生，真是感激涕零。

223

"那個……不搬了。"我弱弱地說。

"不……不搬了，為什麼？"

我只好話說從前。

"罪不及子女，這幫洋鬼子就會欺負亞裔好說話。告！肯定得告。"梅莉義憤填膺。

我也想過上法院，但即使勝訴，估計整個流程走下來，比賽早結束了。再者，八十萬加元說多不多，付完律師費後，所剩無幾，還不說搭進去的時間與精力……

梅莉問我難道就這麼算了？沒有這筆錢，歐陽睿不僅無法參賽，還得提早退役找工作，他媽肯定捶胸頓足……

講到歐陽媽媽，她心心念念在兒子身上，若知道所做的一切都功虧一簣，她會多失望難過。

"哎！有時也只能走一步算一步，著急也沒用。"我感嘆說道。

＊＊＊

上完一對一的課，田芳滑到我身邊。

"嗨！聽說妳參加世界花樣滑冰大獎賽，還是雙人滑。"

"Yes……No……"

"到底是還是不是？"

我告訴她報上名了，但能不能參賽還是未知數，因為經費出了點兒問題。

"I'm sorry."她說。

我轉而問她最近好嗎？平先生和翠喜是否無恙？

她答很好，石阿姨把他們照顧得無微不至，可說是茶來伸手、飯來張口。

不知道為什麼，我有小失望，因為和自己預想的不一樣。

"那好。"我心口不一。

"可是……我有點兒擔心姨父，他好像有出世的傾向，跟這個世界劃開一道界線，每天過得像苦行僧，妳說這正常嗎？"

田芳改口喊平先生"姨父"，看來她覺醒了。

"和以前比好太多了，不是嗎？"我反問。

她點頭承認的確好太多，至少不會動不動就自殺，把她的心懸在半空中。

我們又談了些瑣事，終因我有課要上，不得不叫停。

"冰冰，有空來家裏玩，大家都想念妳。"她喊。

"好咧！"我揮手道別。

＊＊＊

我現在很怕上網看新聞，但怕什麼來什麼，我正查找新開張的超市地址，手滑點進一個搞笑視頻網站，看到一個亞洲男人手裏拿著一部手機，正在推銷超級特惠計劃，月繳**60**元能有**10G**的**data**（明眼人一看就知道指的是歐陽睿），背後還站著一個黑社會大姐模樣的女人，她一邊把紙鈔放進水盆裏清洗，一邊對著鏡頭比出噤聲的動作。

Shit！這視頻是誰製作的？既低極又無趣，偏偏點讚的人還不少，這是怎麼回事？

我憤而投訴，但心裏清楚著，刪除這一個還會有下一個，歐陽媽媽的罪行已轉嫁到自己兒子身上，注定他得負重前行。

三叔：

我的"行俠仗義"非但沒有制止歪風，反而適得其反，該視頻被刪除後，針對歐陽睿所製作的惡搞視頻接二連三出現，他甚至化身為娘娘腔，嘴裏說著怪腔怪調的英語，眼睛被擠成瞇瞇眼。

網絡暴力還不止此，噴子們發帖要歐陽睿滾回中國，甚至上升至移民政策，主張白人至上、亞裔莫入。

面對蜂擁而至的反對聲浪，我擔心師兄能否抵擋得住，加上他來電不接、短信不回，我的牽掛更甚。

冰醬

"嘟……嘟嘟……"突來的鈴聲讓我好不心驚。

"冰冰，來家裏吃飯。"翠喜說。

"不了，我忙。"

"爸爸有話跟妳說。"

我要她把手機交給她父親。

"爸爸說是談重要的事，必須當面說。"

我心亂如麻，並不想外出，但平先生是長輩，又說有重要的事相談，我怎能拒絕？

"好，半個小時後到。"我答。

第四十七章/贊助人

還是那個兩層樓大屋，就是不知為什麼，感覺跟上一次又不一樣了。

"爸爸買了幾幅畫掛在牆上。"翠喜答疑。

田芳進一步解釋："姨父和石阿姨上**Bloor Street**買素食麵包，途中經過一個繪畫工作室，裏面的作品都來自自閉症患者，姨父一連買了好幾幅。"

原來是自閉症患者的作品，我又多看幾眼，老實說，畫得挺好的，好比掛在客廳這一幅，雖是抽像畫，但氣勢磅礴，既像藍天，又像大海；再看餐桌旁這一張，畫的是色彩斑斕的貓，看起來非常有童趣。

"是不是每個房間都掛了畫？"我問。

田芳答是。

此時翠喜捂著嘴笑，我問她笑什麼？

"石阿姨每晚進爸爸的房間睡覺。"

田芳要翠喜別亂說話。

「我没亂說，石阿姨告訴我房間裏的畫很恐怖，她不敢一個人睡。」

說曹操，曹操到。

「你們在談什麼？」平先生問。

田芳捂住翠喜的嘴，回答沒什麼。

「那麼開飯吧！」石醫生宣佈。

又是尋常的一餐，青菜豆腐、豆腐青菜，但用餐氛圍好，我吃得津津有味。

「爸爸，你不是有話對冰冰說。」

還好翠喜提起，不然我還不知如何開口。

「等吃完飯，我再對她說。」

田芳問為什麼不能當著大家的面說？平先生支支吾吾的。

「有什麼話還是當著家人的面說，省得誤會。」石醫生推了一把。

「既然這樣……那好吧！我說了。根據新聞報導，冰冰和她的滑冰搭檔最近遇到麻煩，別的我幫不上，但錢的事好解決，我決定贊助他們二位所有的開銷，直到比賽結束。」

什麼？！我嚇得不輕。

同樣受驚嚇的還有在場的其他三位。

「太好了，冰冰，我等不及要看妳表演。」田芳興奮地說。

「哪！」翠喜歡呼起來，「到時我們全家到場替妳加油！」

突來的好運讓我話都說不利索，只能拼命點頭。

石醫生清了清喉嚨，說：「據我所知，妳和搭檔是自費參加，這個級別的教練肯定要價高，平先生是門外漢，沒有概念，妳最好說清楚，讓他心裏有個底。」

我答那當然了，即日起的所有開銷，我都會列個明細出來，錢不經我手，平先生可以直接匯款給對方。

“那是多少呢？妳粗算一下。”石醫生不依不饒。

為了表示心中坦蕩，我實話實說，包括專業的滑冰選手需要三位教練（體能、技術、編舞）。體能教練便宜些，一個月一千多加元，技術及編舞教練就貴多了，按課時收費，由於比賽迫在眉睫，每天上課四小時是最低限度，其他還有換冰刀、製作服裝、來往交通、場地租借等開支，不過和學費比，算是小頭。

“也就是說前後約有五百小時的上課時間，以一小時五十元計，也要25，000元。”

我糾正不是五十元，而是兩百元上下，具體得和上課教練商量。

石醫生咋舌，問我怎麼這麼貴？竟然高過心理治療的談話費，她可是一路過關斬將才拿到的執照。

“這個級別的教練本來就是這個價，他們也是過關斬將。”我答。

石醫生轉向平先生，提議這件事還得從長計議，光教練費就得100，000元，其他還有大大小小的支出，光一個比賽就能在東南亞買個豪華公寓，誰的錢都不是大風刮來的。

我不能怨石醫生壞了我的好事，她說的沒錯，錢不是大風刮來的，尤其我還是個外人，八竿子打不著的關係，平先生憑什麼資助我？沒道理，不是嗎？

“當初如果不是冰冰拉我一把，我不會意識到生命的可貴，換言之，她是我的救命恩人，所以事情就這麼定了，誰都別再有異議。”

哎！我不過是如法泡製網上得來的信息，平先生卻歸功於我，讓我很心虛。

我們仍繼續吃飯，但我難掩興奮之情，那兩姐妹也是，心無芥蒂地與我閒聊，平先生則像往日一樣惜字如金，倒是石醫生變了，她的臉色很難看，好像贊助我和搭檔的人是她，而且還是被迫贊助。

＊＊＊

我把這個消息告訴梅莉，梅莉說我的運氣老好，應該分她一點兒。

"怎麼，又有什麼煩心事？"我問。

" 還不是那點兒破事，**Daniel**昨天花了**344**元買了一雙**Air Jordan**系列的運動鞋；我也不甘示弱，**Christian Louboutin**最新款的口紅一上市，我就搶下一支，現在才月中，我倆的錢加一加還不到兩百元，這要怎麼活？"

Daniel的事先放一邊，**Christian Louboutin**的口紅號稱全球最貴，兩百元上下一支，她也買得下去？

梅莉辯稱她已經忍了半個月沒買新衣，就為了買它。這支蘿蔔丁女王權杖口紅不僅顏色好看、持久性強，外殼造型還極富視覺衝擊力，可當項鍊佩戴，一物兩用，多超值！

" 那麼妳現在煩惱什麼？願打願挨的事，不是嗎？"

" 廢話！我在煩惱無米可炊，加上信用卡的卡債，我怕這個月付不出房租。冰冰，妳那裏能不能先挪用一下？"

我手裏的確有閒錢，但下個月呢？我一搬走，她豈不是雪上加霜？

梅莉說下個月的事下個月再想辦法，先解決眼前的問題要緊。

我當著她的面把**1200**元匯給房東，梅莉笑得像朵盛開的花。

第四十八章/莫斯科之行

我連續打了二十幾通電話，師兄才接聽，一聽說天上掉餡餅，張口結舌的。

"是真的，我没騙你。"

"我不是懷疑，而是……現在的我已成了槍靶子，縱使解決了資金問題，萬一成績不理想，輿論壓力豈不更大？"

我告訴他不到最後關頭，無法蓋棺論定，不試試看怎麼知道不行？他的擔心雖不無道理，但躲起來就能杜悠悠眾口嗎？別忘了歐陽媽媽的案件年底開庭，到時一樣把他抓出來做道德審判，怎麼做都不對。

"我是怕影響妳。"他說。

"我不怕受影響，事實上這個結果最好，我原以為自己走不到這一步。"

師兄思考一下後，問我什麼時候回溫哥華？如果下定決心參賽，不加緊練習不行。

我頓時豁然開朗，告訴他東西打包好便辦理托運，估計明天下午就能見上面。

*　*　*

梅莉知道我明天一早走，很是傷心，雖然離別是預知的事。

“我又不是到天涯海角，何況若没拿到獎項，很可能還回多倫多，所以收起妳的離情依依，搞不好四個月後仍做妳的室友。”

一旁的**Daniel**忙問梅莉我說了什麼？

“She said she'll be my roommate again after the competition.”她翻譯。

“Shit！”那男人罵了一句。

我責問他什麼意思？

眼看一場腥風血雨將免不了，梅莉拉我至她的房間。

“**Daniel**要我貸款買房，省得替房東打工，但我的收入不穩定，為了節省交通費，還不能住得遠，算來算去，只能買個小一居，妳一說回來跟我擠，他當然不高興。”

我問為什麼**Daniel**不自己買房？梅莉答他有壞賬，貸不了款。

“妳就打算跟這個男人過？”

“不然呢？他是白人，對我還不壞，兩人的混血寶寶多漂亮！我做夢都想擁有一個。”

我頓時覺得頭痛欲裂，找了個藉口回房。

“妳可別跟阿拉娘咬耳朵，她生起氣來，嘿煞俄！”

“好啊呀！”我以上海話回覆。

*　*　*

一回到溫哥華，我立馬和師兄展開討論。

“我們得先選好教練，我個人很欣賞Александр的編舞能力。”

“Аляксандр？俄羅斯人？”

“是的，不過有個問題，他不願飛來加拿大。”

我問那還有什麼好說的？

師兄答山不轉路轉，我們可以飛到莫斯科。

什麼？在我的印像中，那是個天寒地凍的地方（比溫哥華更甚），而且聽說那裏的人個個彪悍，甚至養熊當寵物，還有，紅肉、麵包、土豆、醃黃瓜是飲食標配，這個我可吃不慣。

歐陽睿說也許這些都是問題，但我們還是要去，簽證和住宿問題由他解決，最晚一個禮拜後出發。

聽完，我半天開不了口。

*　*　*

母親一聽說我和師兄要飛莫斯科集訓，反應和我預想的不一樣。

“我也一道兒去，包管你們吃好喝好，還有乾淨衣服穿。”

“我以為妳會反對。”

“歐陽小子在這裏被輿論打成篩子，換個環境也好。還有，年輕人血氣方剛，我可不想五十歲不到就當外婆。”

我翻了個大白眼，母親就是有辦法讓我不斷奶，我還能自立否？

沒想到當我把母親的“異想天開”告訴師兄時，換來他的雙手雙腳同意。

“時間緊迫，我們的確需要生活助理，如果妳母親願意，再好不過。”他說。

*　*　*

三叔：

我們一行三人在鼠尾花盛開的季節飛往莫斯科，不得不說師兄的辦事能力極強，不過幾天的工夫，他不僅辦好簽證還租好房

子，就在中央陸軍滑冰場附近，是個小三居公寓，路口轉角處
還有個健身房，收費的。

冰醬

Александр約我們在附近的酒吧見面，才下午三點，那個有
著大鼻子的男人就敢點伏特加喝，還好兌了果汁，也許清醒程
度不若我想的糟糕。

面對酒水單，我和歐陽睿同時患上選擇困難症，因為很多酒名
是第一次見到。

" You should try медовуха." 說完，我們未來的教練向服務
員要了兩瓶，那是外形像蘋果西打的甜酒。

Александр後來介紹這是蜂蜜酒，給小朋友喝的。

我們當然不是小朋友，這麼說是為了活絡談話氣氛。果然幾句
對話下來，彼此不再那么生疏，同時也發現原來俄羅斯人的英
語還不壞（至少眼前這位便是），溝通上沒有問題，只是收費
貴了點兒，一小時要價12，000 盧布，我原以為在消費水平相
對沒那麼高的莫斯科，時薪8，000已經很好了。

" I charge more, because I'm the best."

就因為這麼霸氣的回覆，我和師兄放下了戒心（其實也沒別的
選擇，人生地不熟的，總得找個人相信）。

彼此交換完意見和想法後，Александр表示他得回家構思
去，又說會替我們安排體能和技術教練。

我一語雙關地問他們是不是"最好的"？

Александр答没像他那麼好，所以便宜些，各付他們10，000
盧布／時即可。

待那個大腹便便的男人一走，我忍不住吐槽，雖然俄羅斯出了
幾位炙手可熱的花樣滑冰明星，但加拿大也不差，憑什麼要那
麼多錢？肯定把我們當凱子………

" 冰冰，Александр帶過的選手都不差，如果妳有意見，我們再找，只是如此一來又會耽擱不少時間，而我們最缺的是時間。"

其實我也就這麼一說，所謂一分錢一分貨，也許他真有兩把刷子。

" 對不起，我太打擊士氣了，下不為例。"我低頭認錯。

" 那麼先到俱樂部暖身一下，明天開始就沒那麼輕鬆了。"他說。

第四十九章/催情的魚子醬

Александр說昨晚他把我和歐陽睿的比賽錄像大致看過一遍，底子不錯，除了沒有雙人滑的經驗，其他沒什麼大問題，可以慢慢培養出默契來。

師兄問我們能入三甲的勝算有多少？Александр答他很驚訝身經百戰的選手還會問這個問題，很簡單，比賽結束前什麼都是空話。

說完，他遞給我們一份上課時間表，上面密密麻麻的，紅色代表編舞，藍色代表技術，白色代表體能。

我指著灰色問是什麼意思？Александр解釋雙人滑有托舉動作，代表男選手的臂力必須足夠強大，所以體能教練會在我們租處附近的健身房單獨給歐陽睿上課。

聽完，我的心直線下落，除了地獄般的訓練讓我心驚，花費也是一個大問題，當時的預算是100，000加元上下，如今翻了兩翻，平先生還願意支付嗎？

* * *

" 你們回來了，"母親從廚房裏走出來，身上的圍裙很扎眼，五顏六色的，" 可以開飯了。"

此時桌上有麻婆豆腐、四喜丸子、紅燒蘿蔔以及炒土豆絲。

" 行啊！才兩天工夫，妳就把中國餐廳搬回家了。"我說。

剛來莫斯科，人生地不熟又忙著整理新家，我們仨已經連吃好幾頓俄餐，不外紅肉加根莖類蔬菜，既重油多醣又偏酸鹹，偶爾吃吃還算美味，久了不免膩口，還好在中國胃抗議前，母親適時解決了這個問題。

" 樓上**Вера**說地鐵站**комсомольская2**號口出來有家中國超市，我趕了過去，找了半天也沒找著，還好問到一位華人，否則這餐又得吃俄式薄餅加魚子醬。"她答。

一直以來，魚子醬和松露、鵝肝並稱食界三大美食，價昂是肯定的，母親的說法不無嘲諷之意。

" 看來妳適應得很好，找到華人超市還交上俄國朋友，我們都沒妳屬害，對吧？"我轉頭望向歐陽睿，希望他也拍一下馬屁。

" 是的，葛媽媽是無敵女超人。"他接棒。

母親答她才不是什麼無敵女超人，為母則剛，如果這次我們能拿個好名次，冬奧入場券無疑在手，也不枉此行。

我還在想年底的比賽怎樣才能不丟人現眼，她已經想到冬奧會，是不是天底下的母親都這麼"高瞻遠矚"？

" 師兄，我們還是趕緊吃，半小時內得回滑冰場上課。"

話是說給搭檔聽，其實把第三人也納入聽眾範圍內。

" 半小時？那趕緊的，"母親把肉和菜分別夾進我們的碗裏，"吃！別說話。"

＊ ＊ ＊

訓練哪有不累的道理？只是"戰鬥民族"尤甚，操起人來毫不手軟，把我和歐陽睿當機器使（機器又怎麼會累？）。

好不容易可以喝口水、喘口氣，我找到發洩口，把那三人的祖宗八代都點名一次。

“ 說完了嗎？如果抱怨能改變現狀，我很樂意助妳一臂之力。”歐陽睿平靜地答。

是啊！抱怨並不能改變現狀，何況是我們捧著白花花的銀子請人來虐待自己，他們不過是做他們的工作而已。

“對不起，我又犯錯誤了。”

“沒事，妳只是說出我想說的話而已，這幫冷血的狗崽子！”

聽他這麼一說，我大笑不已，沖淡了不少負面情緒。

＊　＊　＊

吃完母親精心準備的宵夜，歐陽睿稍微休息一下又出門。

“都十點了，他去哪裏？別是做壞事去了。”

母親的擔心我了解，在“找個姑娘跟買雙鞋一樣方便”的俄羅斯，處處都是誘惑。

“師兄上課去了，體能教練在健身房等他。”

“這麼晚了還上？教練不休息嗎？”

“一個小時10,000盧布，換作是妳，妳休息嗎？”

母親一聽說如此昂貴，直呼我們上當受騙了。

“不然能怎樣？”我揚起聲，“妳告訴我物美價廉的教練哪裏找？”

她頓時沒了氣焰，解釋不是生我氣，而是害怕贊助人甩擔子不挑，到時我們如何負擔？

母親的擔心也是我的擔心。

“洗完澡，我打給平先生問問。”我說。

溫哥華和莫斯科時差十個小時，我這裏夜裏11點，平先生那裏剛好下午一點，我得趕在他午休前與他通電話。

“原來是冰冰，我還以為有人打錯了，妳好嗎？”他問。

我答好，然後解釋我和歐陽睿已經飛到莫斯科受訓，因為這裏

238

有好教練，母親也隨行，方便照顧我們的生活起居。

" 那好，還有事嗎？"

沒想到平先生仍然寡言，三兩句話就想掛了，我得馬上切入正題。

他一聽說學費增加了，沉默了好一會兒。

" 我……我們也不想……教練要的……"我支支吾吾地解釋。

" 妳誤會了，我正思考如何讓妳無後顧之憂，這樣吧！我先匯**200，000**加元過去，由妳支配，應該足夠支付學費及生活所需，不夠妳再說。"

" 我……我……謝謝！太謝謝了！"

掛上電話，我還渾渾噩噩，上輩子究竟修了什麼功德，讓我這輩子遇上平先生這個大貴人，實在太幸運了！

* * *

有了外援，的確大大降低不安的情緒，母親也是，每天變著花樣做飯，這一天，被她挪揄過的魚子醬竟然也上了桌。

這太過份了！雖然平先生大方，但浪費舖張又是另一回事。

" 我們不應該利用平先生的……善良，他平常吃的是豆腐青菜、青菜豆腐，幾塊錢就能打發掉。"我皺起眉頭說。

母親氣定神閒地表示不是每種魚子醬都很昂貴，譬如這款大馬哈魚魚子醬，一百克不過**824**盧布，何況她買不是為了浪費或炫耀，**Caviar**（魚子醬）一詞在古波斯語中是"活力"的意思，本身富含豐富的礦物質、蛋白質、維生素以及氨基酸，跟她平時為我們熬煮的大補湯有同樣的功效。

Well，既然"不太貴"，我樂得嚐鮮，讓那一顆顆魚子瞬間在嘴裏炸開，釋放出鮮味。

相較於我的"喜形於色"，師兄反倒一口不吃。

" 我對魚子醬過敏。"他解釋。

母親也一口沒嚐，理由倒是簡單粗暴，因為她想把"活力"留給

239

有需要的人。

既然如此，那我不客氣了，三兩下就把魚子醬全掃進肚裏去。

＊　＊　＊

我已經翻來覆去兩小時，怎麼也睡不著，心中的那盆火不停地燒呀燒，我感覺口乾舌燥，於是起床到廚房找水喝。

黑暗中，我看到亮光，它來自師兄的房間。

“他還沒睡嗎？”我邊想邊走過去推開他虛掩的房門。

“妳終於來了。”他說。

“你知道我會來？”

“當然，魚子醬有催情作用。”

我頓時感覺兩頰發熱。

“對不起，我走錯房間了。”

師兄快速跳下床攬住我。

“別走，我要變魔術了。”他在我耳邊低語。

240

第五十章/淚崩

我和師兄日以繼夜地練習，還好天道酬勤，我們配合得極好，連要求苛刻的**Александр**也漸漸有了好臉色。

這一天，我們兩個累壞的人剛進門，母親便迫不及待地告訴我們一個天大的消息—**Alice**舊疾復發，已經正式退出這次的世界花樣滑冰大獎賽。

"真的？"我看了一眼她手中的報紙，"妳又買報了？"

母親反問我不看報能幹嘛？這是她唯一的娛樂。

與加拿大的免費華文報不同，這裏的《莫斯科華文報》是收費的，而且每週二及週五才出刊，所以到手的新聞極可能已是昨日黃花。

"想看就看，其實妳可以看網上新聞，那個快，還是免費的。"我邊說邊拉歐陽睿坐下，不先休息個幾分鐘，不足以恢復元氣。

"看屏幕很傷眼，我還是喜歡紙質的……對了，**Alice**退賽，妳怎麼沒反應？"

"有啊！我問是不是真的？"

看母親對我乾瞪眼，我哈哈大笑，解釋這個已經不算新聞，上禮拜早傳開了，所以不感驚訝。

此時在旁的歐陽睿開口了：" 運動員受傷以致退出比賽很正常，我也曾因背傷錯過德國 **Obertsdorf**的國際賽。"

母親說她也清楚，只是感覺怪怪的，誰退賽還一臉欣喜？還有，她說要利用這個長假去莫斯科旅遊，順便和那裏的老朋友打聲招呼，這也太湊巧了吧？

聽完，我的心喀噔了一下，這倒是"新"聞，而且老朋友是誰？該不會是我吧？我已經和她糾纏多年。

雖然心中疑惑，但我還是寬慰母親不要多想，這裏的克里姆林宮、紅場、聖瓦西里大教堂……遠近馳名，她想來旅遊，再正常不過。

" 我也就這麼一說，"母親起身，" 難得今天歐陽小子不用上健身房，我烤了幾個容易飽腹的紅薯，你們吃點兒，我去拿。"

母親走後，歐陽睿說運動員受傷以致退出比賽很正常……

我提醒他兩分鐘前他才說過同樣的話。

" 我的意思是……"

" 我知道，"我對他微笑，" 該來的躲不了，我們已經無路可退。"

＊＊＊

我的想法很簡單，以前的我意氣風發，**Alice**視我為眼中釘情有可原；現在的我虎落平陽，而且參加的是雙人滑比賽，兩人再無利益瓜葛，她沒理由遠度重洋吹皺一池春水，不是嗎？

這樣"有恃無恐"了一個多禮拜，直到休息時間看到一個假小子向我們走來，我的"自信滿滿"才轟然倒塌。

" **Hi, long time no see.**"她說，然後摘下包頭帽，露出齊肩的髮。

不知是不是我多疑，感覺她不一樣了，也許肌肉變結實，也或許是走路姿態，她竟然有了陽剛氣。

242

「聽說妳舊傷復發，傷了哪裏？妳看起來挺好的。」我酸溜溜地問。

她指指心臟，說她傷的是心，已經很久了，怕有十餘年。

我翻了翻白眼，這時候還講混話，閒得很！

「妳打算在莫斯科待多久？」歐陽睿問她。

「可長可短，先拍完廣告再說。」

原來她的莫斯科之行是帶著任務前來。

我問還是那個水晶飾品廣告嗎？她答是，當初簽的合同是一年兩拍，三百萬元也不是好賺的。

「誰說好賺來著？」我看到Александр在遠處向我們招手，「就這樣吧！我和師兄得上課去，have a good day!」

「等等，」她交給歐陽睿一張名片，「我住在這家酒店，今晚你一定要來。」

* * *

晚上九點回到家，喝完母親準備的大補湯，師兄出門上體能課。

「上完課他會回來吧？」我心想。

磨磨蹭蹭到11:20，我終於聽到大門被打開的聲音。

歐陽睿還是回來了，我放下心中大石，接下來的他必是匆匆洗個澡，然後上床睡覺，畢竟明天還有早課。然而事情的發展並沒有按照我想的進行，那人是洗了澡（我聽到浴室傳來嘩啦啦的流水聲），但洗完澡後他沒有上床，而是再度出門，輕手輕腳的，讓我更心傷。

這算什麼？睡了我又去睡我的死對頭，盡享齊人之福，是不？

三叔：

這是第一次我為一個男人淚崩，感覺身體被坦克壓過，血肉模糊。

Alice一向視我為眼中釘，但凡能讓我不開心，她從不手軟。我和她從小競爭到大，現在她連我的男人也要搶，真是可惡至極！

我再也不想看到她，**never!**

冰醬

第五十一章/放飛

體能教練問歐陽睿為什麼沒來？我聳聳肩答也許他還在睡覺。

" Call him now!"金毛獅子吼。

我只好拿起手機撥打，那個昨晚還醉臥美人鄉的男人回答我已經在路上了，二十分鐘後到。

於是我邊和體能教練做暖身運動邊等姍姍來遲的人，二十分鐘後……

早聽說俄羅斯教練操起人來泯滅人性，雖然心中有氣，但看歐陽睿被罵成了孫子，我母愛爆棚，和教練展開對罵，還是師兄拉開我，才沒讓情況進一步惡化下去。

" 求求妳別哭了，看妳哭，我無法思考。"師兄一副灰頭上臉的樣子。

我在休息區域哭成淚人，可不是，愛人背叛我，我還護著他，真是滑天下之大稽！

" 我哭是……是我的事，你……滾……滾一邊去！"我嗚咽著說。

沒想到他真的棄我而去，我哭得更加傷心，直到有陌生選手前來關心，我才意識到不能再這麼丟臉下去，火速換下冰鞋離開。

來莫斯科已近一個月，這個城市對我而言仍是陌生的，原因在於每天就是兩點一線，連購物也由母親代勞之故。

既然冰場不能回，我索性把手機關了，打算放飛一天，還好有信用卡及少量現金在身，不致於捉襟見肘。

"放飛"首先得決定往哪裏飛，我樂觀地以為往家的相反方向去，必能看到一些店舖或住宅，也許夠我溜達一整天。可惜走了好一會兒，四周圍依舊是一副"荒郊野外"的景象，看來只能叫俄羅斯滴滴—**Yandex**。

當初把家安在中央陸軍滑冰場附近就是不願把大量的時間和金錢花在交通上，當然更沒有租車或買車的想法（兩者都很昂貴，何況俄羅斯的交通標識用西里爾文書寫，和拉丁文截然不同，"盲目"上路很不智）。既然沒車，眼下只能求助公共交通工具，由於曾被莫斯科機場的出租車司機坑過一次，在參考驢友的經驗談後，我果斷下載 **Yandex** 軟件，今天終於派上用場。

下單後沒多久，來了一輛豐田凱美瑞，司機大哥是個熱心腸，知道我的目的地是紅場後，用蹩腳的英語提醒我遇到穿傳統服飾的人要當心，他們是收費的，合影的要價很高。

" **Really？Thanks！**"我謝了他。

然後他問我是幹哪行的？看著眼熟。

我表示自己是一名舞者，默默無聞的那一種。

" **Don't worry. You'll be a star one day.**"他安慰我。

說來很不可思議，我那顆被碾壓無數次的心竟因為短短的幾句話而癒合。

到達目的地後，我給司機**600**盧布，聲明不用找零，他開心地向我行軍禮。

回到紅場，它是莫斯科最古老的廣場，地面全由條石鋪成，是俄羅斯最著名的觀光景點之一，北面為國家歷史博物館，東面是古姆百貨，南部為瓦西里升天大教堂，西側則是列寧墓和克里姆林宮紅牆。

由於司機停靠在紅場南部，遠遠的我便見到一座美得令人窒息的俄式東正教堂，它的色彩艷麗、造型獨特，有別於一般傳統教堂，聽說又被戲稱紅蔥頭教堂，因為頂部的球根造型。除此之外，我還發現它不是"一個"教堂，而是由九個石製教堂組成，裏面宗教氛圍濃厚，有很多壁畫及雕像。

步出教堂後，我本想進博物館參觀，奈何逢週二閉館，拍了幾張照片後，我信步走向古姆百貨，原因無他，肚子餓了唄！

沒想到還未走到百貨商場就被一家淡藍色門面的餐廳給吸引住。啊！怎麼會有如此討喜的顏色？讓我聯想到摩洛哥的藍色小鎮，那宛如童話般的夢幻色彩。

" 來來來，這就是今天吃飯的地，它入圍全球最佳餐廳**Top 20**，是網紅店喔！待會兒可別忘了拍照。"說完，中國導遊收起紅色小旗子，然後打開藍得像海洋的大門。

魚貫而入的除了團員外，還包括飢腸轆轆的我。

三叔：

我在這家名為**Wine & Crab Restaurant**的餐廳點蟹肉餡餅及蘑菇帝王蟹腳吃，附贈的氣泡酒很好喝。雖然飯後甜品看起來很可口，但我沒碰，畢竟運動員還得忌口，我若胖了，歐陽睿豈不慘兮？托舉是很費力的事。

哎！他今天棄我而去，我竟然還在想著如何讓他少費力，你有看過那麼傻的女孩嗎？

冰醬

發完郵件,我才去看手機留言，**Александр**問我在哪裏？這是雙人滑，不是單人滑，速回！

我選擇無視，緊接著看第二條，那是電信局發來的，上面的火星文一個也不識，然後……沒有了。

"就這樣？那人一點兒也不關心我有沒有被熊吃掉或者一時想不開投河自盡，這還是師兄嗎？"我憤怒地想。

"嘟……嘟嘟……"是母親的來電，我立刻接聽。

"妳在哪裏？歐陽小子說妳跟教練吵完架跑開了，這是怎麼回事？"

我答心情不好，出外走走。

母親教育我一番，無非教練罵我是為我好，嚴師才會出高徒……（原來歐陽睿把他的遲到之過撇得一乾二淨）。

"是是是，妳說得對，我現在就趕回去。"

掛上手機，我喚來服務員買單，一餐花掉1500盧布，小貴。

＊＊＊

經過母親的諄諄教誨，我把放飛一天改為半天，至於後來又繼續放飛，實在是無奈之舉，因為……我看到Alice了，她就在紅場上拍廣告，一身潮服，旁邊還立著一個大帥哥，五官精緻得猶如米開朗基羅雕刻刀下的人物。

只見導演一聲令下，她和搭檔接連擺了好幾種不同的姿勢，不僅攝影師拍他們，一旁的遊客也紛紛舉起手機拍照。

我沒忘記自己的誓言（永不見她），正想悄悄走開時，Alice喚住我，並且向我跑來。

"妳怎麼在這裏？是不是歐陽睿讓妳來找我？"她問，一臉欣喜。

歐陽睿讓我來找她？什麼意思？莫非讓我們兩個女人決鬥，他好避開道德譴責？

雖然Alice的口氣平穩，沒有責怪之意，但我卻像刺蝟一樣張牙舞爪。

" 妳和歐陽睿背著我做了不可告人之事，現在卻好像什麼事都
沒發生一樣，可恥不？"

我光顧著洩恨，忘了紅場上最不缺的就是中國遊客，加上我說
的是普通話，無疑火上加油。

" 不可告人之事是什麼事？"

" 歐陽睿是誰？"

" 這兩個哪個是三兒？"

" 拍廣告的那個叫Alice Yan, 穿綠衣的這個不知道，好像也是
滑冰的，看著眼熟。"

……

我閉上眼睛，把自己恨得牙癢癢。

工作人員跑過來將Alice架走，臨走前她那傷心欲絕的一回眸讓
人過眼難忘，切，我倒成了加害者？

想到無法面對正在滑冰場受訓的歐陽睿，我索性繼續放飛，直
到午夜才偷偷摸摸地溜回家。

第五十二章/失約

隔天，我假裝什麼事也沒發生，照樣早早起床準備上早課。

「冰冰，你們教練真盡責，明明是妳的錯，他還陪妳練習到很晚，待會兒把我滷好的雞爪送給他吃。」母親邊說邊遞給我加了茄汁焗豆的烤麵包。

我看了一眼歐陽睿，他低下頭去，很認真地吃著他的早餐。

「媽，教練教我是為了錢，何況俄國人不吃雞爪。」

「不吃？他們不是有一道菜叫雞爪湯嗎？」

俄羅斯的確有這麼一道菜，它是冬季節慶期間的一道必備美食，說是"湯"，其實更像中國的肉凍，從外形上已經看不出是雞爪製品。

「外國人吃東西不喜歡看到原形，好比炸魚，食客看不到魚頭及魚尾，那就更不用說雞爪了，滷好的雞爪在他們看來像猴子的手，想著就噁心。」我解釋。

母親皺起眉頭說這幫老外真奇怪，這麼好吃的東西還嫌噁心，活該他們沒口福！

怕母親接下來要我以其他滷味代替雞爪，我催歐陽睿趕緊出門，免得又挨罵。

"好，等我刷完牙。"他答，然後起身走向衛生間。

* * *

我和師兄往滑冰場的方向走去。

"昨天我去取熱水，回來妳已經不見了。"他說。

"取什麼熱水？"

"聽說喝熱的有助緩解壓力。"

原來這就是他棄我而去的原因。

"滑冰場的熱開水能燙死人。"我仍拉不下臉來。

"我又加了些冷水……昨天妳去哪裏了？"

我告訴他來莫斯科已經一個多月，還未去過任何一處景點，所以上最著名的紅場打卡去了。

"紅場？妳……妳有看到熟識的人嗎？"

他的問話讓我起疑，莫非……

"沒有，沒看到熟識的人。"我答。

"那就好。"他明顯鬆了一口氣，我的心因此沉入谷底。

很明顯，師兄知道Alice到那裏拍廣告，他倆聯繫得可真勤，也許每晚睡前還互道晚安。

歐陽睿不知道我已火冒三丈，仍說著無關緊要的冷知識，譬如紅場的"紅"（Krasnyi）跟顏色或共產主義無關，而是"美麗"的意思。還有，冬宮所在的艾爾米塔甚博物館養了七十幾隻貓，它們都是有護照的官員（御用捕鼠官），日常職責是保護館內的藝術品不被老鼠破壞……

我承認他說的挺有意思，但本人正在氣頭上，怎可能有好臉色？

面對我的冷屁股，師兄越說越沒勁，還好滑冰場在望。

"今天沒遲到，太好了。"他給自己台階下，然後加快前進的腳步。

＊　＊　＊

冷暴力也是暴力，趁著休息時間，歐陽睿問我他做錯什麼了？

"你什麼也沒做錯，算我發神經，可以了吧？"

聽完我的回答，他悶不吭聲地把塑料冰套取下又套上，套上又取下，來來回回折騰。

"別折騰了，馬上又要上課。"我冷漠地說。

他一聽來氣："如果妳生氣我見Alice，大可不必，我和她是兩個世界的人，根本不可能。妳若不信，可以當面問她，她就住在大都會酒店。"

說完，他把冰套取下，滑進冰場，連續做了幾個蹲轉和跳躍，速度之快，像隻騰空而飛的燕子。

三叔：

歐陽睿說他和Alice之間完全不可能，還說我若不信，可以當面向她求證。

天知道我根本不想見Alice，她大概也不願見我，那天我在紅場讓她下不了台，她肯定恨死我了，可是如果不見她，如何證明歐陽睿沒背叛我？我們總不能一直冷戰下去吧？雙人滑最講求默契，連教練都直言我們像一對忘了喝伏特加的夫妻（相信我，正常的俄羅斯成年人每天至少得喝上一杯烈酒，否則人生是黑白的）。

我該怎麼辦？去或者不去？

冰醬

＊　＊　＊

我還沒決定好去不去，歐陽睿忽然改主意要我別去，即使Alice主動邀約也不要去。

「為什麼？」我問。

「因為……我害怕見過面後，妳不再是妳。」

這是什麼跟什麼？他的回答讓我一頭霧水。

趁著師兄明天下午要到裁縫師傅那裏量做表演服，我跟Alice約了見面，原因無他，歐陽睿越要我不去，我偏要去，這個謎團已經困擾我好多天，就讓它在明天做個了結吧！

＊　＊　＊

大都會酒店是老牌的豪華酒店，於1905年開業，是當年沙皇時期貴族們都認可的酒店。它的地理位置很好，就在莫斯科大劇院旁。

我比預定時間還早五分鐘抵達，該酒店的附屬咖啡廳看起來很富麗堂皇。就座後，我把菜單翻了個遍，最後點胡椒薑黃拿鐵喝。

薑黃是盛產於我國南方的一種薑科植物，顏色鮮黃、氣味濃烈，既可入藥，也可用作調味料。近幾年人們把它搗碎後磨成粉末，再調配到各種食物或飲料裏，據說有通經止痛、活血行氣、驅寒消炎等功效，胡椒薑黃拿鐵便是其中的產物，又稱黃金奶。

眼看時間一分一秒地流逝，黃金奶喝完了，Alice還是沒來，我不得不打電話催她。

「對不起，我突然腸胃不舒服，就不下去了，妳點東西吃，算我的，我已經通知咖啡廳把賬記在我的房號上。」

我問她該不會以為我是來蹭吃蹭喝的吧？

「當然不是，對不起，我還沒準備好。」她答。

「還沒準備好？這是什麼意思？……喂……喂喂……」

果然等來的是手機那頭掛機的聲音。

Look！這就是Alice，既傲慢又無禮。我以為經過這麼多年，她會有所改變，沒想到一樣的討人厭！

既然約會的人不來，我伸手要賬單，那個金髮藍眼的女服務員答已有人代付了。

這次我欣然接受，為了赴約，我已花掉**500**盧布的打車費，夠付一杯的咖啡錢了。

第五十三章/三叔

我和歐陽睿照舊在夜裏九點左右進門，喝完母親精心熬煮的大補湯後，各自回房休息。

長夜漫漫，我拿出**DJ-MIX**吞雲吐霧，直到母親敲門抗議，我才不得不掐熄煙屁股。就在煙霧繚繞中，我打開電子郵箱瀏覽，像往常一樣，無非都是一些可有可無的訂閱及廣告郵件。哎！這就是現實，想當年我意氣風發，每天總有報章雜誌爭著通過郵箱聯繫我，"朋友"也多，現在則門庭冷落，除了機器會自動投送郵件外，鮮少有人給我寫信，但我偶爾還是會查看一下（帶著些許僥倖），沒想到今晚真的"中獎"了，還是頭彩，因為消失大半年的三叔終於出現了。

冰醬：

近來可好？聽說妳在莫斯科受訓，望一切順利！

給妳寫信的同時，我正等待登機，目的地聖彼得堡，中轉莫斯科。

如果妳得閒，我們可以在謝列梅捷沃機場的愛爾蘭酒吧喝杯啤酒敘舊，時間：**24**日下午兩點。

. . .

三叔

看完郵件，我的腦子一片空白，三叔跟我聯繫，還約我見面，這是真的嗎？我恨不得插上翅膀飛向他。

我很難告訴你這位人生中的導師是如何影響我，他像一束光，照亮了我的青蔥歲月，如果沒有他，日子會很難捱。

如今這位神聖不可侵犯的人就要站在我面前，我內心的激動可想而知，可是冷靜過後，我⋯⋯竟然退縮了。沒錯，我害怕面對"貨不對板"，聽說網友只能活在虛渺的網絡世界裏，一旦見了面，立馬見光死。如果真是那樣，我該怎麼辦？倒不如不見，不是嗎？

就這麼東想西想，我竟然夜不能寐，直到清晨的陽光灑落進來，我才意識到這位從未謀面的男人竟然讓我如此糾結，我是不是太小題大做了？

* * *

歐陽睿聽說我要和網友見面，很是擔心。

"放心，約的是下午兩點，地點還是人來人往的機場，不會有事的。"我說。

"我看我還是陪妳走一趟，萬一他下藥怎麼辦？"

我噗嗤一笑，說他想太多，機場最不缺攝像頭，再說"戰鬥民族"的稱號不是白得的，誰斗膽在公共場所欺負一個弱女子試試，保管被打得連親媽都認不出。

這次換歐陽睿噗嗤一笑。

"那好，我找個藉口掩護妳，如果一下子消失兩人，教練肯定不信，我剛好留下來當人質，不過妳得保持手機暢通，方便我隨時聯繫。"他叮嚀。

"一言為定。"我答。

* * *

我在**The Irish Pub**點**Oharas**啤酒喝，它是由李子、桃子和香蕉的果香混合傳統啤酒花釀製而成，口感順滑，不過點它不光為了好喝，最重要的是它的酒精含量不高，能確保我的腦子保持清醒狀態。

眼看時間一分一秒的流逝，**Oharas**喝完了，三叔還是沒來，莫非班機延誤了？

我還在懷疑，一封郵件適時來到，是三叔，他說他正在酒吧外。

" 奇怪，既然到了，為什麼不進來？"我邊想邊步出酒吧。

長長的走道盡是行色匆匆的人群，我在找一個三、四十歲的中年人，他可以是大腹便便，也可以是骨瘦嶙峋，但必須仙氣飄飄，最好帶著書卷氣。

我左顧右盼，沒有這麼一個人，除了……

" 妳怎麼在這裏？"我沒好氣地問。

" 莫斯科的廣告拍完了，下一站是聖彼得堡的修道院，我辦好值機，隨便走走就走到這裏來。"**Alice**答。

原來拍廣告去了。

我等她對昨天的失約做有力的說明，但她隻字不提，我也只好假裝不在乎，催她快走，免得誤機。

" 還有兩個多小時，不急，妳怎麼也在這裏？"她問。

我告訴她約了人見面，貌似對方搞錯地點，要不就是機場不止一個愛爾蘭酒吧，看來我得上**Information** 問問……

" 等等，"她喚住我，" 妳約的人很重要嗎？"

三叔？三叔當然重要，他像神一樣的存在，但此事與旁人無關，我要她趕緊離開，別錯過機場的免稅品。

話一說完，我頭也不回地往**Information** 走去，一直走到轉彎處，我才聽到背後傳來一聲：" 冰醬。"

我慢慢轉過頭去，那個一身中性打扮的人離我約二十米，正目不轉睛地看著我。

"三……三叔？"

她點了個頭，頓時風雲變色。

第五十四章/她的告白

我和**Alice**從小競爭到大，競賽場上，我能見她穿色彩繽紛、樣式別緻的緊身連衣裙，但私底下，她把自己打扮得很帥氣，衛衣加錐形束腳工裝褲才是她的最愛。

再看長相，她有明顯的下頜角及鷹勾鼻，勉強可以歸為鯰魚系的高級臉，加上自視甚高、刀子嘴，看久了其實不違合，如果擺在戲劇裏，大概能演個大反派。

綜合以上種種，難道就可以合理化她假扮男人糊弄我的事實嗎？

No way！

"如果妳願意給我時間，我可以解釋。"她說，張揚跋扈的氣焰一下子沒了。

"好，妳倒是給我說說過去幾年妳是如何欺騙及捉弄我的。"

***

歐陽睿打來電話時，**Alice**已經入機場安檢口，她的背影看起來很落寞。

"妳看到三叔了嗎？"他問。

"看到了。"

"他有沒有對妳圖謀不軌？"

"沒有……有……"

"到底有還是沒有？"

我答不知道。

師兄在手機那端關心地問我怎麼了？是不是被欺負了？

我忽然憶起他曾經要我別和**Alice**見面，他肯定知道些什麼。

"我和三叔見面了，三叔就是**Alice**，**Alice**就是三叔。"我說。

歐陽睿沉默了，更作實我的猜測。

"我想冷靜冷靜，今天不去滑冰了，你能幫我請假嗎？"我問。

"好，沒問題。"

掛上手機，我走出機場，一架飛機從頭頂飛過，那麼決絕與義無反顧。

時間回到半小時前，我和**Alice**站在走道上，四周圍是行色匆匆的人群，黑的、白的、黃的、棕的、男的、女的、高的、矮的、胖的、瘦的、長髮的、短髮的……我都不在乎，眼下只關注這個女人，她的嘴巴一張一合，訴說著我未知的過去。

"我們認識很久了，起初我刻意示弱來烘托妳，可惜適得其反，妳的眼光從不曾在我身上逗留，我只好反其道而行，藉著超越妳、激怒妳來引起妳的注意。三叔的事是我不對，但……天呀！我多想知道妳的喜好與愛憎，然後被妳毫無保留地依賴和信任著。我也曾逃避，試著從妳的生活中抽離，不再想妳、不再看妳、拒絕任何有關妳的消息，但往往堅持不了幾天又去查看電子郵箱，如果那天恰好收到妳的來信，哪怕只是隻字片語，也能讓我高興一整天。妳不知道自己的魔力，無時無刻不控制著我的喜怒哀樂，我彷彿為妳而生、因妳而活。也許這種關係可以一直持續下去，如果不是妳告訴三叔，妳和歐陽睿走在一起，並且有了肌膚之親，我不會發狂、忌妒、乃至生不如死。退出世界花樣滑冰大獎賽是逼不得已的決定，我完全沒有心思參加比賽，與其得個壞成績，倒不如藉口舊傷復發，然後遊說贊助商到莫斯科拍廣告，如此一來，我尚有機會親口告訴妳—我愛妳，很久很久了。"

震驚已經不足以形容我當下的心情，我甚至東張西望，想找出隱藏的攝影機，好證明這是惡作劇一場。

"別找了，冰冰，這不是惡作劇。"Alice平靜地說。

我問為什麼是我？

"如果我有答案，就不會痛苦這麼多年。實話告訴妳，我也曾懷疑自己是怪物，所以才會愛上同性，但追根究底，愛人沒有錯，錯在這個世界有太多條條框框的限制。我反正已經說出來，接不接受在妳，妳不用馬上告訴我答案，四天後我會從聖彼得堡飛回溫哥華，中轉莫斯科，二十八號晚上十點，還在愛爾蘭酒吧見面，到時候妳再告訴我，嗯？"

我努力回想，Alice和我之間向來只有競爭，連朋友都說不上，因為她總愛挖苦我、取笑我，做一切讓人討厭的事，如今出現相反的版本，一時真接受不了，何況內心深處我喜歡的是歐陽睿，Alice注定要受傷。

＊＊＊

我特意站在家門口等歐陽睿一起進門，因為我若獨自早歸，母親肯定又要嚴加審問，煩死人了！

"妳回來了，怎麼不進去？"歐陽睿走向我。

"等你。"

"我？我沒什麼好說的，看妳的決定。"

原來他誤會了，以為我等著他表態。

"如果……如果我不排斥呢？"

"那……祝福妳……們。"

師兄的回答讓我詫異，他應該將我拉回，而不是往外推，不是嗎？我開始懷疑他對我是不是認真的。

“ **Alice**約我二十八號晚上十點在機場的愛爾蘭酒吧見面。”我丟給他一枚炸彈。

“妳去嗎？”

“為什麼不？”

他答好，然後轉身進入公寓。

媽的，這“好”是什麼意思？莫非他高興我和**Alice**在一起？

回家後，我沒喝母親遞過來的大補湯，反而把自己鎖進房間內，如果不是火災警報器哇哇作響，我會把這個月儲藏的香煙全抽光！

第五十五章/去不去？

我和師兄又開始冷戰，Александр語重心長地表示如果我們倆再這麼陰陽怪氣下去，三個月後的比賽大概能穩居末位，到時候可別把責任往他身上推。

果然休息時間師兄找我講話。

"能不能別把情緒帶進來？我……我都已經這麼著，妳還想怎樣？"

怎麼著？是'宰相肚裏能撐船'還是'犧牲小我完成大我'？他從來就沒把我放在心上!

"知道了，如果我又擺臭臉，記得提醒我。"

話說得雲淡風輕，我還投幣買了一瓶冷飲請他喝，但我們都心知肚明，橫在彼此之間的鴻溝依舊，我沒跨過去，他也沒跨過來，就這麼僵著。

田芳打來電話時，我正洗完澡準備就寢。

"冰冰，我想妳了。"她說。

"我也想妳，最近好嗎？"

她答不好，翠喜長水痘，還發高燒，石阿姨和徐阿姨怕被傳染，嚇得不敢登門。她已經高二了，回家還得做家務，真是命苦！

我問平先生人呢？

「他很擔心翠喜，每天噓寒問暖，但同時也是甩手掌櫃，碗一隻不洗。說他無所事事也不對，總能見他忙裏忙外，還有講不完的電話。對了，什麼是 **Family Trust?** 我聽到他想設立一個 **Family Trust**。」

我解釋有錢人時興設立**Family Trust**(家庭信託基金），除了避稅功能，也能防止破產後身無分文，因為一旦破產，擺在家庭信託基金裏的錢照樣安然無恙，如果拿來做慈善，還可以面向社會募捐，好處多多。壞處當然也有，取錢比較麻煩，得有個名目。不管如何，平先生能依樣畫葫蘆，代表他不糊塗，至少保障了家人的衣食無憂。

田芳聽完恍然大悟，還笑說如此一來也算隔絕有心人士的算計，畢竟錢不好取⋯⋯

我靈光乍現，石醫生知不知道這個計劃？如果她懷著目的接近平先生，肯定不會同意，這豈不是最好的試金石？

「石醫生知道家庭信託基金一事嗎？」我問。

「我不清楚，但翠喜一生病，她就躲得遠遠的，讓我很不爽。雖然水痘傳染性極強，她沒打疫苗怕感染上，這個可以理解，但⋯⋯有母親會拋下自己的孩子避難去嗎？可見她的愛是有保留的。」

我雖然對石醫生沒好感，但以此道德綁架她也不合適。

「沒血緣關係，愛自然有等差。」我替石醫生說話，「妳提到‘母親’，莫非平家就快有好消息？」

「嗯！我猜快了，石阿姨已經搬到姨父的房間裏。」

我說她倒適應得挺快，幾個月前還“靖宇、靖宇”地喊。

「別取笑我了，妳就沒做過蠢事？我是看石阿姨對這個家還算盡心盡力才退出，否則⋯⋯」

“既然都快成一家人，設立家庭信託基金是大事，總得讓未來的女主人知悉。”

“也許她已經知道了，anyway，等她回來，我會告訴她。”

我們又拉拉雜雜談了些瑣事才互道再見。

掛上手機，我很感慨，平家有了大轉變，我又何嘗不是？幾個月前我還是個為三餐溫飽而努力的小教練，如今又重回競技場上，無端還跑出一個“女”愛慕者，而師兄竟波瀾不驚兼淡然處之，叫我情何以堪？

哎～

* * *

光陰似箭，很快就到了約定的日子。我沒提去不去，師兄也沒問，我們照常到滑冰場練習、練習、再練習，如果不是離開滑冰場時的那場傾盆大雨，這一天跟其他日子沒什麼不同。

“下雨了。”我面對淅瀝瀝的雨中即景說。

“這麼大的雨，飛機應該很難降落。”

“又不是下雪落冰雹，這點兒雨不算什麼。”

“妳還是要去？”

“你不要我去？”

其實師兄若表明了不要我去，我是不會去的，下雨是原因，不想面對Alice也是原因。

“我不……想影響妳，妳自己決定去不去。”

我賭氣地說既然這樣，那我去了，爽約是不禮貌的事。

他再度問我是不是真的想去？我答是。

然後他幫我叫出租車，我連提醒他俄羅斯滴滴比較便宜都沒心思。

“我若上出租車，你怎麼辦？”我問。

" 没事，徒步不過十多分鐘的事，頂多回家再洗個熱水澡。"

然後的然後，他目送我上車，一直到離開大馬路，我還能從後視鏡中看到他的身影，那麼的孤獨與淒涼……

第五十六章/心碎的女人

我在**The Irish Pub**點**Brewmeister snake venom**啤酒喝，它是由煙熏泥煤麥芽、酵母及香檳釀造而成，酒精含量高達**67.5%**，是目前世界上度數最高的啤酒。我點它不光為了獵奇，還為了確保我的腦子能夠保持恍惚狀態，否則沒有勇氣面對即將到來的場面。

眼看時間一分一秒的流逝，**Brewmeister snake venom**喝完了，**Alice**還是没來，莫非班機延誤了？

我還在懷疑，一通電話打來，是……歐陽睿，他說他正在酒吧外。

收起手機，我步出酒吧。

夜深了，長長的走道仍然有行色匆匆的人群，黑的、白的、黃的、棕的、男的、女的、高的、矮的、胖的、瘦的、長髮的、短髮的……我都不在乎，眼下只關注這個男人，他的嘴巴一張一閤，訴說著我未知的過去。

" 那天我本來不想赴約，若不是**Alice**給我發來自殘的照片，我絕對不會過去。與妳想像的不一樣，我們沒有做越軌的事，只是談話。她告訴我愛妳至深，那種苦戀的滋味無時無刻不在折磨著她。我問她想怎樣？她答如果能一拍即合最好；如果不能，退而求其次，她能接受三人行。天呀！她能我不能，看到妳離去，我痛苦得想死掉，在車屁股後面追了好長一段，最後還是叫出租車趕過來，還好⋯⋯冰冰，就讓我自私一次，我們回家，好嗎？"

我走過去摸摸他濕了的頭髮，答："當然好，你全身濕透了，不洗個熱水澡，很容易感冒。"

＊　＊　＊

母親對我們的晚歸毫不起疑，只說教練辛苦，她得做點兒啥的送過去，聊表心意。

她沒注意到歐陽睿是濕的，我是乾的，讓人好不詫異。

半夢半醒間，我聽到"扣、扣、"兩聲，心中已知來者是誰，我起床開門。

"那個⋯⋯妳口渴嗎？"他壓低聲音問。

我望向母親的房門，還好無聲無息。

"我不渴，就是有點兒餓。"我答。

"那⋯⋯我去煮麵。"

"傻瓜！"我笑著拉他進我房間。

＊　＊　＊

上床前Alice曾來電，我沒接；當我和歐陽睿翻雲覆雨時，她又來電，我還是沒接。

"就讓橋歸橋，路歸路吧！"我心想。

直到東方出現魚肚白，我趕緊催身邊的男人回他房裏，免得母親發現後河東獅吼。

"天亮了，"他揉揉惺忪的雙眼，"昨晚妳的手機一直響，害我沒睡好。"

是嗎？我大概睡死了，一點兒感覺也沒有。

268

"會不會是**Alice**打來的？"他加上一句。

我答不回覆也是一種態度，有些話還是不說比較好。

師兄摸摸我的頭，再給我一個吻，無限愛憐。

＊　＊　＊

做完燕式接續步，接下來歐陽睿準備做拋跳的動作，只見他抓住我的腰部使勁往上拋，我在空中旋轉一周半後，完美落冰。

"Bay!Класс! Браво!"Александр鼓掌，並且很難得地說了讚美的話。

以往我們也曾做過此動作，然而不是歐陽睿臂力不夠，害我跌個狗吃屎；就是我的落冰點不對，結束得過於倉促。

這次終於做對了！

我滑向師兄與他擊掌，為第一次的圓滿合作加油打氣，如果不是休息時間自己手滑打開電子郵箱，這一天會元氣滿滿。

冰醬：

班機延誤，直到近午夜才抵達，我趕到酒吧，妳已不在。

後來我打了十幾通電話給妳，妳都沒接，最後一通是歐陽睿接的，他說妳已睡下，就在他身邊，要我別吵醒妳。

這就是妳的決定？看來我要心碎。

別吵我，我睡下了，永遠……

三叔

這是什麼意思？我急得團團轉。

"妳怎麼了？"師兄問。

"我猜**Alice**服安眠藥自殺了。"我答。

269

第五十七章/再見，莫斯科

Alice果然不接聽電話。

按照行程計劃，她要嘛還在飛往溫哥華的飛機上，要嘛已入住莫斯科某酒店。

我們不是警務人員，航空公司或酒店肯定不會透露**Alice**是否登機或者有沒有辦理入住，歐陽睿說現在只有一個法子……

"什麼法子？"我著急問。

"如果她上**Face Book**，也許能夠知道她的去向。"

我說過我和**Alice**幾乎沒有交情，如果不是後來情況丕變，我和她就是死對頭一對，然而師兄不一樣，他和**Alice**不僅是朋友，還是工作夥伴，所以在社交平台上互相關注很正常。

"太好了，"他把手機遞過來，"清晨她曾發過動態，妳看！"

我看到機場的綠草坪，那是由某個窗口往外拍攝的照片，**Alice**還留言：**Goodbye，Moscow.**

"看樣子她入住機場酒店了。"我說。

"既然能看到停機坪，代表在步行距離內，這個好找，但我們要如何說服酒店開門？"

這倒是個問題。

此時技術教練喊我們練習，口氣很粗魯，我靈光一閃，有了！

*　*　*

我不知道別人的教練是不是都大嗓門兼脾氣暴躁，反正我們的三個教練都一個樣，好像全世界都虧欠他們似的。

此時**Иван**正對著手機大喊大叫，這已是第三通，他佯稱自己是**Alice Yan**的滑冰教練，今早她預約了上課，到現在還不見人影，搞什麼？

發完火，**Иван**捂住手機向我們解釋接線生要他等。

這一等老長，害我們的教練連爆粗口，都跟生殖器有關，搞得我很不舒服，雖然他生氣的對像不是我。

大概有一個世紀那麼長，**Иван**才停止咆哮，幾句對話下來，他闔上手機（沒錯，他還使用老款的翻蓋手機），宣佈我們的朋友已經陷入昏迷，現在正送往國立謝切諾夫大學附屬醫院搶救。

"Jesus, we've to hurry."我喊，急得跳腳。

那個看似火爆的教練此時化身爲小天使，主動提出要載我們一程。

" Спасибо."我和歐陽睿異口同聲地說。

*　*　*

Alice還在搶救室內，我什麼也幫不了，唯一能做的是懇求醫院保密，因為廣告代言人有義務在大眾面前維持正面形象。

" 如果……是不是就不會走到這一步？"我問，心亂如麻。

歐陽睿要我別作繭自縛，如果真要找替罪羊，他豈不是更有資格？再說世上沒有後悔藥吃，我們只能走一步算一步。

還好**Alice**最終脫離險境並且留在觀察室裏接受觀察，我通過玻璃窗向她招手。

“她一定恨死我了。”我喃喃道。

Alice的床位面向玻璃窗，左手正在輸液，但這不妨礙她揮動一下右手，可惜我熱臉貼冷屁股，得不到丁點兒回應。

師兄安慰我：“她剛從鬼門關回來，心情肯定受影響，妳別往心裏去。”

哎！我哪有資格抱怨？若不是我，她也不會想不開。

“走吧！”他拍拍我肩膀，“留在這裏也無濟於事。”

我再度望向Alice，她正和護士說話，彷彿對觀察室外的一切不感興趣。

* * *

Александр問我Alice Yan有沒有脫離險境？想來技術教練已經召告天下。

我答還好無大礙，這就是龍舌蘭加感冒藥的下場，提醒我一定得用開水服藥。

Александр完全同意，他說烈酒加藥物無異自殺，俄羅斯光今年就死了三個……

我很高興把“自殺醜聞”轉移成“無心之過”，畢竟滑冰的圈子小，流言傳來傳去，難保不上報，到時遭殃的不止Alice，尚包括我和歐陽睿，不得不防。

* * *

母親聽說Alice服藥不慎，差點兒丟了性命，很是驚訝！

“感冒還喝酒？現在的孩子都這麼任性嗎？她父母不擔心死了？”

聽母親這麼一提，我才想起還沒通知嚴家，趕緊找師兄代勞。

“我已經通知了，不出意外，應該明晚到。”他答。

想到那對精英父母，他們大概接受不了百裏挑一的女兒會自殺，甚至……有同性戀傾向。

272

“我看我還是消失算了，省得她父母看著心煩。”我洩氣地說。

“妳若不願面對長輩，這個可以理解，但**Alice**還是要面對，把話講清楚總比捂著好。這樣吧！明天中午我陪妳走一趟。”

我考慮了一下，接受他的提議。

第五十八章/行乞者

Alice和歐陽睿很開心地敍舊，彷彿有說不完的話，把我晾在一旁。

"也許妳有話跟冰冰說，我出去一下。"師兄見情況不對，主動讓出時間和空間。

此時**Alice**終於把眼光放在我身上，目不轉睛的。

"妳好嗎？**Alice**。"我說。

"妳是誰？"她問，帶著些許迷惑。

這……這演的是哪一齣？

歐陽睿隨即把過錯攬在身上，說他還是趕緊走，免得我們不好談話。

"不，你別走，我跟陌生人沒什麼好說的。"

剛開始，我和師兄以為她無法面對自己一時衝動所犯下的錯誤，於是佯裝失憶，但幾番對話下來，我們發現她真的失憶了，而且是"選擇性"失憶，譬如她不認識我，也記不起來自己為什麼來醫院，但她卻認識歐陽睿，也知道自己的家庭住址及手機號碼，甚至幾天前在聖彼得堡修道院拍過的廣告也記得清清楚楚。

歐陽睿找來觀察室醫生，觀察室醫生又找來精神科醫生，兩人輪番和Alice交談，初步得出PTSD的結論。

PTSD翻譯成中文就是"創傷後應激障礙"，具體指個體在經歷創傷後所導致的精神障礙，臨床表現之一便是長期或持續性地迴避與創傷經歷有關的事件或情境，甚至出現"選擇性"遺忘。

知道Alice患病，我五味雜陳，這是好還是壞？

由於醫生表示要做進一步確認，我和歐陽睿被請出觀察室。

" 你說……這是真的嗎？"我仍不敢相信。

" 妳就把它當真吧！這個結局還不壞，不是嗎？"

是呀！Alice認不出我來，連帶把痛苦的記憶也遺忘了，這對她、對我、對任何人都沒有壞處。

" 就這樣？事情結束了？"我喃喃道。

" 就這樣，事情結束了。"他對我微笑。

為了慶祝少了一個棘手問題，我們決定吃點兒特別的，那麼吃什麼好呢？

" Tripadvisor上說附近有家蘭州拉麵店。"歐陽睿上網查看後說。

我無異議。

這家的麵條嚼勁不夠、肉很少，但湯還算鮮美，附贈的拍黃瓜和茶葉蛋也挺入味的，整體我打八十分。

" 妳說我們帶點兒醬牛肉回去，教練會不會從此對我們另眼相待？"歐陽睿問。

" 也許吧！不過以俄羅斯人大口吃肉的胃口，幾片醬牛肉恐怕不夠塞牙縫。"

" 妳說得對，還是炒麵比較實惠。"

結果我們帶回去的鐵板炒麵做了很好的公關，看三位教練吃得眉開眼笑，我們心裏也歡喜。

* * *

歐陽睿說**Alice**已經跟隨父母回到溫哥華，雖然錯過了年底的比賽，但她仍每天上滑冰場報到，目標是來年在北京舉辦的四大洲花樣滑冰錦標賽。

一切又歸於平淡。

然而沒過幾天，一通電話打破了寧靜。

"冰冰，我和**Daniel**打算到莫斯科玩幾天，方不方便住妳家？"

Daniel是梅莉的男友，梅莉又是我的閨蜜、髮小兼曾經的室友，按理說我應該敞開雙手歡迎，但……

"我們現在租的是小三居，客廳也小，恐怕不方便。"我答。

"這簡單，讓歐陽睿跟妳擠一間，房間就多出來了。"

我告訴她如果師兄和我睡，半夜我媽會提刀把我倆都碎屍萬段。

梅莉咯咯咯地笑，像隻母雞似的。

"對了，世界這麼大，你倆怎麼就選莫斯科旅遊？"我問。

"想妳了唄！可惜不能住妳家。哎！如此一來，預算又多出好多，希望在簽證到期前不會淪為乞丐。"

長久以來，流浪漢和乞討者一直是俄帝國的一塊"心病"。早在**1682**年，沙皇費德羅‧阿列克謝耶維奇就曾下令"清除"，然而三百多年過去了，乞丐大軍從未真正消失過，他們多集中在交通要道上，成了一道突兀的風景。

知道梅莉不排斥跨海當乞丐，我呵呵呵地笑，順便推薦他們到**Rizhsky**火車站行乞，那裏規模小（只有開往里加和拉脫維亞的列車），連帶"競爭"也少。

"聽妳的，我若走投無路，肯定到那裏行乞。"

"話說回來，雖然不能住在同一個屋簷下，但我會盡地主之誼，到時請妳吃俄羅斯餃子及大列巴。"

"好咧！一言為定。"她答。

自從立下約定，我便等著梅莉的電話，但一天過去了、兩天過去了、一個禮拜過去了、半個月過去了......她還是沒打來。我以為她改變行程，加上自己忙，很快便忘了此事，直到梅媽媽打電話來，我才知道出大事了。

"冰冰呀！阿拉囡囡起阿里德，儂曉得伐？"梅媽媽問，很是著急。

原來梅莉好幾天聯繫不上，梅媽媽到她的出租屋查看，才知道她搬走了。

"半個月前梅莉曾提到要和......一個朋友來莫斯科玩兩天，後來就沒再聯繫，我以為她改主意了。"

"是不是**Daniel?** 這個小赤佬！尹那呢伐起西？"梅媽媽憤而咀咒。

雖然我的上海話連初級都談不上，但在梅媽媽一著急就只會說上海話的控訴下，我還是了解了大概。

"滑冰教練的收入本來就不高，能保證個人溫飽就已經很不錯，妳的那些高標準，**Daniel**就算做死也達不到。"我答。

梅媽媽說連房子都買不起，還想白得一個上海小姑娘，沒門！

我衝口而出："現在梅莉跟小赤佬跑了，到底誰贏？"

此話一出，梅媽媽呼天搶地，我才知道踩了地雷，趕緊道歉，又承諾如果梅莉聯繫我，我會趕她回家。

"還是冰冰好咯，謝謝儂！"

掛上手機，我的耳朵還轟隆隆作響。

同樣同仇敵愾的尚包括我媽，她一聽說梅莉跟個白人跑了，警告我別有樣學樣，否則天涯海角也要把我找出來吊打。

"知道啦！我又不是梅莉，就算走投無路，也不會......"

天哪！她該不會真的跑去行乞了吧？！

"媽，我出門一趟。"

“好不容易休息半天，妳就不能陪我講講話？”母親抱怨。

“這個歐陽睿可以代勞，”我特意望了坐在客廳裏的他一眼，“今晚就別煮了，我到中餐館買外賣回家。”

說完，我推門而出。

第五十九章／驕傲的孔雀

與他國不同，俄羅斯的行乞者乾淨、體面許多，原因在於"戰鬥民族"也好面子，同時那些人當中有部份原本有份正經工作，只是出於某種原因離職或退休，而失業救助及退休金遠遠不夠正常開銷，迫使他們上街乞討（換言之，他們是業餘的，所以傲氣尚存）。

拿莫斯科而言，以前的乞丐也有好時光，月收入能達到五萬盧布，相當於地鐵司機的收入，但現在困難多了，畢竟俄羅斯的經濟不景氣已經持續很久很久。

我來到**Rizhsky**火車站，這裏的乞丐不多，大概火車班次少，乘客也少之故。轉了兩圈，我没找到人，遂往臨近的地鐵站走去，就在長長的地下通道，我發現兩個既不乾淨也不體面的人，女的頭髮亂糟糟，男的滿臉鬍髭，他們席地而坐，身旁有兩個大行李箱。

與其他行乞者不同，這兩人還把行乞理由給交待了，就寫在撿來的紙板上。我快速瀏覽一遍，重點有兩個，一個是初到貴寶地缺盤纏，有錢捧個錢場；另一個是情感告白，請感同深受的人資助他們偉大的愛情。

" It's Moscow, not Mosco. You spell it wrong."我指出大字報上的錯字。

Daniel瞪我一眼，又去玩手機遊戲，倒是梅莉很興奮，跳起來和我轉圈圈。

"怎麼來了？也不通知我一聲。"她說。

"怎麼通知？妳的手機關了。"

"哎呀！瞧我這記性，"她看了一眼坐在地上的情郎，"因為怕父母打來，又怕找妳剛好被逮個正著，我索性關機了。實話告訴妳，我和Daniel已經流浪街頭好多天，其間也曾被警察趕了幾次，後來想到妳推薦的行乞處，就過來了。"

我問生意如何？她答時好時壞，好的時候可以住一晚Youth Hostel，壞的時候只夠買兩個路邊的土豆餡餅。

"起來吧！我請你們吃好吃的。"

一聽有吃的，一直臭著臉的Daniel也有好臉色，只是進中餐廳時，老闆可不開心了，因為那兩個流浪漢兼行乞者的體臭味可以殺死數萬個細胞。

為了降老闆的火氣，我點了大號麻辣香鍋，又外帶了不少東西，他才稍微和顏悅色。

看梅莉和Daniel狼吞虎嚥的樣子，我感慨萬千，錢不是萬能，但沒錢可是萬萬不能呀！

＊ ＊ ＊

我把那兩人帶回家，母親愣了一下才驚叫出聲："這不是梅莉嗎？怎麼落魄成這樣？妳父母不心疼死了？"

梅莉聽完畏畏縮縮的，像隻夾尾巴狗。

歐陽睿把我拉至角落，責問我為什麼要把人帶回家？莫斯科的便宜酒店多的是。

老實說，我本來也想這麼幹，但再一想，如果那兩人變得乾淨體面了，母親就沒底氣數落。

果然為了讓"洗腦"效果更加顯著，母親讓歐陽睿將Daniel帶走，單獨留下梅莉，並且勒令她洗澡。

280

洗過澡的梅莉神清氣爽多了，母親也終於能坐下來和她長談。

"妳父母把妳拉扯大容易嗎……那男的要長相没長相，一看就是個没擔當的人……結婚是二次投胎，找個好男人嫁了比什麼都重要……"

我有個錯覺，以為母親正在向我耳提面命。

師兄回來後，發現我媽還在上課，很是詫異。

"哎！魔音傳腦也不過爾爾。"我哀嘆，"對了，**Daniel**可有反抗情緒？"

"什麼反抗情緒？這跟他的輕鬆之旅完全背道而馳，如果現在給他一張返程機票，我猜想他會二話不說直奔機場。"

該怎麼說呢？是"貧賤夫妻百事哀"，還是"夫妻本是同林鳥，大難臨頭各自飛"？

我望向梅莉，她一副小媳婦兒的模樣，尚不知愛人已有二心。

隔天，母親親自押著梅莉上機場，目睹她拿著飛往溫哥華的機票入安檢口才打道回府。至於**Daniel**，他白住兩天酒店又得了張返程機票，目的地：多倫多。

"妳看，這就是人性，如果梅莉有錢，**Daniel**會放手放得那麼乾脆嗎？這樣也好，讓那個傻女孩長記性！"母親對我說。

想當初母親不富裕，父親也没錢，不也胼手胝足到現在，怎麼換個人和時代背景就不同了？

"也許妳可以試探一下歐陽睿，看他是不是也如此現實。"我酸溜溜地建議。

"妳以為我没有？昨天妳一走開，我不僅把他的家底全摸清，同時也坦白告知我們的家境。這孩子不錯，没有打退堂鼓，還對未來做了計劃。哎！原以為妳若成名，可以風風光光地嫁入富豪家，看來這個希望很渺茫，如果……你們兩人好好的，我和妳爸也算了卻一椿心事。"

没料到我的"缺席"換來我媽和歐陽睿的大和解，這實在是太……太神奇了。

我把我媽的意思原原本本轉告師兄，他樂呵呵地說：" If it's a rose, it'll bloom sooner or later." （翻譯成中文就是金子總會發光）

我笑他驕傲得像隻孔雀（as proud as a peacock），他不以為忤，反而說形容得很貼切。

第六十章/暗箭難防

雙人滑和單人滑同樣分為短節目及自由滑，短節目包括8個規定動作，得分佔總分的三分之一，時間為2分30秒；自由滑的時間長度在4分30秒，動作難度也加大。

之前的練習只是針對一些指定動作，並沒有完整的一個**Program**出來，眼看比賽只剩兩個多月，是該進入倒計時的時候。

和編舞教練討論的結果是短節目選用俄羅斯民歌《卡林卡》當背景音樂；自由滑則是維瓦爾第的《四季》及《羅密歐與朱麗葉》古典吉他的混合音樂。前者時而歡快熱情，時而柔和細膩；後者則偏深沉且帶些許憂傷。

選好音樂，在**Александр**的巧思妙想下，一個個故事便呈現出來，讓人不禁讚歎他的編舞能力。

這一天上完課，我還沉浸在方才的冰舞激情中，田芳打電話給我，口氣很急躁。

" 姨父住院了。"她說。

我心跳加速，問平先生是不是"又"自殺了？

" 不是，他……他被打了，被……石醫生打。"

田芳本來已改口喊石阿姨，現在又成了石醫生，這當中一定有
故事，我要她冷靜下來，把話從頭說起。

原來當患上水痘的翠喜康復後，石醫生也回到平家，如果不是
意外得知平先生把動產及不動產全送進家庭信託基金且沒把她
列入受託人（代表平家財產與她無半毛錢關係），她也許還會
是那個平易近人的石阿姨。

"就算竹籃子打水一場空，也不用動手打人呀！"我說。

"妳有所不知，爭吵過程中，她聽說姨父的家庭信託基金裏有
個項目用來資助妳的滑冰事業直至冬奧會結束，不知爲什麼，
這成了壓倒駱駝的最後一根稻草。現在我姨父的臉破相，還差
點兒失明，把我和翠喜嚇得不輕，加拿大兒童保護機構**CAS**也
已經介入，我是在區辦公室給妳打的電話。"

知道平先生不僅贊助我們年底的比賽，連兩年後的冬奧會也包
了，我感動得無以復加。

都說"受人點滴當湧泉相報"，我問能幫上什麼忙？

"如果二姨父能把我和翠喜接走最好，我們不想住在收容中
心。"她答。

想起田芳曾提到因遺產分配不均問題，平家人已基本不往來，
這大概是她不好開口的原因。

"沒問題，妳把聯繫電話發過來，我待會兒打。對了，石醫
生怎麼樣了？"

"不知道，好像……不見了，警察也在找她，我怕……她會跑
去找妳。"

"找我？這關我什麼事？"

"石醫生曾不止一次提到妳的出現是她災難的開始，我怕發瘋
的人會找替罪羊發洩。"

我的心喀噔了一下，沒錯，石醫生也曾對我說因我的出現，平
先生變了，這讓她痛苦萬分。

"不會的，溫哥華和莫斯科相隔那麼遠，加上莫斯科又是個大
城市，她沒那麼好運找到我。"

話可以說得雲淡風輕，但不表示我真的淡定，瘋子還有什麼做不出來的？搞不好人已經在路上。

掛上手機，我馬上根據田芳發過來的號碼打電話給平先生的弟弟，他一聽說自己的哥哥有麻煩，承諾會出手相助。

"看來田芳想多了，她以為你會有心結，所以遲遲不敢打電話給你。"我說。

"不是她想多了，如果我哥還死守著錢，不管我死活，我恐怕沒那麼大度。既然上個月他把該得的部份給到了，我不介意也釋放善意。"

原來如此，這大概就是所謂的"退一步海闊天空"吧！

* * *

我和師兄仍爭分奪秒地練習，從一開始的青澀到現如今的駕輕就熟，背後是無數的汗水、淚水甚至血水造就而成（師兄曾因臂力不夠，把我摔得頭破血流）。

一分耕耘一分收穫，眼看苦盡甘來，我們終於也有"不會墊底"的把握。

"冰冰，妳怎麼了？"歐陽睿問。

表面上我心若冰清、波瀾不驚，但內心卻時刻提高警覺，彷彿有什麼不確定的東西在枱面下洶湧澎湃著，沒想到我的"假面"還是被他一眼看穿。

"沒什麼，只是有點兒害怕。"

"別擔心，保持平常心即可。"

師兄以為我擔心比賽結果，殊不知還有比那個更恐怖的，等他知道後，話都說不利索。

"咳、咳、也………也許我們該僱個保鏢。"

"僱什麼保鏢？明箭易躲，暗箭難防。"

夜裏近九點，像往常一樣，我們正走路回家。路上行人雖不多，車子也少，但因身邊有個男人，我多少不那麼膽怯。

也許因為談到石醫生這枚隱形炸彈，我和師兄下意識左右查
看，這一看不得了。

"冰冰，那個人妳可認識？"

"不確定，可能……不認識。"

我們談論的是一個站在公交站牌下的人，她穿著穆斯林的黑色
布卡罩袍，只露出兩隻眼睛，正目不轉睛地直視我倆。

為了安全起見，歐陽睿拉我過馬路。沒多久，一輛公交車駛
過，直至親眼目睹那身黑袍上了車，我才算真正鬆一口氣。

"真是的，簡直成了驚弓之……

話還沒說完，我的右腿一陣劇痛，師兄飛撲過來，眼前盡是打
鬥場面，一個男人與一個女人。

第六十一章/未解之謎（完結篇）

"Help……Somebody ……"我躺在地上大喊。

路上的車子雖不多，但戰鬥民族是出了名的見義勇為，我的呼救聲成功引來一輛車。車上的男人一下車便直撲歐陽睿，若不是我聲嘶力竭地糾正他打錯人了，師兄恐怕會被打成肉泥。

當兩個男人糾纏在一起時，石醫生本來可以趁機逃跑，如果不是踅回來想再捅我一刀，她不會被師兄逮個正著。

"What's going on?"那個俄羅斯男人問。

"It's hard to explain."歐陽睿答。

這麼狗血的劇情，的確難以解釋呀！

* * *

我的腿部刀傷長達12厘米，還好深度不深。醫生說如果沒感染，一個禮拜後應該可以行走。

不，我要的不止是行走，而是追、趕、跑、跳、蹦、旋轉……做一切滑冰選手能做的動作。

醫生無奈表示我應該感到慶幸，没像花樣滑冰名將**Denis**一樣，因被兩名歹徒用刀刺傷右大腿，最終失血過多身亡。

是的，我應該感謝石醫生當時拿的是水果刀，而非冷鋼刀或西瓜刀，同時使力方向不對，没有切斷動脈和肌腱，否則這輩子我恐怕連走路都困難。

送走醫生，母親哭成淚人，她埋怨歐陽睿没保護好我，都傷成這樣，還怎麼比賽？

"媽，妳可以怨天怨地，但不能把過錯推給無辜的人。師兄為了救我和人打架了，妳還想怎樣？"我咆哮。

眼看唇槍舌戰即將展開，歐陽睿介入，他要我們母女倆都冷靜冷靜，他先去前台付醫藥費，再叫車回家，夜深了，我們三人都需要休息。

＊　＊　＊

隔天我接到田芳的電話，她問我傷勢如何？

我反問她是怎麼知道的？她答昨晚晚間新聞時段插入了突發事件，因為時差問題，她不好意思吵醒我，所以遲至現在才問候。

"哎！"我嘆氣，"醫生說一個星期後我應該能走路，至於能不能參加比賽……那不好說。"

"還比？姨父說只要人好好的就好，下次再比也一樣，他照樣資助妳。"

平先生自己也受傷了，卻還關心著我，讓我很感動。

問候完彼此的家人，田芳說她得上學去了，於是我們互道珍重。

我一掛機，手機又響。

"妳没事吧？"梅莉問。

"命保住了，腿一個禮拜不能走路。"

"歐陽睿呢？"

"打了一架，臉和手都掛了彩，其他還好。"

梅莉說我們怎麼這麼背？比賽就差臨門一腳。

我答不一定，不到最後關頭，鹿死誰手尚未知。

"你們該不會還參加比賽吧？"她問。

"我也不清楚，但歐陽睿照常去滑冰場練習，他說但凡有一點點兒的希望，他不會放棄，即使成績墊底，他也要努力縮短與倒數第二名的差距。"

梅莉說這就是體育精神，她祝我的腿傷能早點兒好起來，同時也祝我們打敗倒數第二名（這個祝福聽起來怪怪的）。

就在笑聲中，我掛了電話。

第三通是石醫生打來的，別誤會，是**Frank Shi**，不是**Jessica Shi.**

"我替家姐向妳道歉。"他說。

"不必，又不是你的錯。"

"那麼，能不能……能不能……"

我坦白告訴他—我不是聖人，所以別期待我會向法官求情。

"對不起，是我要求太多，請原諒。希望妳早日康復，再見！"

我以為還會有第四通電話，可惜沒有，看來我和歐陽睿已是過氣明星，連報章雜誌也對我們不感興趣了。

＊ ＊ ＊

母親不知從哪裏抓來中藥，說專治刀傷出血，還能活絡筋骨。我本來不想喝"墨汁"，但看師兄每天早出晚歸，他都這麼拼，我怎能扯後腿？於是捏緊鼻子把那一碗碗的苦藥全喝下肚。

也許是中藥起了療效，也或許是運氣好，一個禮拜後我不僅能走，還能做簡單的跳躍動作，等下個月一到，我基本已恢復原來的狀態，此時也快到比賽的日子。

世界花樣滑冰大獎賽由六站分站賽和一站總決賽組成，根據抽籤結果，我們參加的是第二站（加拿大站）和第六站（日本站）的爭奪。

"緊不緊張？"師兄問我，此時我們正在基洛納體育館的選手準備區內等待叫號。

"還好。"

"我去喝個水，妳要嗎？"

"不要。"

師兄走開後，我的手機傳來新郵件的提示音，我順手點開。

冰醬：

祝比賽一切順利！

三叔

我一時五味雜陳，Alice恢復記憶了？還是她從未失憶過？這個答案恐怕得由她親自解開。

"冰冰，換我們上場了。"師兄向我招手。

"Coming."收起手機，我堅定地走向他。

《完結》

【看不夠嗎？B杜的《早安，歐巴》正等著您，以下是前三章，先睹為快。】

《早安，歐巴》

第一章/我叫金圓圓

我叫金圓圓，金圓圓就是我，認識我的人通常喊我"包子"，這還算符合實情（後面會解釋），聽起來也不那麼逆耳，畢竟這世上還有"小"包子的存在，但其他綽號諸如肥圓、月半、豬頭、肉墩、卡門、五花肉……這也太不友善了。表面上我樂呵呵地一笑而過，背地裏則偷偷飲泣，我才十七歲，也會幻想和做夢，但現實總以痛吻我，在無數次的減肥失敗後，我進行報復式的自棄（吃得更多），反反覆覆的結果，我成了**190**斤的大胖子。

藝術家安迪 沃霍爾曾說過每個人都能成名**15**分鐘，顯然這句話不適用在我身上，因為我成為學校的風雲人物由來已久，早超過**15**分鐘。本來聚光燈有望在暑假過後轉移，因為高一新生中有一位學妹比我還胖（這讓我稍感欣慰），無奈班上來了一位轉學生，還是中韓混血兒，臉蛋漂亮不說，身材還火辣，雖然被包裹在保守的校服裏，但那呼之欲出的一對半月球還是不免讓人想入非非。

有了西施，怎麼可以少了東施當陪襯？於是我又成名了，雖然這不是我想要的。

"圓圓，吃完早餐給賣菜大嬸兒送幾個包子去。"母親對我說。

"又送？怎麼自己不過來拿？"

"她忙嘛！妳反正要上學。"

我家開的"圓圓包子舖"就在農貿市場旁，不僅大媽大叔買完菜會捎上幾個，連進駐的商家也會光顧。客人紛至沓來本是好事，但我極不願意當外送員，因為這位賣菜大嬸總喜歡揶揄我，還說我若找不到老公，配她兒子正好。

呸！她兒子長得尖嘴猴腮，個子也不高，成天還遊手好閒，我就算單身一輩子也不會嫁給這種人。

於是我磨磨蹭蹭，直到上課快遲到才心不甘情不願地拿上包子走出家門。

"圓圓呀！妳好像又胖了，胖了好，有福氣！"賣菜大嬸看到我很高興，把眼睛笑成彎月型。

"沒胖，我還減了兩斤。"

語罷，一個比我矮半個頭的男子噗嗤一笑，我問他笑什麼？

"瘦死的駱駝比馬大，妳就是那隻駱駝。"

"干你何事？"我瞪他一眼，"胖還能減，矮就沒輒了。"

他憤而責問他媽："這就是妳的兒媳婦人選？**Oh my God**！不說還以為懷孕兩三個月了。"

四體不勤加上一天吃足五餐，我的小腹自帶游泳圈是不爭的事實，但說我懷孕實在侮辱人，我還是待字閨中的黃花大閨女呢！

"道不同不相為謀，讓一讓，我上學去了。"

說完，我從狹窄的走道硬擠出去，那個矮個子男人還因此差點兒跌了個狗吃屎。

有人曾經問我是怎麼把自己吃成一粒球？話說我也瘦過，和大部份的同齡女孩相差不大，如果不是因為人生的第一片披薩太過美味（到現在它仍是我最鍾愛的食物之一），我不會放縱口慾，並且一發不可收拾。

既然話都說到這裏，我索性公開自己的飲食"日"記（畢竟話說到一半挺難受的）。

一天的揭幕往往從包子開始，我家開包子舖，佔盡天時地利人和之優勢，我能在十分鐘之內消滅一整籠二十來個包子。即使不吃包子，四周圍也有很多早餐店，舉凡麵包、粥、餅、油條、雞蛋、麻團……你想得到的我都吃過，搭配豆漿、米漿、牛奶、果汁等，讓我一天的開始充滿活力。

可惜我的活力在中午到來前便會消耗殆盡，所以我還得在課間休息時間補充能量，可能是幾包餅乾或薯片，至於最愛的午餐時間，只要鐘聲一響，我立馬奔向學校大門，因為母親已經在那裏等候。

"圓圓，有沒有好好學習？快高考了，吧吧拉、吧吧拉……今天給妳準備**XX**，別吃太多。"母親三申五令完，交給我一個布袋，沉甸甸的。

這個**XX**是代入式，可能是紅燒牛肉，也可能是燉豬蹄，不管是什麼，絕對不會只有一種。

我高興地提著布袋回教室，然後把母親的愛心攤在桌上，接受同學們的讚美或……取笑。

母親要我別吃太多，但米飯就裝了兩盒，菜有五、六樣，加上飯後水果，我怎能不胖？

下午的活動比較難捱，因為有體育課，老師還特別喜歡虐待人，動不動就跑操場，為了彌補失去的體力和水分，我不得不到小賣部買幾瓶汽水和零食，畢竟離放學時間還有一段距離。

等五點半的鐘聲一響，我一馬當先衝出去，校門外的流動攤販已經開始營業，他們都是底層的勞動人民，如果不光顧，會有罪惡感，所以我責無旁貸地買個烤冷麵或炸糕吃，聊表心意。

到了晚餐時間，母親照舊要我別吃太多，但爺爺奶奶的盛情難卻，我把他們夾給我的飯菜通通吃光光，換來他們滿意的笑容。

好不容易熬到十點，我收拾好課本準備睡覺。專家說上床前喝杯牛奶有助睡眠，我是好孩子，除了牛奶，還會搭配幾片餅乾，讓一天圓滿結束。

看！我吃的真的不多（有些還是被迫吃下），會過重真是太奇怪了，看來我是屬於"喝水也會胖"的體質，怨不得人！

* * *

北方有佳人，絕世而獨立。

一顧傾人城，再顧傾人國。

寧不知傾城與傾國？

佳人難再得。

不知漢代李延年在創作這首《佳人曲》時心中是否有原型，我反正覺得挺像班上的轉學生，同樣美得傾城傾國，而且名字還對上了。

" 我叫金佳人，**Kim Ga In**，父親是韓國人，母親是中國人，就這樣。"

她的自我介紹非常簡短，正因如此，予人想像的空間就非常巨大，各種奇葩都有，最新版本是她的父親在威海市中心開了一家整型醫院，年收入好幾千萬。

這種說法實在太太太……不靠譜了，年收入好幾千萬的家庭會把女兒送進菜場高中？

在美女面前，我自然相形見絀，而且為了避免畫面不協調，我刻意與她保持距離，所以開學儘管已經一個多月，我還沒和她講過話，但這不表示我沒關注她，事實上，我可能是最關心她的人，她的一顰一笑深刻在我腦海裏，大到髮型，小到表情控制，我照單全收，而且不由自主地模仿她，彷彿這樣就能離幸福近一些（對我而言，變美等於達到人生巔峰，沒有什麼比這個更美好的了）。

我是在一個星期日的早上第一次和女神說上話，本來被母親喚醒多少帶著起床氣，一見到佳人，氣沒了，我反倒有躲起來的衝動。

" 芸豆包子裏有什麼？"她問。

"有芸豆，還有⋯⋯豬五花。"

"那麼一個芸豆、一個羊肉、一個海菜、一個醬肉。"

我笨手笨腳地把她要的包子夾進塑料袋裏。

"怎麼有五個？"

"現在買四送一。"

她給我六元，轉身走了。

其實哪有什麼"買四送一"活動？我不過是想讓她開心，連包子個頭我都挑大的。

自從那次"世紀會談"後，她常上我家買包子，如果我在，她總能多得一個，我若不在，肯定沒這個優惠，我猜想她也留意到了，因為她開始對我發出善意的訊號（譬如微笑或道早安），但也僅此而已。

美女的高傲及惜字如金挑起我的好奇心，她為什麼總是鬱鬱寡歡？是不是有什麼秘密？

日積月累的結果，我越發焦躁，因為她是另一個我（我想活成她的樣子），既然如此，我又豈能坐視自己深陷泥潭中？於是在一個週末的早上，當她買完包子後，我像個偵探似地尾隨其後。

第二章／神秘的班花

金佳人的反偵查能力很強，好幾次我差點兒跟丟，還好我手腳快，不一會兒工夫又跟上，繼續和她保持約五十米的間隔，這個距離不長不短，方便我研究她的背影。

今天是週末，不用穿校服，我們的班花一如既往地穿上她的白襯衫，底下則是藍色牛仔短褲加黑色板鞋。我發現白襯衫是她的最愛，其他可以是任何組合，正因如此，我有樣學樣地買了好幾件白襯衫，有緊身的，也有寬鬆的；有絲質面料的，也有百分百全棉的，但怎麼穿都没人家好看，那種瀟灑自在的樣子，我怎麼也學不來。

回到現實，我正鬼鬼祟祟地跟踪人，但越走越納悶，她怎麼往東去？

我家住在威海高區，距市區三公里，風景秀麗，有個農貿市場，購物還算方便，就是海風比較大，學校也不咋地，但金佳人没往別墅區走（有錢人時興在海邊買個別墅，但空置的時間居多），反而走向文化中路的小商品市場，光走路就走了近一個小時，現在我知道她的好身材是怎麼來的了。

左拐右繞後，我終於跟隨班花來到一個約十平米左右的舖子。她進去後，一個臉面浮腫、頭髮稀疏的女人走了出來，手裏拿著一袋包子，我家的，塑料袋上有紅色字體—圓圓包子舖。

"歡迎！"那女人看見我，立刻點頭示好，並且做了個"請進"的動作。

這下子我騎虎難下，只好硬著頭皮走進去。

"Hi."我尷尬地和裏面的女子打招呼。

"妳跟踪我？"她面帶不豫。

"不是……是……"我很窘迫，"對不起，我回去了。"

她喚住我，然後拿出一件格子衫讓我試試，可惜再怎麼用力，鈕子還是扣不上。

"韓版的偏小號，我以為這個可以。"她惋惜地說。

"沒關係，我都上大碼店買，那裏的號全。"

我的同學不甘心，蹲下去往紙箱裏掏啊掏，掏出一條銀色腰帶，上面的假鑽很閃亮。

"妳若喜歡，我可以幫忙打孔。"她說。

我把腰帶往腰上一繫，還好，尚有四指寬的額外長度。

"這個我喜歡。"我答。

於是金佳人坐下來，拿出打孔器和錘子，三兩下就打孔完畢。

我問她多少錢，她答母親多吃了我家的包子，免了，算是兩清。

"那位就是妳母親？"我轉頭看坐在門口的女人。

"嗯！很像女明星Park Min Young，對吧？可惜得了甲減，激素吃多就成滿月臉，頭髮也掉了好多。"

我不知道誰是Park Min Young，但肯定是個美女，明星還有不美的嗎？

"妳媽生病還工作？妳爸呢？"

她冷哼一聲："我爸不知道正在哪個愛美的女人身上動刀。"

原來金佳人的父親真的開了家整型醫院，還是院長，底下有好幾名醫生，月入幾億韓元不成問題，只是醫院的地址不在威海市中心，而在韓國首爾的狎鷗亭洞，那裏有"整形一條街"的稱號。

我正想打破砂鍋問到底，兩個小女生走了進來，後面跟著金媽媽，眼看十平米大小的空間就要飽和，我藉口上英文補習班，拿起腰帶走人。

* * *

台上老師口沫橫飛地講課，原來胖子的單數是**fatty,** 複數是**fatties**，再胖點兒可以說**butterball**（奶油球），更胖的話就說……

"**Yuanyuan.**"某個男生喊我的名字，頓時哄堂大笑，屋頂都快掀了。

我感覺耳根發燙，恨不得挖個地洞鑽進去。

那個瘦高的男老師好不容易才把場面控制住，咳嗽兩聲後，他持平地表示金圓圓不胖，頂多算豐滿，英文便是**plump**或**chubby**……

"老師眼瞎了不成？"

不知從哪裏蹦出來這麼一句，話說得很輕，但全進耳朵裏去。完了，這次更加瘋狂，彷彿全民的狂歡會，眼看老師就要招架不住，我起身離開教室，不給老師添麻煩。

有句話"胖子都是潛力股"，回家後我攬鏡一照，深有同感。不論"眉似遠山不描而黛，唇若塗砂不點而朱"還是"肌如白雪，齒如含貝"，都與我相距不遠，差就差在體重上，如果我能瘦一點兒，誰說我不是顧盼生輝的美人？

"哼！都是一幫眼光短淺的臭男生，哪天老娘瘦下來，你們給俺提鞋都不配！"我阿**Q**式地想著。

* * *

知道金佳人有個有錢老爸，我心中的疑惑更加深了，她怎麼就

299

讀公立高中（還是個三線城市的非重點學校）？還有，她母親生病還守著個小店舖，嘴裏吃的是一塊五一個的包子，這是什麼神仙操作？

若說她謊話連篇也不像，因為這個轉學生自帶光環，身上的富家氣質躲也躲不掉，尤其看她講英語，天哪！跟美劇《老友記》裏的人一模一樣，讓我這個講純正中式英語的人甘拜下風。

趁著課間操剛結束，我蹭到她身邊，問：" 妳的英語在哪裏學的？"

" 首爾的國際學校，為了讀這個，我爸還塞了錢，因為只有拿外國護照的學生才能在國際學校就讀。"

" 這麼說妳拿的是韓國護照，但為什麼妳的普通話也說得這麼好？"

" 韓國父母時興讓孩子學漢語，我媽尤甚，因為她的韓語說得不好，如果我不會說普通話，等於切斷母女間溝通的管道。"

我還想繼續挖，班上的體育委員潘安走上前來代傳聖旨：**"Ja-gi-ya**，班主任找妳思密達。"

人走遠了，潘公子還看直了眼，魂彷彿被勾走了似。

" 噁不噁心**?**喊人寶貝兒。"我翻了個大白眼。

他答金佳人是他的理想型，不喊寶貝喊什麼？難道喊肥婆？

雖沒指名道姓，但我自動對號入座，這個"肥婆"二字肯定是送給我的。

" 臭小子，竟敢老虎頭上拔毛，想死嗎？"說完，我推他一下。

我發誓只是"稍微"推了一下，沒想到他就倒地不起，這也太誇張了吧？

果然放學鐘聲還未響起，我又多了個綽號—滅絕師太+2。

滅絕師太是金庸武俠小說裏的人物，性格剛烈、出手極狠，至於"+2"……無非說我胖唄！三個師太排排站，體型還不夠壯碩嗎？

我氣呼呼地回家，忘了光顧校外的流動攤販，不過這個遺憾在
晚餐時間成功彌補過來，我不僅多吃了一碗白米飯，還把剩餘
的肉汁淋在上面，香滴啦！

第三章/奇蹟

我們的班花英語能力頂呱呱，但其他科目就不忍直視，不僅中文字寫得歪歪扭扭，歷史更不行，能達到"問今是何世，乃不知有漢，無論魏晉"的地步，如今離高考只剩不到六百天，她要如何應戰？

不止我有疑問，很多人也有此疑問，只是不好意思開口，畢竟我們學校連三本都進不了的比比皆是，自己都爛到骨子裏，還有臉問？

不過這道謎題的答案最終還是由我們的語文老師給揭曉了，趁著發第一次期中考試成績，他除了誇獎金佳人的中文有進步外，還順便告訴我們外國學生參加中國高考有優惠（考的是不一樣的卷子），基於這個前提，我們的學校有望在一年後迎來第一位考進北大或清華的學生。

此話一出，哀嚎聲四起，我也列位其中（寒窗苦讀十餘載，不若一本外國護照，還有比這個更慘的嗎？）。

想起前幾天家母說過的話，我更加心塞。

"圓圓呀！妳若沒考上某某大學，不如早早外出打工，反正大專文憑也沒什麼含金量。"母親說。

某某大學在全國排行榜上算墊底，可見我媽對我有多寬容。饒是如此，我也没把握真的能上雞肋大學，所以挺認真地思考高中畢業後去哪裏打工。

沒想到我這廂還在考慮南下或北上賺錢，金佳人那廂卻在考慮該拒了北大還是清華，明明都是人，怎麼差這麼多？

"金圓圓，妳這次的語文成績怎麼差這麼多？晚上兼職去了嗎？"

我們的語文老師長得方頭大耳，笑起來像彌勒佛，看似無公害，其實最愛開黃腔，什麼擠公交能擠懷孕、最喜歡看女學生吃香蕉、汗毛長性慾強……等，把班上的男同學撩得群情激昂，女同學則個個低下頭去。誰能想到，今日他竟然將矛頭指向我，我也不知哪根筋不對，決定對他曉以大義。

"老師，"我站起來，"你不覺得在課堂上講這話很不合適嗎？"

"有什麼不合適？兼職有很多種，思想骯髒者才會想歪。"

思想骯髒？這說的是誰？我立刻反擊："前幾天你講的洞房花燭夜算不算思想骯髒？"

"洞房花燭夜是人生必經階段，有什麼骯髒？妳這個女孩到底是怎麼回事？少了陰陽調和嗎？"

底下男同學嘿嘿嘿地笑。

我還沒來得及發火，班花站起來要老師向全班女同學道歉。

"道歉？道什麼歉？妳別被班上的航空母艦給帶偏，老師對妳的期望很大，別讓我失……"

他的話還沒講完，我們同時聽到錄音："……呵呵！男女為什麼要結婚？男的想通了，女的想開了……"

老師的笑容頓時沒了。

"咳、咳、上課還使用手機，明顯違反校規，下課後金佳人到辦公室找我。妳們二位可以坐下，我們今天上楚辭，楚辭是……"

老師沒有道歉，但我和金佳人都坐下了。當下課鐘聲響起，我立馬跑向她。

“ 我陪妳去辦公室。”我說。

“ 不用。”她冷漠地答，然後義無反顧地走出教室，像赴死的義士。

我的心因此七上八下，還好在下堂課開始前，我們的班花早先一步進教室，同時把一張A4紙放在第一排第一張桌子上。

當紙條傳到我這裏時，我噗嗤一笑。

“ 金圓圓，笑什麼？”數學老師向我投來詢問的眼光。

我答沒什麼，正打算把紙條神不知鬼不覺地扔進抽屜裏，没想到老師的動作比我還快。

“ 我鄭重向二年三班的女同學致歉，並且承諾以後會更加謹言慎行。丁老師 ，**X**年**X**月**X**日。”數學老師唸完，問我這個丁老師是誰？

讓我先解釋一下，我們的語文老師和數學老師是全校唯一一對夫妻檔，老公長得像彌勒佛，老婆卻完全“逆”著來，不僅長相没那麼和藹可親，還一身邪氣，像極了電影《倩女幽魂》裏的樹精姥姥。

“ 咳、咳、”我清了清喉嚨，“ 學校姓丁的老師只有一位，所以……妳猜！”

話一說完，班上男同學拍桌子鼓噪，間接表揚我的機智。

數學老師瞪我一眼後，把紙條塞進自己的褲袋內，一直到下課，她都没笑過。

接下來的每一堂語文課，我們的丁老師彷彿換了個人似的，正經八百地宛如央視新聞主播。

＊　＊　＊

“ 黃腔事件”後，我對金佳人的好感又加深了。別看我長得白白胖胖，像個軟柿子，其實內心深處是正義使者，所以一旦遇到同樣真性情的人，恨不得把心都掏出來送給人家。

“ 我們都姓金，五百年前可能是一家，我感覺我們本該就是親姐妹，只是陰錯陽差投胎到兩個不同的家庭裏。”我面對大海發表感言。

“妳真這麼想？”金佳人彎腰拾起一個貝殼，“如果當真，我們結拜如何？”

學校已經有幾對結拜姐妹，無非趣味相投，感情好到不分彼此，索性義結金蘭，沒想到現在也有人想和我結拜，還是班花。

“好呀好呀！怎麼結拜？”我興奮非常。

“我用貝殼在妳我的手指上各劃開一個小口，當妳的血和我的血混合後，我們互相叩首再跪拜天地，儀式就算完成。”

聽起來很詭異，但我沒多想，畢竟能和心目中的女神結拜是求之不得的事，哪有拒絕的道理？

於是當下我們便互許“吉凶相救、福禍相依、患難相扶”的誓言。

說來真不可思議，當我的血和她的血混合後，海的那一端突然吹來一陣凜冽的風，伴隨低吼的雷聲，我全身起了痙攣……

半年後我才明白，原來這世上真的有奇蹟。

作者介紹

在異國的背景下加入纏綿悱惻的愛情故事是B杜小說的一大特點，她的文筆清新、筆觸詼諧、畫面感很強，讀完小說有種看完一部愛情偶像劇的感覺，特別適合懷春少女及對愛情有憧憬的女性閱讀。

B杜創作了一系列異國戀情N部曲，包括《法蘭西情人》、《東瀛之愛》、《新西蘭之戀》、《英倫玫瑰》、《愛在暹羅》、《情定布拉格》、《獅城情緣》、《愛上比佛利》、《夢回楓葉國》、《早安，歐巴》……等作品，歡迎關注。

Also by B杜

梦回枫叶国（简体字）Love in Canada (simplified character version)

***

《愛上比佛利》Love in Beverly Hills

《法蘭西情人》Love in France

《新西蘭之戀》Love in New Zealand

《愛在暹羅》Love in Thailand

《情定布拉格》Love in Prague

《獅城情緣》Love in Singapore

《英倫玫瑰》Love in England

《東瀛之愛》Love in Japan

《早安，歐巴》Love in Korea